蜀地最后的秘境

马恒健 著

时代出版传媒股份有限公司
安徽文艺出版社

图书在版编目(CIP)数据

蜀地最后的秘境/马恒健著.—合肥:安徽文艺出版社,2016.6
ISBN 978-7-5396-5685-4

Ⅰ.①蜀… Ⅱ.①马… Ⅲ.①游记-作品集-中国-当代 Ⅳ.①I267.4

中国版本图书馆 CIP 数据核字(2016)第 035041 号

出 版 人:朱寒冬
责任编辑:张 磊 姚 衍　　　　　装帧设计:褚 琦

出版发行　时代出版传媒股份有限公司　www.press-mart.com
　　　　　安徽文艺出版社　www.awpub.com
地　　址　合肥市翡翠路1118号　邮政编码:230071
营 销 部　(0551)63533889
印　　制　合肥锦华印务有限公司　(0551)65531625

开本:710×1010　1/16　印张:15.5　字数:260千字
版次:2016年6月第1版　2016年6月第1次印刷
定价:48.00元

(如发现印装质量问题,影响阅读,请与出版社联系调换)

版权所有,侵权必究

目　录

前言 / 001

雪山关：蔡锷拔剑有遗篇 / 001
凌霄城：南宋王朝最后的骨气 / 008
高颐阙：夕阳下的汉魂 / 016
蜀南：秦五尺道的诱惑 / 020
大瓦山：东方的诺亚方舟 / 026
清溪：劲风口上大唐关 / 031
拖乌山：红石险关孟获城 / 038
苟王寨：造像超度南宋魂 / 042
虎头城：虎啸沱江震敌胆 / 049
穹窿寨堡群探秘 / 055
龙华：最高立佛隐龙华 / 062
军防要塞羌王城 / 068
剑门密钥天雄关 / 074
子云山：云亭晓烟掩万卷 / 080
龙泉：天落石上颂君王 / 086
清溪：铜门槛里绣花楼 / 091
摩天岭：独收蜀汉真英雄 / 096
横江：石达开的滑铁卢 / 104

得汉城：天铸铜城卫巴蜀 / 113

旷世幽谷大渡河 / 120

崖墓：僰人的生命密码 / 127

复兴村：羌风楚韵有遗音 / 132

重华：中国火药之乡秘闻 / 139

九襄：双节孝牌坊传奇 / 144

大相岭：踯躅在南方丝绸之路 / 149

恩阳：巴山深处小上海 / 154

木门寺：米仓道上生死劫 / 161

三多寨：盐业大亨的天堂 / 166

尔苏：远古图画文字踪迹 / 171

青居城：曲流似练绕宋城 / 178

静宁寺：东北流亡学子的第二故乡 / 183

老君山：独立荣威第一山 / 188

仙市：盐运码头达三江 / 194

何君阁道碑：南丝路上的惊世汉碑 / 200

岔河："鸡鸣三省"的奇异 / 206

姊妹桥：疑是彩虹落山间 / 213

邓池沟天主教堂："熊猫热"从这里发源 / 217

运山城：横亘半空护川东 / 223

拦马墙蜀道：徜徉在古柏长城 / 229

乐西路：血肉筑成的抗战路 / 235

前 言

从古至今,对巴蜀人文地理的描绘,不乏佳篇名作,但除了曹学佺的《蜀中名胜记》、朱偰的《漂泊西南天地间》以外,相关专著甚少。囿于"蜀道难,难于上青天",巴山蜀水也只是旷世游圣徐霞客的梦境。

十年来,我自驾行程十多万公里,跋涉于四川省内鲜为人知的人文历史遗迹、自然地理景观之中。随着游历和探寻的深入,不少"冷景点"的不可替代性和唯一性,既令我为前人的疏漏感到遗憾与惋惜,又激发了我后浪推推前浪的跃跃欲试的心理。

"未落笔时,搜索传志,铺叙程期,洋洋洒洒,堆故实于满纸,但数别人财宝而已,于一种游情了不相关。即移之他处游亦可,移之他人游亦可。"(曹学佺语)作文之事,游记最难,古人早就有如此感慨。为了不"数别人财宝",我的漫漫旅程,必须用自己清晰而不间断的脚印去丈量,必须在荒野草莽之处披荆斩棘地前行。

发现与亲历,是历史散文的基石,也成为我远足名山大川乐此不疲的动力和主要理由。本来司空见惯的水、空气和阳光,却能够惊现迷人的彩虹,这是发现的魅力;亲历虽难预料,但是与有生命的山水交流,向有灵魂的古迹致敬,是向超凡脱俗、净化心灵的实质性迈进。

我的发现与亲历,尽在系列历史散文《蜀地秘境》和《蜀地最后的秘境》之中。这是对蜀地历史文化遗存的一次较有深度、较为广泛的发掘,填补着当今蜀地人文历史研究和人文旅游的若干空白。

《蜀地最后的秘境》所记叙之处,一部分仅仅是准备开发,一部分甚至尚未筹划开发。但是,那些地方深厚的历史文化底蕴,既令人震撼又令人沉思,也令人大长见识;那些奇绝秀险的自然风光,既令人赏心悦目又令人叹为观止。这是我这部书的特点之一。

比如:见证了南宋王朝与蒙古贵族最后一场血战的凌霄城;具有悬棺葬习俗的僰人,在深山绝壁上留下了无数神秘崖墓群;石达开最终兵败大渡河安顺场,但他的"滑铁卢"是在宜宾横江大战战场;藏族的一个支系尔苏人,难以置信地传承着比甲骨文还古老的图画文字;大相岭上的数十公里路段,罕见地完整保存着南方丝绸之路原貌;秦代五尺道与公路、水路、铁路、高速路并行的伏龙口,堪称实景的中国交通史博物馆;大熊猫作为一个新物种的发现地夹金山邓池沟天主教堂;蔡锷率护国军由滇入川、在"锁钥川滇"的要塞吟哦壮丽诗篇的雪山关;有"血肉筑成的长路"之称、当年与滇缅公路齐名的抗战公路乐西路等等。

此书的第二个特点,是我以散文的文学性、新闻的纪实性和学术的严谨性有机结合的笔法,来解读历史的流云和领略自然的岚烟。书中的每一处,我均做到"三到":足到,实地详加踏勘;眼到,遗迹周密观察;心到,抒发情感和见解。凡涉及历史人物、年代、事件,均反复比对,忠实于历史事实;对场景的描写,在准确记录的基础上,力求语言文字优美简洁。

此书的第三个特点,是我在人迹罕至、险象环生的境地拍摄了大量第一手重要而珍贵的历史遗迹图片。这些图片无论形式、质量还是内容,均与此书文字内容相互印证,相得益彰。

对历史文化遗迹的游历,是对古代文明的现代朝圣。祖先的遗存,虽然大多数失去了实用价值,但作为人类文明发展史的一种印证,其折射出的咱们祖先的勤劳与智慧之光,依然穿越历史的长夜,震撼着今人的心灵,并在冥冥之中庇佑我中华民族。

因此,希望此书能够为蜀地人文历史研究者,给予实证和有益的启示;为中外酷爱蜀地历史文化的旅游者,拓展新的疆域。

雪山关：蔡锷拔剑有遗篇

中国古代进出四川盆地的大规模军事行动，有几个躲不过绕不开的雄关险隘。陕西方向，有嵌于如剑的奇峰间的剑门关；湖北方向，有对峙于滚滚长江边的瞿塘关；云南方向，有壁立千仞关河中流的豆沙关。这几处关隘，历史悠久，声名显赫，威风八面。

读了蔡锷的一副楹联，方知在贵州方向赤水河四川一侧连绵不绝的群山之间，还有一座筑于古盐道之上的雪山关。此关海拔1900余米，筑于明代洪武年间，大概是为防止滇黔诸夷北犯而建，又因扼川黔盐运要道，顺便征收些过路钱。由于明代以来川黔间并无多大的战事，这座锁钥黔滇的险关浪得了一个"蜀南第一雄关"的虚名。

如果不是中国近代史上一位极其重要的"扳道工"——护国将军蔡锷，在中国历史的列车好不容易驶出封建王朝的终点站，却行将倒退回去之际，在彩云之南拔剑而起，在雪山关上发出振聋发聩的呐喊，将列车引向了通向共和的光明之路，雪山关恐怕已在历史的长河里隐去，不再泛起波澜。

登　临

促使我前去瞻仰雪山关的，除蔡锷将军打响讨袁护国第一枪的壮举，还因为那副正气凛然、令人热血沸腾的对联：是南来第一雄关，只有天在上头，许壮士生还，将军夜渡；作西蜀千年屏障，会当秋登绝顶，看滇池月小，黔岭云低。

蔡将军从昆明誓师出征，由滇入黔，至泸州纳溪一线与袁世凯的军队血战。征途千里，唯独在雪山关上吟出如此豪迈而壮丽的联句，一定是雪山关独特的景观与历史底蕴，拨动了他本已壮怀激烈的心弦。

雪山关遗址位于叙永县赤水镇黄坪村三社，叙（叙永）赤（赤水镇）公路西侧几公里的山上。我们将汽车停在雪山关公路道班的大院里，便沿着大院对面的一条坎坷不平的机耕道向雪山关攀爬。这条路不是当年的盐运古道。原本通往雪山关且保存得较好的石板道，是从叙赤公路边一个名叫关脚的地方开始的。

雪山关南关门

我们游览的重点是雪山关本身,为节约时间,便选择了这条新修的比较快捷的土路。

这条土路,大部分路段挨着山脊,因此一路视野开阔。向雪山关所在的贵州方向望去,一座大山,如一堵巨大的城墙,遮断了我们的视线,这是四川盆地南缘最后的一列山冈。山冈背面,再往南,过赤水河,便是中国工农红军如走泥丸的贵州乌蒙山了。

时值初秋,一路的景象萧索寂寥,我们没有遇到一个游人,连樵夫、羊倌也不见踪影。当年护国大军翻山越岭时的人喊马嘶已化为寒鸦秋虫的啼鸣。

雪山关出现在我们眼前,是突如其来的。原来,我们脚下之路,基本上与雪山关处于同一海拔,绕过一个坡,雪山关几乎就在面前,以至于我们一时还不敢相信它就是雪山关。

如大多数雄关一般,雪山关坐落在两座如挺拔的乳房的山峰之间,将狭窄的隘口完全阻断。而与其他雄关不同的是,它没有令人望而生畏的墙堞,没有威风凛凛的敌楼,仅是一幢正面宽20多米、高六七米的石砌房屋,不过,一道高近3米的拱形城门,明白无误地告诉叩关者,这是军防要塞。关门前的坡下,是那条蛇行斗折的千年古盐道,道上的一块块青石板在满坡的蒿草杂树丛中时隐时现,如蜷伏山沟的巨蟒的鳞片。

在这一刻,我们不约而同地驻足,不约而同地凝视雪山关。我们在矫正着头脑中预设的雪山关的形象,我们在想象着护国军千万人马拥出雪山关的场面,我们仿佛看见蔡锷将军在雪山关前横刀立马、怒发冲冠。

览 胜

走近关门,门额阴刻的"雪山关"三个大字映入眼帘,这是雪山关的北门,面向四川。大门两侧的石门枋上,刻有一对联:"孤城万仞山,羌笛春风吹不度;八月即飞雪,玉门秋色拟平分。"联中借用唐代诗人王之涣《凉州词》中"羌笛何须怨杨柳,春风不度玉门关"名句,描绘出雪山关的高耸峻拔。门前的石板道旁,是一列镌刻历代墨客骚人咏叹雪山关诗词的石碑,令人平添几分肃穆之感。

明代四川状元、著名诗人杨升庵谪戍云南永昌卫,屡次途经叙永雪山关,留有"雪山关,雪风起。十二月,断行旅。雾为箐,冰为台。马毛缩,鸟鸣哀。将军不再来,西路何时开"的诗句。此诗吟唱出雪山关的雄伟气势和翻越雪山关的艰辛,自然被后人镌刻于石碑之上。

"一上雪山关,日疑手可掬……当关据一夫,万马应裹足。"清代乾隆朝翰林李骥元(与其兄李调元、李鼎元为"绵州三李")《雪山关》诗,用夸张的手法,描写出雪山关的高耸险峻,这首诗的全文,也镌刻在碑上。

登临雪山关之前,从一些游记得知有一老太婆常年居于与雪山关连为一体的凌峰寺内。见寺门紧闭,我上前叩门,却始终无人应答。后来听说,里面并无历史遗物了,仅供奉着玉皇诸神,并贴有孙中山、毛泽东、朱德的画像。

我从面对北关门的右侧坡上绕过雪山关,便来到南关门,也就是面对贵州的一方,脚下,便是四川盆地最南缘。

南关门的形制,与北关门相似,其门额上,依然有"雪山关"三个大字。石门枋上,蔡将军那副气壮山河的对联赫然在目。驻足细看,以行楷书写的上联笔力遒劲,颇见书法功力,落款时间为"民国十年辛酉秋九月";下联一看便知是近几年补写、镌刻,其书体与上联相同,书法水平却难以望其项背。再看,果然是当地政府于1995年维修雪山关时所为。我略感遗憾之际,发现在下联旁边的墙根处,一截高仅两尺的断碑无助地倚在墙边。我俯身细看,断碑上仅见下联的"屏障、云低"等残句断字,这才是原汁原味的下联石门枋。但愿它不被当作乱石抛弃。

在雪山关向四川方向眺望

伫立南来第一雄关的南关门前,举目遥望黔滇方向,乌蒙群山如一堆堆土丘,又如波澜不惊的海洋,从细如银线的赤水河南岸绵延至天际,果然令人遐思无限、豪气顿生。

1916年2月一个大雪漫天、寒风呼啸的日子,手执马鞭、身着戎装、征尘满面的蔡将军伫立关前,注目关前关后峡谷里奔涌的护国军第一军二、三梯团的千军万马。此时此刻,他的耳畔,一定回荡着昆明誓师讨袁的震天呐喊;他的胸中,一定激扬着草海阅兵的浩荡雄风;他的眼前,一定是一幅浴血疆场、马革裹尸的悲壮画面;当然,在他的心底,也泛起缱绻缠绵的漪涟,那是红颜知己小凤仙与他一别永诀时,吟唱的"化作地下并头莲,再了前生愿……"

于是,那一副浩气长存的千古名联,便从蔡锷心中奔流而来。

为了体验雪山关的险峻,我分别沿南北关门下的小道下行了数百米。北关门下的小道,坡度较缓,道面较宽,古盐道的石板也基本连贯,仔细寻觅,尚能发现经年累月马帮背夫留下的脚印和拐耙窝。南关门下的小道从陡坡上急转直下,且不足两尺宽,山风掠过,令人有站立不稳的感觉,道面被野草覆盖着,令人走得战战兢兢,若一脚踩虚,恐怕要直接滚入赤水河里。看来,历代文人墨客对这座雄关的咏叹,"当关据一夫,万马应裹足"所言不虚,"作西蜀千年屏障"也并非过度浪漫。

观 铭

下了雪山关,我来到了南距雪山关60余公里、北距泸州市区50余公里的纳溪护国镇。蔡锷亲率的护国军第一军与袁军正面激战的主战场纳溪棉花坡,便距此不远。此次战役长达4个月,史称泸纳之战。

泸纳之战,蔡锷在叙永忠烈宫内运筹帷幄,指挥若定,并置个人生死于不顾,身先士卒,亲临前线指挥作战。1916年3月15日,广西宣布反袁独立,其他各省也纷纷响应。蔡锷抓住这一时机,向袁军发动总反攻,连战皆捷,拿下纳溪、江安、南溪等地,占领了距泸州城仅10余里的南寿山。护国战争取得了巨大胜利。泸纳激战,震撼全国,各省相继宣布独立。6月6日,袁世凯在绝望中死去。6月7日,黎元洪继任大总统,护国战争遂基本结束。

面对数量和装备占绝对优势的袁军,护国军能以弱胜强,这与蔡锷卓越的军事指挥才能密不可分。他的军事才干,在20世纪初就读日本陆军士官学校时便显露出来。

1904年10月,该校九期步兵科学生毕业,其中日本人300余名,中国留学生4名。获第一名殊荣毕业的,是后来大名鼎鼎的民国军事家蒋百里,他因此获天皇的赐刀。获第二名的便是蔡锷。同期毕业被蒋百里、蔡锷抛在后面的日本人,有后来成为日本陆军大将的荒木贞夫(甲级战犯)、真崎甚三郎,以及小矶国昭、本庄繁、松井石根等日本陆军的军官。泸纳之战中在蔡锷麾下任护国军第三梯团第六支队队长的朱德,率领士兵浴血奋战了40多个日日夜夜。他采取"出奇制胜,猛攻急追,速战速决"的战术,打得袁军溃不成军,赢得了"英勇善战,忠贞不渝"的声誉。"良师益友,指路明灯",这是当年因此一战成名的朱德对蔡锷的由衷赞誉。

护国战争进入善后阶段后,蔡锷的喉症加剧,不能发音,只得以笔代口。他来到泸州大洲驿叙蓬溪(今护国镇)附近的永宁河舟中养病休息。

永宁河穿护国镇而过,这条不太知名的川南小河不但比我想象的宽阔,且水质清澈、碧波荡漾,镇里的河段岸边巨石壁立,镇外的河段两岸是翠竹长廊,河心还镶嵌着翡翠般的小岛。这川南小镇的宁静与秀美,一定令这位从湘水麓山走来,在波诡云谲的变革之年几经沉浮,在铁血战场浴火重生的将军浮想联翩。令人感慨奋发的《护国岩铭》及序文由此而生:"护国之要,惟铁与血。精诚所至,金石为裂。嗟彼袁逆,炎隆耀赫。曾几何时,光沉响绝。天厌凶残,人诛秽德。叙泸之役,鬼泣神号。出奇制胜,士勇兵骁。鏖战匝月,逆锋大挠。河山永定,凯歌声高。勒铭危石,以励同袍。"

蔡锷挥毫题写的"护国岩"三字,镌刻在镇里临河一块高七八米的巨石之上,其撰写的《护国岩铭》及序文,由总参谋殷承瓛书,镌刻于"护国岩"三字下方。为方便游人瞻仰,当地政府在巨石下的河滩上,修建了一座有护栏的观景台。伫立台上仰望,"护国岩"三个殷红的颜体大字,如长风中漫卷的战旗,那突兀而立的巨石,犹如护国壮士血肉筑成的铁壁铜墙。

余 音

袁世凯死去后不到半年,蔡锷也因艰苦作战,久病不医,于1916年11月8日在日本福冈长逝,年仅34岁。1917年4月12日,蔡锷魂归故里,国民政府在长沙岳麓山为他举行国葬,他因此成为民国历史上的国葬第一人。

北京举行公祭时,一位身着素服、臂戴青纱的年轻女子,在蔡公灵前深深地鞠躬,并送上一副挽联:"万里南天鹏翼,直上扶摇,哪堪忧患余生,萍水姻缘成一梦;几年北地胭脂,自悲沦落,赢得英雄知己,桃花颜色亦千秋。"当在场的人们意识到了什么,欲争相从她口中打听点什么时,她却悄然消失了。这位女子,就是当蔡锷身陷囹圄、壮志难酬之时,以柔弱的双臂助他鲲鹏展翅、重上九霄的小凤仙。

在中国历史上,英雄与美女的故事数不胜数,人们传颂着项羽与虞姬,记住了吕布与貂蝉……这些历史深处的人物,至今还鲜活如昨,是因为他们或爱得率性、或爱得浪漫,符合大众的审美意趣。而蔡锷与小凤仙的故事,本应是近现代史上广为传扬的英雄与美女的佳话,却因为爱得深沉、隐讳而显得扑朔迷离。

在京城风月场红极一时的小凤仙,自此隐姓埋名,没入茫茫人海。自从得了蔡锷的一句"自是佳人多颖悟,从来侠女出风尘",她此心可慰,一生足矣!

大约在1949年,小凤仙在沈阳做了四个孩子的继母。多年后那四个孩子中的一位,在已成为老人时回忆道:"继母特别喜欢一张照片,她总是拿出那张照片静静地看,看照片时也从不忌讳我们,那是她和一个年轻将军的照片……照片里的男人很英武,肩上有着很大的章,衣服上还有很多金黄色的穗。我曾问她:'这是谁啊?'她淡淡地一笑回答:'这是一个朋友。'"

弹奏过高山流水的琴弦,注定只为知音而鸣,否则,它宁愿蚀断;曾经沧海的淡定一笑,注定只为一人而灿烂,否则,她宁愿沉默。

当我离开护国镇时,已是薄暮时分。眼前,炊烟逐归鸟;耳畔,鸡犬遥相闻。这样的一幅祥和恬静的画面,蔡锷将军乐意看到且已经看到,因为他的英魂从未离开四川:"锷一苇东航,日日俯视江水,共证此心,虽谓锷犹未去蜀可也。"

蔡锷不死,他隐于巴山蜀水间……

凌霄城:南宋王朝最后的骨气

兴文石海国家地质公园扩充地盘,将把以地表峡谷、桫椤、楠竹等自然景观为特色,以抗蒙古城、僰人遗迹为依托的凌霄城,开发成一个旅游园区。凌霄城,这座在13世纪惨烈的宋蒙战争中,作为南宋半壁江山最后一个被蒙古军队攻克的堡垒,被历史的烟云湮没700多年后,又隐约进入今人的视野。

据《中国古代地名大词典》载,凌霄城三面峭壁,西连五斗坝,深箐雄峻如城,宋置,明初都掌蛮(僰人)依为巢穴,成化四年(1468年),枢臣程信督兵讨叛

凌霄山全景

蛮,别将李矿攻凌霄城,遂大破之……又据凌霄山四十八道拐崖壁上刻于南宋宝祐五年(1257年)的题记,为防备蒙古军从云南进攻四川,四川宣抚制置使蒲泽之令泸州帅臣朱禩孙措置泸州、叙州、长宁边面,由长宁守臣易士英等人负责,在凌霄山巅修筑凌霄城,以防占据云南的蒙古军队从背后夹击泸州防区,且情急时将长宁军治于城内固守。

1279年2月,被蒙古军队围困于广东崖山(今广东新会)海上的南宋末代皇帝赵昺投水自尽后,凌霄城的南宋军民在明知南宋已亡,四川境内抗蒙的方山城堡钓鱼城、神臂城、云顶城等已全部失陷,南宋境内已无成建制的抗蒙力量的情况下,仍以一座孤城屹立于蒙古军队如雨的箭矢、如林的弯刀之中,坚持抗击马蹄卷起的旋风也能将山川荡平的蒙古军队达9年之久。1288年,凌霄城在最后的激战中被攻破。

南宋将士凌霄城玉碎,被史学家称为南宋抗蒙的绝响,被文学家称为南宋最后的骨气。

秘道陡如天梯

初夏的一天,我们从成都出发,目标是凌霄城。由于凌霄城尚未正式开发,其上山之路,只能从那些徒步穿越的驴友处打听。遗憾的是,多数号称到过凌霄城的驴友其实并未登顶入城,少数入城者因上山之路过于隐秘迂回又说不清楚。无奈之下,我们只得聘请一位当地人带路。

其实,当地政府为方便凌霄城山上村民的生产、生活,已开辟了一条半环山简易车道,此车道的尽头,与凌霄山西北陡壁上的古道四十八道拐相接。由于此车道普通轿车难以通行,步行时间又来不及,向导便带我们从凌霄山的西南面抄近路上山。

山色迷蒙,既像下雾又像是飘雨。仰望头上海拔1000多米的凌霄山,状如一株底部盘根错节、腰部齐崭新锯断的庞大树桩,整个山峰犹如一座空中城堡。其平阔的山顶,具有南宋时期四川抗蒙方山城堡的典型特征。

抗蒙方山城堡,是中国一个特殊的历史时期的一个特定的称谓。

13世纪中叶,整个欧亚大陆都在蒙古军队的铁蹄下颤抖。兴盛于蒙古高原斡难河流域的蒙古帝国,其剽悍的骑兵向西越过伏尔加河、多瑙河,向西南越过底格里斯河、幼发拉底河,向南越过黄河。1251年蒙哥继任蒙古帝国大汗后,决心将"上帝之鞭"挥向两个更远处:跨过非洲最长的河流尼罗河和亚洲最长的河流长江。

空前辽阔的疆域，空前巨大的财富，空前强大的军队，激发着蒙古军队中上到最高统帅、下至普通士兵的空前蓬勃的征服欲望。剽悍骁勇的金人、西夏人不是蒙古人的对手，高大健壮的欧洲人也不是蒙古人的对手，偏安长江以南且只善吟诗作画的南宋人，更如一群待宰的羔羊。因此，当蒙古贵族们将箭头和马首对准南方时，他们踌躇满志；10年灭宋不成问题。

这场战争一开始，蒙古军的主攻方向便是四川。时任四川军政一把手的安抚处制使余玠，针对蒙古军善于平野驰骋、拙于山地及跨江作战的特点，采取"守点不守线，连点而成线"的战略方针，在1243—1252年的9年时间里，有计划有步骤地在四川境内的长江、嘉陵江、沱江、岷江沿岸，选择险峻的山隘加固和新筑了数十座山城。因这些城堡大多建在山顶平阔、四周峭壁环绕、状如城郭的方山之上，史称方山城堡防御体系。这是中国古代战争史的奇观，是非常时期的特殊产物。

游牧民族低估了农耕民族的气节与智慧。南宋军民空前悲壮惨烈的保卫战，持续了令蒙古人做梦也没想到的52年。而更令世人震惊的是，南宋末代皇帝赵昺及数十万南宋军民集体蹈海殉国后，南宋凌霄城头，仍刀戟如林，旌旗高扬，令蒙古贵族寝食难安长达9年。

我行走的这条小道，是与四十八道拐一样崎岖的秘密古道，是在蒙古军围困万千重的危境中，凌霄城军民秘运给养的通道。"羊肠小道"也不够形容其险，宽仅1尺多的山道上铺的不是石板，而是只比马蹄大一点的不规则石块，如果不仔细看，不会认为那就是铺路石。但是，它块块厚实、表面平整，如牙齿般牢固地镶嵌在泥土之中，且绵延不绝，直至山顶。毫无疑问，这就是当年凌霄城南宋守军的杰作。

由于多年无人行走此道，野草从石块周围的缝隙疯长出来，如果不手持竹竿拨开这些湮灭古道的高数尺的蒿草，是看不清小道向何方延伸的。令人有些胆战心惊的是，这仅容一人通行的、在崖壁上呈"之"字形攀升的小道，一边是陡壁，一边是悬崖。如果不是临悬崖一边的道旁野草与悬崖下的茂密杂树连成一片，令人在视觉上不至于因恐高而目眩，恐怕与我同行的不少人都要打退堂鼓了。

向导一路告诫我们，不可朝后看，不可朝下看，也不要朝前方远处看，只能盯住前方1米以内的石块。当我们在距山顶不远的一块突出于崖壁的方桌般大小的岩石上稍作休息，以便最后冲刺时，俯瞰上山之路，不由得又惊又疑、又喜又狂。哪还看得见什么路哦，满山长得密不透风的蕨类植物、楠竹以及各种野草,似一床无缝的绿色巨毯披在凌霄山上。经向导提示才发现,我们走过的地方由于植物枝叶上的露水被碰掉,颜色稍为深一些,如折在绿色巨毯上的一道条纹。

虎口狂吞来敌

翻过这块大岩石,转过一个小山包,我们到了一个深数丈的山沟沟底。这是一处断裂的悬崖,阻断了自五斗坝上凌霄城之路,古称"断颈岩",当年曾置有吊桥。我们从深沟的一侧艰难地攀爬上去后,一片状如城墙的山石横亘眼前。山石的一侧状如虎口,"虎口"下腭临万丈深渊,登顶入城之路,就被衔在"虎口"之中。

在"虎口"前,筑有凌霄城第一座城防工事。这是一堵半人高、厚约0.5米、宽约5米的石砌掩体。它背倚那块城垣般的巨石,前临我们刚才攀上的深沟。它如一排锋利的虎牙,随时准备将袭击者咬得粉碎。这一排掩体,可供数十人隐蔽固守,从而与其背后山顶城墙上的守军构成立体防线。如今,这覆盖着一层厚厚苔藓的掩体虽然不怎么残缺,但它背后巨石壁上却密布状如蜂巢的凹坑和裂痕,令人看着头皮发麻。那是无情的箭矢甚至火炮留下的印迹。

明成化四年(1468年),明朝大军对宜宾南部拒不向朝廷称臣的僰人进行征剿,兵临僰人盘踞的当年的南宋城堡凌霄城。明军最先从四十八道拐发起攻击。在那九曲回肠般的小道上无法展开火力,因此,被僰人的箭矢击中的明军士兵如崩塌的石块纷纷坠下崖去,惨叫声不绝于耳;有的明军士兵被击伤后倒在道上,其余的人便将其踹下崖去,以免挡住进攻的通道。如此反复攻击,明军仍不能拿下凌霄城。

数次进攻失败,明军又尝试从五斗坝方向进攻。在"断颈岩"前,明军仍不能逾越天险。

最后,明军决定化装奇袭。因附近的僰人山寨均被明军占领,逃难上凌霄城的僰人,都被城内僰人守军慷慨接纳。于是,明军士兵便扮作僰人上山。为了不露出破绽,这些明军士兵除了服饰、发型、面色乃至口音与僰人相似,且在队伍中杂夹妇孺、翁媪,酷似一队扶老携幼的难民。尽管如此,在关口前仍被识破。但双方距离已近,置于绝地的明军殊死拼杀,终于攻入城内。

万历元年(1573年),明王朝派数十万大军对再次占领凌霄城的僰人进行空前规模的征剿,史称"叙南平蛮"。这场历时半年的战争,在四川南部的南广河流域展开。战争的胜利者明王朝,在主战场九丝城刻下《平蛮碑记》,碑用巨石雕成,顶天立地,至今仍存;战争的失败者僰人——一个在商周时便被称为僰侯国的国民,就此从人间蒸发,史册上再也不见其只言片语。僰人最重要的军事要塞凌霄城再次被攻破。此次明王朝吸取教训,战争结束后仍反复在凌霄山上搜剿,直至"都蛮尽灭"(《万历实录》)。

凌霄城以及与它呈三足鼎立之势的九丝城、僰王山的陷落,是神秘僰人灭绝的直接原因。如今,唯有僰人遗存在川南峻岭峡谷的崖壁上难以计数的悬棺,仍俯视着他们曾经繁衍生息的土地,从而给今人留下许多难解之谜。

城门岩石凿就

过了"虎口",小道稍宽,道面铺的不是石块而是石板了。我知道,离城门不远了。

如同不少隐秘且险峻的抗蒙方山城堡的城门一样,凌霄城的城门也是在我转过一道急弯后,蓦然跃入眼帘的。如果说我此前对凌霄城的存在、对它的种种神奇故事还有些许疑幻,在这一刹那间,我是真真切切地走进了它的历史。

由于凌霄城是沿凌霄山顶四周绝壁边缘构筑的,因此,这座城门左右的城墙,是高好几米的整块巨石,那城门是在巨石上剖出通道后修筑的。门洞高约2米、宽1米多。门内通道长约4米,也就意味着这天然城墙的厚度相当可观,即使用当今的榴弹炮、加农炮轰击,也不容易被摧毁。

这城门的位置真是险绝。门外仅几步远的下面,便是与地平面垂直的陡崖,若有人坠下崖去,将毫无碰绊地从相对高度数百米的城门前掉到山底。我稍稍向崖边移步下望,便觉目眩神迷。

在门洞内盘桓时,我很快发现这城门不是宋代城堡特有的券拱门。门洞顶部,横铺着直径如大土碗的原木,在原木之上,填塞着大小不等的石块,石块之上用泥土夯实填平,从而使之与城门两侧的岩石连为一体。

这些盖顶的原木,千疮百孔,似乎腐朽得随时可能断裂,导致城门坍塌。但我用手试着拨弄,木质仍坚硬似铁。向导告诉我,这应该是漆树,只有它才朽而不烂。

当我的视线从门顶移向门内的墙砖时,在距地面约1米高处,发现了宋代特有的刻有"人"字形纹路的墙砖。这些墙砖与1米高以上的无纹墙砖,形成鲜明对比。同行的一位对宋史颇有研究的朋友据此分析,当年蒙古军队攻克凌霄城后,像对待四川省内其他方山城堡一样,将所有建筑,尤其是防御设施荡平,使其回归原始状态,以防残余的抵抗势力东山再起。这城门之所以是今天我们

看到的模样,是因为明代僰人占据此城,在断壁上予以培修。此城门1米以上部分,应该是僰人所为。

的确,这城门上半部分虽然用料也算结实,却工艺粗糙。僰人的生产力落后于汉人,且南宋的方山城堡的修筑系国家行为,其质量水平显然不是一个部族的工匠能达到的。作为南宋和僰人的文化遗迹,凌霄城门是研究那段历史的极好物证。

凌霄高耸天外

穿过城门,又拐过一个山包,眼前豁然开朗。此时,我已站在这个如大树桩的凌霄山顶部,站在了当地人常说的"连鹰也飞不过去"的孤峰之巅。

山顶如同一个小平原,碧色连天的蕨类植物,覆盖了大半个山顶。这看似荒野的山顶,却有零零散散的先民们开垦的庄稼地。因山顶的两家农户已于前几年搬下山定居了,庄稼地里的野草已长得与玉米的残秆一样高。一丛丛翠绿的苦竹,守护着门窗洞开的被农户遗弃的房屋。一株株茶树由于无人采摘和修剪枝叶,已疯长得如野树一般。

透过眼前的荒凉、寂寥,仍能感受到在这天地相接的云雾之中,在这与世隔绝的弹丸之地,仍适宜人居。据向导介绍,这山顶有浑、素二井,浑井水浑浊,专供灌溉和牲畜饮用;素井水清冽甘醇,专供人饮用,最宜沏茶。二井常年不涸不溢,人称神井。素井位于清雍正年间所建的凌霄宝殿(已毁,废墟上今人修有一座城隍庙)背后的凌霄山最高处;浑井位于凌霄宝殿前的庄稼地与苦竹林之间。二井皆为四方形,浑井之水至今仍可浇灌庄稼。如果没有这两口水井,凌霄城的南宋军民不可能在此抗敌35年。

我曾登上川内遗存的20余座南宋抗蒙方山城堡,无论是临江屹立还是拔地而起、是孤峰突兀还是四际断崖,其山顶均有经年不渗不漏、不涸不竭的水池或水井。长年坚守城内的南宋军民,赋予这生命之源以动人的传说和美丽的名称。如运山城内的天生池,虎头城内的白鹤井,神臂城内的红、白菱池等。700多年过去了,这些神奇的水池和水井,至今不坍不塌、不壅不塞,仍是当地村民的主要用水来源。古人高超的智慧,由此可见一斑。

本来我们准备拉网似的寻觅南宋的炮台、更鼓楼、遛马台、练兵场以及僰人的烽火台、哨所、战壕等遗址,但近一人高的蕨苔长得密不透风,脚下一尺多厚的腐草令人如走弹簧床,勉强挺进了数十米便实在无法前行。于是,我只能在那座残破的城隍庙里,从一位无名氏题写的诗中,遐想着无缘目睹的一切:"凌霄巍巍耸天外,川南重镇有遗篇。四十八拐天梯立,断颈岩下一线天。烽火台上狼烟举,跑马场前鼓角喧。黑白分明浑素井,贯古通今传万年。"

其实,我此时已站在一个庞大的文物之上,我已经和古人置身于同一条历史长河,我已经和敢于以身殉国的祖先们如此贴近。这已经是一件幸事,足以令人震撼了。

"国破山河在,城春草木深。"这充溢着南宋军民最后的骨气的古城堡,令人感到凄凉而悲壮,荒芜而又充满生机。我相信,随着凌霄城作为景区的开发,历史的本来面目将逐渐在世人面前展现。"我们能够往以前看多远,我们就能够往未来看多远。"(丘吉尔语)古人留给今人的那一笔宝贵精神财富,将会让我们走得更远。

我站在凌霄山顶俯瞰,北面是绿色波涛般的长宁竹海;东面山下的龙潭沟,则是总量在20000株以上、与恐龙同时代的桫椤树林,据向导讲,其中有一株树高超过8米的桫椤,是目前国内已知的最高桫椤,被称为"桫椤之王";南面绝壁下陡然平缓的坡地上,绵延着茂密且望不到边的楠竹。我们下山穿行于楠竹林中时,林荫令人惬意气爽的清凉、竹叶令人提神醒脑的芬芳,始终伴随我们。

"青山依旧在,几度夕阳红。"巍巍凌霄城,它见证了一个朝代的最终消亡,见证了一个民族的彻底灭绝。它冷对大地的腥风血雨,它又阅尽人间春色。它的故事和传说,如同簇拥着它的那些从远古走来的桫椤树,幽远而神秘。

高颐阙：夕阳下的汉魂

当人们走进气势恢宏的重庆三峡博物馆，踏入富丽堂皇的中庭时，都会被一座似碑非碑、似亭非亭、似屋非屋的石质建筑物吸引。这座建筑物，弥漫着古拙之风，散发着凛然之气，闪射着华夏的历史之光。它，便是位列三峡博物馆"十

高颐阙

大镇馆之宝"之首、出土于重庆忠县的乌杨汉阙,距今已有1800多年历史。

汉阙,是汉文化的重要组成部分,是中国古代特有的建筑设施,因此又被称为"石质汉书",更被著名美学家王朝闻誉为"汉魂""汉艺精粹"。全国现存的汉阙,有四分之三在四川及重庆。位于雅安市雨城区姚桥村的高颐阙,以其庄重精美的雕刻成为汉阙的典型,从而为世人所瞩目。

高颐是今雅安市雨城区人,字贯方,东汉末与其弟高实同举孝廉,历任北府丞、武阳令、阴平都尉及益州太守。出土碑铭评价他"亲贤乐善","法萧曹之兀要,求由之政事",说明他从政时为老百姓做过一些好事,讲求法治,正直不阿。他卒于东汉建安十四年(209年)八月。殁后,因他的政绩显著,汉皇敕建阙以表其功,高颐阙便于他卒后的当年(209年)建成。

宫阙巍峨

高颐阙位于雅安城东数公里的川藏公路南侧,我虽久闻其名,却又多次与之擦肩而过。主观原因是,并未真正了解汉阙,也就没有非看不可的愿望;客观原因是,作为全国重点保护单位的高颐阙,路旁竟没有明显标识,一不小心车一掠而过后,便劝慰自己留待下次。

我这次去雅安,其他景点不管,专心参观高颐阙。

高颐阙博物馆是一座中式四合大院。厚重的大门推开了,一股苔藓的气息扑鼻而来,很容易让人想到秦砖汉瓦,想到唐诗宋词。大门内外,相隔千年;红墙两侧,古今泾渭。

保存完好的高颐阙,就矗立在大院中央,矗立在1800年前的原地。它忠实地守护着以北200多米远的芳草萋萋的高颐墓,因为阙与墓本身就是整体。汉墓因为有了汉阙,更加彰显墓主人的威严、尊贵;汉阙因为有了汉墓,越发烘托百年千秋后世态的苍凉、寂寞。

阙,《辞海》如此解释:"古代宫殿、祠庙和陵墓前的高建筑物,通常左右各一个,建成高台,台上起楼观,以二阙之间有空缺,故名阙或双阙。"通俗地讲,所谓阙,是矗立于宫殿门前或陵墓神道两旁的碑状建筑物,用以显示宫殿的庄严和陵墓主人的威仪,为汉代特有的地面装饰物。它与碑的不同之处,在于它由阙座、阙身、阙楼、阙檐和顶脊组成,形象地说,它是实心的房屋。阙上有浮雕、铭文以及反映当地风土人情的传奇故事,因此,它集建筑、雕刻、文学、书法艺术于一体,是研究汉代地方文化及地方史的珍贵实物资料。

阙的演变经过了从新石器时代单纯瞭望、守卫的木楼,到国家成立后完全意义上的城阙和宫阙的过程,尤以汉代为盛。在陵墓前立阙,在汉代有严格规定,官至年俸 2000 石以上者,方有资格享受死后在墓前立阙的待遇。阙是身份和地位不容置疑的象征。

与主阙高 5.4 米、子阙高 2.6 米、立于东汉末期至魏晋时期的重庆乌杨汉阙相比,高颐阙更为高大,年代也稍远。高颐阙主阙高 6 米,子阙高 3.39 米,立于东汉建安十四年。而更为重要的是,高颐阙是全国唯一一座碑、阙、墓、神道、石兽保存最为完整的汉代葬制实体,也是阙的主人身份及阙龄最为准确、翔实的汉阙之一。

强汉之魂

"想秦宫汉阙,都做了衰草牛羊野。不恁么渔樵无话说。纵荒坟横断碑,不辨龙蛇。"连元代的马致远都只能向一片废墟的汉阙致哀,当今的人们,则只能充分激活自己的形象思维,去想象那辉煌巍峨的秦宫汉阙了。因此,当高颐阙与我近在咫尺时,我感到它是魂,是泱泱大汉之魂。只有魂,才能穿越时空,长存于寰宇。

高颐阙的阙顶,是仿汉代木结构建筑,有角柱、枋斗;阙身有立柱和额坊,上有三车导丛、车前伍伯、骑吏、主簿等车马出行图;阙基四周雕刻蜀柱和大斗。

高颐阙共五层,第一层南北两面各浮雕一饕、餮,转角大斗下均雕有一角神;第二层浮雕内容为历史故事,有"张良椎秦皇""高祖斩蛇""师旷鼓琴"等;第三层是人兽相斗图;第四层浮雕有天马、龙、虎等;第五层四面雕成 24 个枋头,每个枋头刻一个隶书铭文,共 24 字,内容是"汉故益州太守阴平都尉武阳令北府丞举孝廉高君字贯□(方)";阙顶脊部正中,刻有一鲲鹏。

由于高颐阙是我国现存最完好、雕刻最精美的汉代仿木结构石质建筑,因此它太重要、太具有研究价值,早在 1961 年便被列为全国重点文物保护单位。据介绍,仅是阙上的拓片,在文物市场上也要近万元才能购得。当然,拓取之事早已禁绝。

与立于墓阙之间的神道两侧的石兽荡然无存的渠县冯焕阙、沈府君阙、绵阳的平阳府君阙相比,高颐阙前的石兽"辟邪"与"天禄"保存完好,是汉代雕塑艺术的代表作。"辟邪"与"天禄"是汉代沿起的镇墓兽,两者似狮,"辟邪"头上单角,"天禄"头上双角。古人认为狮虎凶猛,所以用这种神兽来看守阙门和神道。高颐阙前这一对以狮子为造型的石兽,身高 1.1 米,长 1.6 米,一副张口吐舌、昂首挺胸、阔步向前的姿态,体现了汉民族自强不息、勇健雄强的精神;其体态采用了S形屈曲造型,刻画简练,瘦劲有力,生动逼人;其胸旁刻有两重肥短的飞翼,这大概是受传入的西方艺术的影响。观赏这些石兽,可以在很大程度上领略汉代文化的恢宏大气。

与石兽保存完好同样难得的是,在距高颐阙以北约200米处,高颐墓碑仍存。拨开齐腰深的蒿草,透过茂密的树丛,我又看见了仍然矗立的墓碑。它高近2米,宽约1米,可惜碑面字迹漫漶得已无法辨认。一般来讲,墓碑和陵寝在阙后面的中轴延长线上,至于延长多少,要看尊卑贵贱。如距此不远的芦山县樊敏阙,身为芦山县人的樊敏,历任青衣羌国(辖今雅安芦山一带)国丞、东汉巴郡太守,最后晋升为属国家级领导人的司徒,位列三公,级别比高颐高,因此据当地文物考古工作者推测,从樊敏阙向后可能延长几里路才是其陵寝。

大国象征

从"待从头、收拾旧山河,朝天阙",到"行都宫阙荒烟里,禾黍从残似石头";从历代诗人对汉阙的吟咏歌颂到凭吊悲哀,兴起于西汉的阙,风行400多年后,于东汉末年渐趋式微。作为汉代文化习俗载体之一的汉阙虽然消亡了,但它存储的社会文化信息,却历久弥显,并不断地激发着后人在建筑、艺术、文化诸方面的想象力。

2006年7月,成都双流国际机场高速公路收费站站棚改造方案最后确定,汉阙最终战胜川西民居、古蜀神韵等,从6套优秀方案中脱颖而出,成为如今人们看到的天府第一门的造型。在"蜀相祠堂柏森森"的成都武侯祠旁,汉阙把这一处闻名中外的古迹装点得庄严肃穆。

正如建筑学家和美学家指出的那样,以汉阙为代表的中国传统建筑,既空静淡远,又恢宏大气,形成了有别于世界其他国家建筑的艺术风格。汉阙的特殊气势,则表现了一种整体灵动、浪漫进取的文化精神。这种视死如归、宏阔开放的精神,正是中华民族一贯的。

"西风残照,汉家陵阙。"夕阳下,宋代的赵明诚、王象之,曾在高颐阙前流连忘返;秋风里,清代的何绍基、民国的张大千,曾在高颐阙前久久肃立。1939年9月,我国建筑学的一代宗师梁思成,跋山涉水历尽艰辛专程考察高颐阙。他此后的建筑学理念,一定有高颐阙的支撑。

"李陵不爱死,心存归汉阙。"汉阙,曾经是华夏大国的象征,曾经是仁人志士心中的寄托。敬畏汉阙,欣赏汉阙,保护汉阙,研究汉阙,让汉阙蕴含的文化与精神发扬光大吧!

蜀南：秦五尺道的诱惑

四川西南的宜宾横江镇，坐落于川滇交界处的险山恶水间。这里有一个地方古称伏龙口，它因一列山峰状如卧龙盘踞在波涛滚滚的关河之滨而得名。

2000多年来，联络川滇的交通命脉，在伏龙口宽不到200米的逼仄峡谷之中依依相邻、搏动不息；2300多年前秦始皇开凿的川滇间的官道"五尺道"，蜿蜒于峡谷山间；历代运铜进京运盐入滇的关河水道，在峡谷里奔腾不息；始建于1998年的内昆铁路，2008年通车的水麻高速公路，在峡谷里飞架盘旋；再早些年通车的川滇公路和宜凤、宜义两条通乡公路，在峡谷里亲密缠绕。

横江伏龙口

历朝历代,有多少能工巧匠在这里修桥筑路,共赴斩龙伏虎之约;上下千年,有多少文臣武将,在这里走马扬鞭,奔向功成名就之路。

岁月的积淀,本应使伏龙口享有中国实景交通历史博物馆的殊荣;光阴的疏漏,却令最古老的高速路秦五尺道,在人们的视野里渐行渐远……

时空迷乱

2011年秋,我来到了伏龙口,站在了2300年历史的交汇点。

即将汇入金沙江的关河(又称横江),在此呈90度角的大拐弯,且由于峡谷深切、河床骤然收窄,因此水流湍急。我站在通乡公路上方的五尺道上环顾地形全貌,两岸山势险峻,连绵不绝,唯有我脚下的伏龙口,如同被大自然的神工鬼斧劈出一个豁口。人车在豁口里穿行,犹如钻空子,基本不会翻山越岭。显然,这是开道筑路的绝佳地理位置。横江伏龙口成为"搬不完的昭通,填不满的叙府(今宜宾)"的必经之路,也就在情理之中。

眼前的事实也确是如此。分别架在各自高架桥上的内昆铁路和水麻高速公路,既不钻洞又不爬坡,在峡谷间、关河上从容飞渡;川滇公路和通乡公路,在山脚顺势延伸;而我脚下的五尺道,如飘带在半山腰若隐若现。

光阴倒流,在这里不再是虚幻;时空迷乱,在这里却凝固在瞬间。

这五尺道的位置,怎么会比较高呢?如此岂不是费力费时又危险吗?陪同我的当地学者的一番解释令我恍然大悟:关河水量已远不如昔,其河面的高度自然大大降低。他给我举了一个例子:历代打造兵器、铸造钱币的云南铜锭,基本靠关河水道转运到金沙江,再从金沙江沿岸码头转运到各兵器作坊和造币厂。船舶载运沉重的金属,河水必须足够深才行。因此,完全有这种可能,当初的五尺道的一些路段,是傍河而走的。

秦王朝有七大工程,分别是秦长城、阿房宫、始皇陵、灵渠、直道、驰道、五尺道。五尺道最早见于《史记·西南夷列传》:"秦时常頞略通五尺道,诸此国颇置吏焉。"大意是:秦朝时,常頞(音案)曾大略地开通了五尺道,并在沿途的这些附属国设置了一些官吏。这条道路以僰道(今宜宾)为起点,溯关河而上,经如今的水富、盐津、大关、昭通,终于曲靖。五尺道全长1000多公里,大多建在崇山峻岭之中、悬崖峭壁之上,一些路段还开凿有栈孔。这些足以说明,五尺道大多数路段是通车走马用的,堪称当时的高速路。明清以后,随着川滇两地贸易频繁,延伸出许多支线,供马帮运盐及茶,后来被统称为"盐道"。

五尺道坚

在当地学者的指引下，我踏上了五尺道上厚厚的石板。脚下的感觉，可以用踏实来形容：因为我俯身量度临崖的石板断面的厚度，竟达到 30 厘米，须知，这是经过千年时光的磨砺、无数人马足掌的踩踏而残存的厚度。

我脚下的五尺道的宽度，进一步激发了我的兴趣。此道虽随地形地势宽窄略有变化，但是保持在 1 米至 1.5 米之间。据《中国历代主要计量单位变迁表》介绍：秦汉两朝一尺均为 23.10 厘米，五尺约为 1.15 米。由此可知，这五尺道的称谓并非浪漫的想象所致，道宽五尺，是当时筑路的宽度标准。

史书载："僰道以南，山险沟深。"沿途高山巍峨，深渊万丈，行路难，难于上青天。2000 多年前，只有简陋的锤、凿、锄、钎，要在险阻难越的崇山峻岭中开凿道路，其艰险可想而知。面对挡道的重重顽山、累累巨石，当年的施工者除了用双手和血汗与之进行短兵相接似的搏斗，更是独具匠心地利用热胀冷缩原理，在坚崖绝壁处堆薪积柴，燃起大火，烧红顽石，猛浇冷水，从而顽石破碎，悬崖断裂，再用锤錾锄挖，一寸一寸地使五尺道往深山延伸。据郑启友介绍，当年在五尺道上积薪烧崖熏黑了的岩石遗迹，在某些路段仍清晰可见。

遗存完好的五尺道向山腰盘旋而上。走过一处拐肘弯，蓦然，一块状如虎口、三四层楼房高的巨石展现在我的眼前。细看，五尺道如衔在虎口中的巨蟒，一块块一米多高的石碑，竖立在古道边的虎口之中。疾步上前，伫立碑前，欣喜地发现这是几块立于清代同治、光绪年间的修路碑。碑文字迹漫漶，碑额的大字却清晰可辨。这几块修路碑的碑首雕琢有纹饰，且碑身体量较大，可推断为官衙所为。

在横江县境内这几百米完整的五尺道上，迄今为止共发现六块民国以前的修路碑，这至少说明，在清末民初，这条有着 2000 多年路龄的古道，仍承担着沟通川滇两省的重要功能。

踏着坚实的五尺道石板，环顾重峦叠嶂，又一个疑问在我心头油然而生：五尺道所蜿蜒的群山，其山石为紫红色的页岩，而道上所铺的石板则为青石，不但如此，山石与道上之石一脆一坚，材质也不相同。而五尺道所经过的广大区域，至今尚未发现青石岩体，更别说大规模的采石场遗迹了。如果是因地制宜、就地取材，当然也可以筑出一条路来。这样的路，却绝不会被誉为与秦长城等比肩的秦王朝七大工程之一。在雄才大略、一统天下的秦始皇心中，与人奋斗其乐无穷，与天地奋斗也其乐无穷。在世间，没有他办不到的事情：路，就是要从伏龙口

秦五尺道清代修路碑

过;质量的标准,就是要保证千年以后的子子孙孙从这里巡游彩云之南,甚至更远。

于是,在远离五尺道所过之处的崇山峻岭里,为了采运优质的铺路石,劈山凿石的叮当声令大地震撼,人畜肩抬背驮的队伍如滚滚洪流。因此,这些铺路石的来源,距此短则数公里,远则数十公里。如此浩大的工程,仅靠人烟稀少的当地劳动力,显然是不可能完成的。由此可以想象,曾有无数的百姓抛妻别子,被威逼胁迫至此,以血肉之躯筑成了这条巩固秦始皇霸业的坦途。

历史画卷

五尺道的修筑,其艰险超乎想象。正因为如此,它也激发了人们潜在的勇气和智慧,使之成为中国古代劳动人民与大自然抗争的宏伟画卷。

公元前250年,在稳定了对巴蜀的统治后,秦孝文王开始经营巴蜀以南地区。因修筑都江堰而造福万民的蜀郡太守李冰，又承担了开修僰人道的任务。僰人道起自僰人道县，溯关河而上，直抵传说中蜀帝杜宇的故乡云南朱提。在这里，李冰同样采用修筑都江堰时对付顽石的积薪烧岩之法。稍感遗憾的是，李冰的这又一丰功伟绩，隐没在都江堰炫目的光环之中。20多年后，统一全国的秦始皇，为了进一步略通云南，又派常頞把李冰修筑的僰人道向前延伸至建宁，全长1000多公里。五尺道至此基本定型。

公元前135年，汉武帝采纳唐蒙的建议，通夜郎，置犍为郡，"发巴蜀卒治道，自僰道指牂牁江"。史书上称这条道路为"南夷道"。随着五尺道的进一步疏通和拓展，这期间在道路沿线建置了朱提(今昭通)、堂琅(今巧家、会泽及东川一部)、存䣖(今宣威)、汉阳(今威宁)、南广(今盐津)等五县。汉代对这一地区的统治，得到了进一步巩固，商贸、文化的交流也频繁起来。

唐贞元十年(794年)，南诏归唐内附，时任剑南西川节度使的封疆大吏韦皋，差巡官监察御史马益统行营兵马，开路置驿，对五尺道又进行过较大规模的修整。

清乾隆年间，为舒缓铜运艰难，开浚关河航道，同时整修沿岸步道，五尺道更成为川滇间的主要通道。

公元225年，蜀汉政权的大后方发生南中大姓 (今云南部分地区的南人首领)叛乱，诸葛亮亲率大军平乱。南人首领孟获被诸葛亮七擒七纵，终被感动，心悦诚服地说："公，天威也，南人不复反矣。"带着彻底稳定后方的辉煌战果，诸葛亮经由滇入川第一雄关——五尺道上的豆沙关——班师回朝。千里五尺道，闪耀着诸葛亮攻心为上军事思想的光辉。

壮丽史诗

五尺道的行旅，其困苦非同寻常。正因为如此，它也磨砺了人们空前的壮志和豪情，使之成为中国古代仁人志士名垂青史的壮丽史诗。

公元794年，为恢复一度中断的云南边地对唐朝的隶属关系，袁滋受唐德宗委派，以诏使的身份，由长安经四川赴云南。袁滋一行人踏着李冰、诸葛亮的足迹，历尽艰辛，沿五尺道行至豆沙关，不禁感慨万千，于路侧岩壁上刊石纪事。他带去的不是千军万马，却与诸葛亮异曲同工：大理王异牟寻承诺重新归属大唐、恢复友好关系。豆沙关上，至今保存着完好的袁滋纪事的摩崖石刻。历代中央政权稳定边疆的英明决策，在五尺道上发扬光大。

元世祖至元年间，马可·波罗完成了他的云南之行。他从威宁入昭通至大关后，面对车辆不能畅行、徒步似乎又费时费力的五尺道，选择了骑马而行。他在五尺道上摇晃颠簸了十多天后，抵达宜宾。尽管他的身躯在五尺道上被折磨得够呛，但他的心灵却被沿途旖旎的景致和淳朴的民风所滋润。在他那部著名的游记中，对这段路程的所见所闻有着客观而美好的记录。

清末民初，著名学者、诗人和书法家，大理人赵藩，不知在五尺道上走了多少个来回。因为他曾在川南盐茶道任上，在五尺道沿线督办公务、体察民情，是他的应尽之责。后来他在成都武侯祠能写下"能攻心，则反侧自消，从古知兵非好战；不审势，即宽严皆误，后来治蜀要深思"著名楹联，一定是受到了五尺道上风云激荡的历史大戏的熏染。

秦五尺道

一位当代考古学家面对伏龙口六道并行奇观，在惊讶、赞叹之余深有感触地说，伏龙口现象，"说明古代人类的智慧远远超越了当时经济、科学发展水平的局限，从而在交通选址上与现代人心灵相通"。

五尺道，这条穿越了2000多年文明的时光隧道，绚烂至极归于平淡，辉煌之至归于沉寂。但是，它的魂魄，将古人与今人、老祖宗与新生代联系起来，并在冥冥之中拥抱着未来。

大瓦山：东方的诺亚方舟

英国著名探险家、植物学家威尔逊先后5次来到中国。1903年，他从成都出发，游历乐山、峨眉山后，继续沿西夷道和南夷道之间的阳山江道西行。

这条隐秘且历史悠久的古道，没有直接穿越大渡河大峡谷，而是绕行于大渡河北侧的崇山峻岭中，经乐山永胜乡五池村翻大瓦山北侧蓑衣岭后，蜿蜒西去。

威尔逊虽然未能一睹大渡河旷世幽谷的壮美，但一座奇特而罕见的山峰，却让他惊叹不已，足以弥补他与大渡河大峡谷失之交臂的遗憾。他在《一个博物学家在华西》的第19章，生动地记述了他与这座奇峰的奇遇，并发出"大瓦山像一只巨大的诺亚方舟，船舷高耸在云海中"的由衷感叹。

形如诺亚方舟的大瓦山

沉寂而默默无闻的大瓦山,由此为世人所知。

大瓦山屹立于乐山市大渡河金口大峡谷北岸,海拔3236米。山顶高出东面的顺水河谷1860米,高出南面的大渡河水面2646米,其相对高度仅次于世界第一高桌状山———南美圭亚拉高原2743米高的罗赖马山。

至今,海拔高达3236米、顶平壁绝、无路可上的"东方诺亚方舟"大瓦山,仍气势凛然地傲视着匍匐在它足下的芸芸众生。

天堂花园

大瓦山脚下,有5个天然的高山冰川湖泊,分别是大天池、干池、鱼池、高粱池、小天池。其中最大的湖泊是大天池,海拔约为1850米,是大瓦山五大天池中海拔最低的一个。

攀登大瓦山之前,我先浏览了点缀在大瓦山下的这五大天池。

大天池水面面积达数百亩,是典型的高山冰川湖。与之相伴的,是一大片绿茵茵的草甸。放眼望去,环湖的滩涂上、树荫下,散布着星星点点或张网或垂钓的羡鱼人。这是一处露营者安营扎寨的理想之地,是这一段险象环生的抗战公路乐西路上唯一的温柔之乡。

大天池之水并非我想象的碧波荡漾,而是呈深绿偏黑的颜色。向导似乎看出我有点失望,却并不急于解释,而是俯身用矿泉水瓶舀了满满一瓶湖水递给我。我接过水瓶细看,湖水水质澄澈,竟与原装矿泉水差不多。

据向导介绍,五池村的村民们早就知道这个现象,但不知道是什么原因。由于此湖常年水温很低,鱼类生长缓慢,但熬出来的汤,味极鲜美。此湖有一个奇特现象,池水常年不满不溢,无论寒暑春秋,无论刮风下雨,偌大的湖面没有一点枯枝败叶,始终如一面绝无瑕疵的明镜。

曾有地质专家到五大天池来考察过,推断这些天池很可能是大地震后形成的。

在五大天池中,除了大天池之外,其余的几个都只能算是季节湖。除了盛夏之外,它们在多数季节都是沼泽湿地。比如高粱池,平时基本上看不出是湖泊,湿地上长满了各种各样的野花,特别是一种大渡河大峡谷地域特有的粉背灯台报春,当地人俗称"转转花",初夏时节,满山谷一片火红。名为干池的天池,其实并不干,湖畔的活性沼泥,蓬松黝黑,湖边长满了翠绿的野花野草。

5月,大瓦山是杜鹃的世界。在威尔逊看到大瓦山之前的1878年6月5日,美国自然科学家贝伯尔登上了大瓦山。他仅仅在上山途中,就采摘到了16种杜

大瓦山大天池

鹃标本。品种不同的杜鹃,高的宛如巨木,矮的只齐脚踝。他们一行先是从花丛中穿行,攀缘时抓的是杜鹃树根,行走时甚至不得不从怒放的鲜花上踩过。大瓦山下漫坡遍野灿若云霞的高山杜鹃花,也令威尔逊欣喜不已,并记载于他的游记之中。

我上大瓦山时值六月,杜鹃花已凋零,但眼前的景象,仍令人不难想象大瓦山麓台地缓坡上杜鹃花盛开的壮观场面。

地质奇观

乐山市永胜乡政府驻地,正对着大瓦山正面。我沿乐西公路行进至乡政府,稍作休整,为登上大瓦山做一些必要的准备。

伫立乡政府楼前,我眼前的大瓦山如一幅不时变幻的宏大画卷:弥漫在大瓦山腰的云雾,似大海的波涛,顶平壁绝的大瓦山恰似一艘巨轮,在流动的云波雾浪里乘风向前;簇拥在大瓦山周围的一座座尖顶山,如波涛中时隐时现的险恶岛礁,又如一艘艘奋力挣扎的帆船。

沉浸在遐思里的我,被向导一席话打断:"自古华山一条路,大瓦山却一条上山的路都没有！"他告诉我，至今唯一一条上山的"路"，是药农、猎户在原木上横向捆绑蹬脚的木棍，然后将这简易木梯一截一截地搭在绝壁夹缝中形成的。

当年威尔逊攀登大瓦山，在临近山顶一段长约百米、宽不到两尺，两边是万丈深渊的山脊上，他牵着的两只猎犬竟吓得不敢走了，且差点将他拽下崖去。无奈之下，威尔逊只得将它们的眼睛蒙上继续前行。

威尔逊是在1903年7月1日伫立峨眉山顶时，第一次看到这座四周被悬崖环绕的孤山。后来他在文章中写道："当大瓦山第一次出现在我的眼前时，大约是在20英里的距离上，我简直就不敢相信这就是大瓦山。它看上去是这样一个巨大的悬崖，它的壮阔宏大使其高度相形见绌。"

在地质学家的眼里，如此高海拔的桌状山，在国内绝无仅有。晴朗之日呈现在人们眼前的大瓦山，如突兀的空中楼阁，又如叠瓦覆于群山之巅。大瓦山由二叠纪火山喷发的玄武岩构成，在地质结构上与峨眉山、瓦屋山相同。但它与峨眉山、瓦屋山相比，在地貌景观上更为独特和奇峭，又因为它俯临大渡河大峡谷，景象更为诡异。

从卫星地图上看大瓦山，其平面近似一个底边朝西、顶角朝东的等腰三角形，朝向东北、东南和正西的三条边分别长约1750米、2000米和3000米，三面全为绝壁。

当我行进到五池村一带开始上山时，它东北面高差约1400米的绝壁，威风凛凛地横亘在我眼前。从五池村的大天池至山顶之间、海拔约2500米处，有一个约700平方米的平台，名为瓦山坪，这是艰难登山之途的一个天然驿站。

以瓦山坪为界，山体分为两层。在它以下是石灰岩，以上则是被称为"峨眉山玄武岩"的火山岩。在绝壁上，二者颜色分明，石灰岩呈浅灰色，火山岩呈暗褐色。"峨眉山玄武岩"构成了大瓦山绝壁最精彩的部分，它那层层叠叠的构造，是远古时期火山一次次喷发、一层层堆积的火山熔岩流和火山灰的反映。

大瓦山的顶部，布满火山喷发堆积而成的玄武岩、白云岩。尽管它四周环绕着的峭壁高度800至1600米不等，看似无路，但恰好在它东北面和西面绝壁的相交处，形成一个坡度稍缓的山脊，成为上山的唯一通道，真是天造地设。

原始生态

在瓦山坪以上，正如向导所说，所谓的路，是顺着崖壁上的石缝搭起的木梯。由瓦山坪上行攀上莲花崖后，是一长段窄窄的山脊，名唤滚龙岗，也就是当年威尔逊差点被猎犬拽下深渊处。此处地形和"自古华山一条路"相比,其险峻陡峭有过之而无不及。

这里离大瓦山巅大约有 300 米的高差,是登山途中视觉感受最让人震撼的地方。滚龙岗宽不过几米,最窄处仅 1 米左右,两侧是落差 1000 多米的深渊。在此段山道行走,相当于行走在四百多层高楼的楼顶边缘。滚龙岗之上的路段,则完全靠石缝里的木梯来攀爬,其中一段因石缝太窄,只能拽着绑在木梯上的铁丝才能上去。

大瓦山顶是一个平坦的略有起伏的台地,面积约 1.6 平方公里,杜鹃花铺天盖地,几乎把整个台地都覆盖了,许多杜鹃树高近 10 米,直径粗大。在杜鹃树之下,苔藓肆意生长,编织成一张漂亮的地毯,杜鹃花之间的空地上长着一些秋牡丹和樱草。许多地段,漂着缤纷花瓣的溪水漫过小路,行人只好踏着溪边的树根谨慎前行。时值六月,我看到在山下盛开在三四月间的报春花,在瓦山坪以上区域仍然怒放。

大瓦山顶的中部原有一座灵祖庙,传说与峨眉山金顶的寺庙同时建成,1959 年被拆毁。近几年来大瓦山的户外运动爱好者越来越多,但山顶上没有遮风挡雨的地方,当地一位村民四处化缘,集资 4000 多元,于 2004 年在山上重建了简易的灵祖庙。如果计划不周或稍有意外,便不能当天上下大瓦山,因此,这座四面透风的简易小庙,便成为夜宿山顶的户外运动爱好者的庇护所。

在登山爱好者的心目中,大瓦山已是一处圣地。由此,当地村民有了一个新兴职业——向导。他们除了带路和背行李,还要做检修登山危险路段、在危险路段帮助游客上下等事情。前不久曾有一位游客上顶后再无力气下山,几位背夫把他捆在自己身上,轮换着背下山去。

虽然如此,但五池村村民告诉我,至少在他们有生以来,还未听说过大瓦山摔死人。有的老人虔诚地望着大瓦山对我说,大瓦山心肠好啊,从来不害人!

当年威尔逊冒着生命危险登上大瓦山顶时,山顶小平原上遗存的品种繁多的珍稀植物,惊得他头脑一片空白,以至于他只能借用此前登顶的美国探险家贝伯尔的"世界上最具魔力的天然公园"的经典评价,来赞叹这遗世独立之地的奇花异树。

由于大瓦山奇异非凡的地质构造,使它成为"壮丽堂皇的自然公园"(威尔逊语)。它是东方的诺亚方舟,更是这个东方文明古国遗世独立的蓬莱仙山。

清溪:劲风口上大唐关

公元829年11月,南诏国(今云南一带)发动大规模侵唐战争。12月,南诏军队攻陷成都西郭,大掠妇女、工匠数万人及珍宝无数而去,给四川带来深重的灾难。

公元830年10月,一代名将李德裕临危受命,任剑南西川节度使,开始了确保蜀地平安的艰巨工程。他"南入南诏,西达吐蕃……访以山川、城邑、道路险易广狭远近,皆若身尝涉历"(《资治通鉴》)。在奏准朝廷后,李德裕在大渡河北岸、黎州(今汉源清溪)以南建城堡守之,"蜀人粗安"。

时隔千年,1908年8月5日,英国著名的园艺学家和植物学家亨利·威尔逊,伫立大相岭南麓的一处山头,手持相机,食指轻点,拍下了一张全国仅存的唐代州一级城市的全貌。这座古城,便是当年李德裕所筑的黎州城,如今的汉源清溪镇。

照片上呈现的这座唐代州府,坐落在一处山间台地上。它城墙四合、墙堞可数;城内街巷纵横、树木掩映;民宅白墙黑瓦、错落有致;衙府书院俨然在目、气象非凡。画面完整地显示,这座看似宁静、祥和的古城,三面临深涧巨壑,一面倚巍峨高山。因此,它更像是军事重镇、戍边雄关。

连天的烽烟早已在清溪散尽,如今,它活在"清风雅雨建昌月"这句广为人知的民谚中。它以山呼海啸般的劲风,与雅安的朦胧烟雨、西昌的银盘明月,共同成为川滇古道上的三大特色之城。

堪比皇城的城门

从成都出发,翻过海拔3000多米的大相岭后,公路右侧有一块大台地镶嵌在群山之间。台地上,一大片鳞次栉比的房屋,令乘车人在大相岭盘山道上的枯燥顿消。那里,便是清溪镇。

作为一座扼西南边地通往四川内地交通要道的重镇,清溪的高大城门和透迤城墙,应该是它最外化的特征。威尔逊拍摄的那幅弥足珍贵的历史影像,更使

清溪城门

我对古城的城楼城墙充满遐想。

清溪的老街虽有九街十八巷,但主街只有两条,一条南北向,一条东西向。南北向的那条主街,街面上还残留着零落的石板,两旁的民居多是一楼一底的木结构老屋,院内大天井套小天井,古朴而幽深。从各家各户的屋檐垂下的长串长串的玉米棒子,在阳光下泛着金光,令人感觉不是进入市镇,而是身处农舍。

我沿这条主街北行几分钟,如今仅存的清溪古城北城门——武安门便赫然在目。

因有城门下低矮的老民宅的衬托,北城门显得超乎我想象的宏伟。我上下打量高高在上的城堞和光线昏暗的门洞,才感觉到它是实实在在的雄关。据目测,不算已倾颓的城楼,仅城垣便近10米高,门洞的高度约6米。宽敞的门洞,当时的驷马高车可疾驰而过,帝王的皇辇也畅行无阻。而门洞的进深,竟罕见地有10多米,也就意味着城墙的厚度接近10米。如此高大厚实,甚至可以和历朝历代的都城城门城墙相媲美。清溪作为一个州一级城市曾经的辉煌,由此可见一斑。

清溪北城门目前的形制和规模,应该是明代的遗存。据《清溪县志》(嘉庆版)载:"今城,即(黎州)安抚司城,唐韦皋(唐代名将,曾任西川节度使,李德裕的前任)筑土为之;明初,成都右卫千户朱正,因旧址,甃(用砖或石砌墙)以石,高二丈五尺,周七里七分。"

清溪的深堑高墙,没有辜负历代占有者的厚望。唐代韦皋、李德裕以此为龙头,协调大渡河北岸沿线的其他城堡,有效地抵御了南诏的进犯,确保了一方平安;清代同治元年(1862年)九月,太平天国翼王石达开的前锋大将郑永和渡过大渡河,欲经清溪北上雅安,为企图夺取成都的石达开开路,结果被清军阻于城坚地险的清溪城下;1935年,中国工农红军两次进入汉源境内,寻机北上,四川军阀刘文辉奉蒋介石之命,将前敌指挥部设在清溪城内,凭借易守难攻的地势阻击红军。

遗憾的是,威尔逊照片中完整地环绕清溪城的城墙,以及其余三座分别称为省耕门、阜财门、通化门的城门,已荡然无存。北城门得以幸存,在偶然中也因为当地居民对文物的竭力保护。

当我在门洞的甬道里徘徊,感叹这道城门命大福大时,居住在墙根的一位老人告诉我,"文革"时,造反派在门洞里已打了炮眼准备放炮炸毁北门。但是,这位老人的房屋是倚城门而建,古城墙的墙体便是他房屋的一堵山墙。面对造反派的威胁恫吓,老人寸步不让,决不搬家。本已安装完毕的炸药,也就始终没有炸响。

征得老人同意,我进入他家。他搬开靠城墙墙体摆放的木柜及杂物后,乌黑厚实、棱角分明的古城墙墙砖在幽暗中闪烁着深邃的历史之光。他凑近城墙,用手抠着砖缝的粘合物告诉我,这砌墙的灰浆,是用石灰加糯米浆、蛋清调和而成,不会风化。我试着使劲抠了几下,这灰浆果然如水泥一样坚硬。

如今,这座仅存的城门,仍是古镇居民进出的通道。尽管车辚辚、马萧萧的军旅已从门洞里远去,但有了它,整个清溪镇便有了沧桑之感。

建筑完备的文庙

曾作为州城的清溪,城内除了军营、校场,还曾有衙署、学署、考棚、文庙、祠堂等28座建筑物,以及10多座牌坊、楼亭。遗存中保护得很好的,当数文庙。它是四川仅存的8座文庙之一,也是雅安境内仅存的文庙。

文庙位于镇东。这是我所见到的最完整的文庙:它那具有皇宫般气势的标志性建筑"万仞宫墙"巍然屹立不说,墙体两侧的贤关门、圣域门也是旧时原样。

文庙原称孔庙,是每年祭祀孔子的场所。公元739年,唐玄宗追封孔子为文宣王,全国各地的孔庙因之改为文宣王庙,简称文庙。明清以来科举考试均在文庙进行,故也称学宫。

面南而立的万仞宫墙,是整个孔庙建筑群的首端。其名出《论语·子张》:"夫子之墙数仞,不得其门而入。"意思是以万仞高墙形容孔子的学识渊博高深。万仞宫墙之东的圣域门,是文人墨客祭祀孔庙的专用通道;朝南的贤关门,则是各级官员拜谒孔子的专用通道。万仞宫墙的中部,还隐藏着一道门。此门与墙体浑然一体,只有此地出了状元,才可破墙开门。

按规矩,我应该从圣域门进去,但此门已被砖石封闭多年。在文庙义务看护人杜大爷的带领下,我走过贤关门前的下马石,从此门进入庙内。

庙内的参天古木,掩映着文庙的大门——棂星门。这是文庙的第一进建筑。棂星门是一座四柱三间三层的石牌坊,前面的门框上,有新科状元打马游街的雕像;门框后面,则雕刻着武状元受人恭贺的场面。石牌坊的顶部,有四根龙缠冲天柱,系镂空雕刻,工艺精湛;中部是丹凤朝阳、双龙抢宝浮雕;下部则是书有"棂星门"的石匾。

清溪文庙

清溪文庙棂星门

　　过棂星门便是泮池。池上有宽约1米的石拱桥,俗称状元桥。此桥并非状元才能过,而是以状元桥之名提醒过往此桥的学子,要以取得最高功名为奋斗目标。我在桥上伫立,只见泮池形如半月,池水碧绿,锦鲤游弋。

　　过了状元桥,便径直进入戟门。戟门是文庙第二进建筑的大门,两旁分别是乡贤、忠义、官宦、节孝祀祠。穿过戟门,便是一个铺满方形石板的正方形大院,正前方便是文庙的大成殿。

　　首先吸引我的,是院里的三棵古树。一棵是难得一见的高龄紫荆树,植于300多年前。它那需两人才能合抱的树身,已完全没有树皮,其裸露的躯干呈古铜色,其表面暴凸的纹理如虬须,但仍枝繁叶茂。观赏此树,令我想到白发红颜秃顶的人间寿星。另外两棵树是百年桂树。杜大爷告诉我,两树分别是金桂和银桂。只见两树树冠如巨伞,为这四合院平添了几分清幽。

　　大成殿是文庙的主体建筑。《孟子·万章下》曰:"孔子之谓集大成。"因此,祭祀孔子的大殿称为大成殿。清溪文庙的大成殿为重檐歇山顶穿斗结构,琉璃红瓦,青石铺地。其殿宽五间,宽度约21米;进深三间,深度10米多一点;其总高度为11米。如此体积的大殿,自然会给人以庄严肃穆之感。

　　据杜大爷介绍,此处原为建于南宋开禧元年(1205年)的玉渊书院,是雅安境内最早的书院，在当时远近闻名，仅比白鹿洞书院晚 26 年。该书院毁于兵燹。清嘉庆四年（1799年），在书院遗址上始建文庙，几经兴废后，于清光绪九年（1883年）全部落成，费银 2 万多两，总面积 5000 多平方米。

清溪文庙的主要建筑不但保存完好，其大成殿正面台基上的龙首向天、咄咄逼人的盘龙石雕，大成殿侧边的古朴典雅的礼乐亭，大成殿台基下的一对虎视眈眈的神兽，均为文庙始建时原物。因此，到清溪文庙一游，可对古代文庙的形制和设施有一个整体了解。

异香的牛肉汤锅

由于清溪位于大相岭下的山地平台之上，其西北高、东南低的地势与山脉河谷的走向一致，因此，每年春季乍暖还寒之时，西北高原的气流依山顺势，沿着几条沟口正对清溪的河谷俯冲而下，最大风级可达 10 级。每年夏季，冷热空气又在清溪形成强烈的对流、相持，造成劲风雷雨天气。清溪附近的一座风洞山，因山上的一个溶洞洞口的劲风声如雷鸣、势若狂涛，从而成为汉源八景之一的"风洞涛声"。

出清溪南门，沿南方丝绸之路古道而行，有一副刻于悬崖之上的对联"山横水远"，这是南方丝绸之路汉源段著名胜景之一。相传唐大历年间，一位名叫李子谷的儒生行至此处，见山形险绝，写下"山横"的上联，并请人刻于崖上。800 多年过去了，一直无人对出下联。直到明天启年间，一位学子行经此处，写下"水远"二字，才圆满地续出下联。山横水远，形象地概括了南方丝绸之路的崎岖漫长，成为这条传奇的国际商贸通道的生动写照。

清溪得天独厚的日照及风大干燥的气候，很适宜花椒树生长。这里的花椒，自唐元和年间便被列为贡品，自此名声在外，清溪也就成为公认的"历代贡椒之源"。我们在清溪郊外、大相岭南麓的坡地上放眼望去，花椒树成片成林，无际无边。如今，花椒仍是当地农民的重要经济收入来源。

不知是否是清溪的花椒调味去腥的功效奇特，清溪的黄牛肉汤锅誉满川西。对此早有所闻的我，在 108 国道泥巴山清溪收费站前后长一两里路的两旁，便看到一家挨一家的清溪黄牛肉馆。其店名各不相同，但"清溪黄牛肉"这个主题词均嵌于其中。

谁家正宗，我颇为踌躇。经当地人指点，我进入其中一家。据店主介绍，清溪黄牛肉的卖点概括地说，一是当地贡椒，二是跑山牛。而做法不是传统的炖、蒸、拌、烧，而是类似火锅。

当菜品端上桌后,只见铁锅里红汤油亮,满桌洋溢着与重庆火锅不同的奇香。汤中的牛肉呈块状,入口细嫩化渣。店主告诉我们,一定要蘸油碟吃,那才吃得出来清溪黄牛肉的独特味道。我遵嘱蘸了油碟再吃,果然感觉不一般。细细品尝,感觉辣味爽口、麻味醇厚,并略带炒花生的酥香和大蒜的芳香,那是多种调料复合后产生的难以言喻的鲜香。我一边大快朵颐,一边问店主这油碟到底有啥名堂。店主笑了笑说,好吃,就多吃点嘛。并不回答我的问题。这是商业秘密,我能够理解。

有着1000多年历史的清溪,古貌依稀,唐风犹存,文脉尚在。

拖乌山：红石险关孟获城

翻开四川地图，目光沿雅安境内的108国道向南游移至石棉与冕宁交界处，一个小小的圆点所标注的地名，不由得令人眼前翻滚着东逝的长江水，慨叹着浪花淘尽的英雄。

这里以三国时期一位英雄的姓名做地名。他在中国古代战争史上，以罕见的屡败屡战、永不服输的斗士品格，留给后人无数传奇故事。他，便是孟获。

在四川雅安、西昌及云南，传说或确认有当年孟获所筑之城的地方不少。诸葛亮南征孟获，如今仍是这些地方的民间热门话题。但是，以他的英名作为地名的，仅有石棉县栗子坪乡孟获村。

孟获村，坐落在占地万亩的孟获城内。"打开孟获城，世上无穷人。"当地人始终相信，孟获城的城垣、营垒之下，埋藏着无尽的珍宝；孟获城的草场、山冈之上，仍游荡着他们这位先祖的英魂。

血染的红石滩

南出石棉县城，沿108国道行约50公里，左边车窗外的岔道口，只见一座纪念碑高耸入云。碑的顶端，是一只振翅欲飞的雄鹰雕像；碑下面的广场，状如搭箭的强弓。这条岔道，便通往10多公里外拖乌山深处的孟获城。

在尚未正式开放的孟获城景区游客接待中心，我了解了几个主要景点的路线及方位之后，首先游览红石滩。

红石滩位于景区内一条名为阿鲁伦底河的河谷。顾名思义，河谷里河滩上的石头是红色的。当我伫立河滩之上，置身波涛般的红色石阵之中时，既兴奋、震撼，又新鲜、好奇。

这红石滩的红石随河床蜿蜒，没有尽头，宛若一条红色的巨龙。它红得纯正、红得耀眼，仿佛人工刷上一层彩色涂料。但蹲下细看，却发现它们的表面湿漉漉、毛茸茸的。它们为碧水、蓝天、绿树构成的山水画，增添了难得一见的亮色。大自然的美景，在这里也显得更有层次，更为色彩斑斓。

红色,蕴含燃烧的激情,象征火热的爱情。因此,这红石滩的红石,除了为摄影爱好者增添了素材,激发了他们的灵感,还被纷至沓来的情侣们称为"情石"。红石滩成为情侣们的温柔之乡。他们徜徉在红石滩上,或相拥定情,或执手许愿……

不过,在当地老百姓中,却流传着一个与红石滩有关的悲壮故事。

建兴三年(225年),蜀汉丞相诸葛亮为巩固战略后方,以图中原,对拒不称臣且频频袭扰蜀地的南中夷人首领孟获进行征剿。蜀汉时的南中,主要包括今云南、贵州西部和四川西南一带,设有永昌郡(郡治在今云南保山)、益州郡(郡治在今云南晋宁)、越巂郡(郡治在今四川西昌)、牂牁郡(郡治在今贵州黄平),也就是说,当年孟获实际控制的地盘的总面积,并不比蜀汉小多少。

诸葛亮南征的规模,不亚于此后的七出祁山、北伐中原。他将蜀汉大军分为三路:马忠率东路军攻牂牁,李恢率中路军攻益州,自己亲率作为主力的西路军攻越巂。三路大军约定在滇池会师。

从成都出发时,马谡送诸葛亮出城数十里,诤诤进言道:"攻心为上,攻城为下;心战为上,兵战为下。愿早服南人之心,以收长治久安之效。"诸葛亮听了连连点头,并将这一战略思想贯穿南征始终,从而为世人留下了"七纵七擒"孟获的传奇故事。

孟获堪称一代雄杰,他的野性中有悲悯,鲁莽中有狡黠,狂放中有信义。

屡战屡败的孟获,败退至栗子坪的拖乌山深处,想起成千上万战死疆场的部属,不禁悲愤难抑,仰天痛哭,一连数日如此。他眼中流出的不是泪水,而是殷红的血水。他的血泪,染红了阿鲁伦底河谷的石头。红石滩凝聚着孟获的无限悲情,见证着战争的残酷、和平的珍贵。

事实上,红石滩的石头之所以呈红色,是因为它们的表面生长着一种称为乔利橘色藻的藻类。它的细胞内富含虾青素,这种类胡萝卜素能帮助橘色藻类抵抗高海拔地区强烈的紫外线,抵抗高寒地区的低温干旱,而原生岩是它生长的必要基质,潮湿多雾的小环境又是它大规模生长的必要条件。

隐秘的天生城

孟获城景区的高山草甸区域,是真正的孟获城所在地。当我们驱车穿行在景区公路上时,岗峦连绵。因此,当一片面积达4平方公里、整体略有坡度但一片坦平的草甸出现在我们眼前时,这种川南地理上并不多见的景象,令我又是一阵欣喜。

在这片广阔的高山草甸入口处，在孟获城城门的遗址上，一座颇具民族特色的城楼，巍然矗立。它扼守着通向孟获城内的通道，因为在它的两边，是难以逾越的山冈。连接城楼的城墙，在山冈上绵延，如同万里长城。

登上城楼，沿城墙上的跑马道徐徐而行，放眼望去，我不由得为孟获当年选择这一处作为大本营而惊叹不已：城内那绿如巨毯的万亩草甸，足以将数万战马养得膘肥体壮；三面依高山峻岭，一面临孟获河的地势，构成易守难攻的天然城池。况且，这样一块可供千军万马休养生息的宝地，还隐藏在如此隐秘之处。

由此我推断，当年孟获是兵强马壮的；他的韬略，不是演义中描述得那么肤浅的；他的斗志，是有雄厚的物质基础做保证的。

一位牧马的孟获村村民指着一处面积数百亩的矮树林告诉我，诸葛亮有八卦阵，孟获有迷魂阵，一旦将敌军诱入这片没有路径且每棵树都长得一样的林子里，孟获的士兵便可将这些迷失方向的敌军消灭干净。这片林子的树，被称为"神树"，至今无人敢乱砍滥伐。

沿着城墙上的跑马道，我登上了一座山冈的最高处。这里是原孟获城烽火台遗址，如今矗立着一座用原木搭建的约10米高的瞭望台。

站在瞭望台上，孟获城内外一览无余。广阔的草甸、险峻的高山、深切的河

孟获城城门

远观孟获城

谷沟壑等地貌,莽苍的原始森林、深邃的灌木林等植被,共同构成了空间层次异常丰富的迷人景观。

在这里观景,四季不同,如川剧变脸:春天,草甸上繁花似锦,若漫步其间,如同在花海中遨游;夏天,凉风令人惬意,尤其是入夜后观天象,最能体会"星垂平野阔"的诗意;秋天,山林色彩斑斓,如上帝打翻了调色板;冬天,白雪皑皑,一派银装素裹的壮美。

时值初秋,半环绕草甸的群山尚未展现多彩的姿色,但草场上星星点点的牛马、炊烟袅袅的木屋、山寨栅栏墙般的牲畜圈,仍令人充分领略了当地的浓郁风情。

据《云南志略辑校》载:"蜀建兴三年,诸葛亮征南,闻孟获为夷、汉所服,募生致之,凡七纵七擒。获曰:'公,天威也。南人不复反矣。'诸部悉平。"

当年征战处,今日旅游地。在这里,历史留给游人许多值得思考的东西。孟获的英雄事迹之所以在这片广袤大地上代代相传,人们以崇高而神圣的虔诚来怀念他,除了他罕见的永不服输的亮剑精神,也在于他对当地经济、文化的贡献——孟获发明彝族服饰,孟优发明农耕方法和乐器,更在于孟获为了民族利益而深明大义:为了民族的延续和各兄弟民族间的和谐,该坚守时坚守,该放弃时放弃。事实上,孟获任蜀汉的御史中臣后,恪守自己的诺言,终生致力于维护西南各民族之间的团结。

孟获城的自然风光美不胜收,但触摸孟获城的灵魂,感受孟获精神,才应当是去孟获城旅游的根本原因。

苟王寨：造像超度南宋魂

洪雅县天宫乡与夹江县歇马乡接壤处的峨眉山余脉，层峦叠嶂、寂静幽僻。其海拔1463米的主峰八面山，山势崇峻、石崖峥嵘。

就在八面山的沟壑山涧、松涛雾岚之中，遗存着南宋时期洪雅、夹江军民为抗击疯狂入侵的蒙古铁骑，据险构筑的苟王寨、尖峰石城（八面山又称尖峰山）。

苟王寨内至今尚存两处题刻，一处为，"乙酉岁建炎三年（1129年），选用六月上旬修。崖匠任文贵"；另一处为，"西蜀不幸，连年被鞑贼所扰。时戊戌嘉熙二年（1238年），崖匠吕桂等修"。这些题刻，不但确切地证明西蜀为防范和抵御北方游牧民族的入侵，未雨绸缪，倚险山建寨自保的史实，同时也间接证明，苟王寨为1243年南宋主政四川的名将余玠制定"以山设险，以步制骑"的抗蒙战略方针，建立遍布四川全境的山城防御体系，提供了理论基础和实践依据。

作为南宋四川抗蒙山城防御体系的鼻祖和蓝本，苟王寨的神秘面纱，近年来逐渐被文史工作者撩开，并成为探险者、旅游爱好者的青睐之地。

险道秘址　以避鞑贼

从地图上看，八面山距洪雅县城直线距离不到30公里。夏至时节，我驾车从成都驶抵洪雅县城，再出南门跨过青衣江大桥，经阳坪、青杠坪，向苟王寨所在的将军乡拳石村进发。

沿途，阳坪的风光如同阿尔卑斯山麓牧场，青杠坪的茶园层峦叠翠。惬意养眼之际，我不禁有些疑惑，那身处险山莽林的苟王寨，真是在前方吗？

行10多公里后，道路渐窄，坡度渐大，弯道渐多。山雾迷蒙，山道湿滑，人迹杳无，偶有摩托与我会车，我只得停车让对方小心翼翼推车错过。

公元1238年的同一季节，就在这条幽暗而崎岖的小道上，蠕动着一支由军队护卫的扶老携幼的数千人队伍。这支队伍的目的地是苟王寨，去苟王寨的原因，是因为南宋成都府刚被蒙古军队攻占且惨遭烧杀抢掠。

那是在公元1237年，蒙古皇子阔端率数百名精锐骑兵突袭成都，南宋成都知府丁黼率所部兵马出东门迎战。半夜,蒙古骑兵突然包围驻扎在石笋桥的丁黼营寨,激战中,丁黼中箭殉难于桥头菜地之中。此事件拉开了蒙古军队大举进攻四川的序幕,全川为之震动。当时的一名四川人吴昌裔在《论救蜀四事疏》中这样描述蒙古军的暴行:"迨至去冬,其祸惨甚……毁潼州、遂州,残梁山、合州,屠成都、焚眉州,蹂践邛、蜀、彭、汉、简、池、永康,而川西之人十丧七八矣。"

不久,南宋洪雅驻军一名叫作白千户的将领,便动员洪雅百姓战备疏散。于是,八面山上便出现了那支军民混编的数千人队伍。苟王寨内领兵人的题刻"白千户住此亭台"记载了此事。此外,苟王寨内"吴杨二宅占此。避难诸多人不请来

通往苟王寨的唯一通道

此。时戊戌(1238年)九月吉日记"的题刻,也确切记载了成都失陷后,苟王寨由白千户等领兵把守,川内抗蒙志士纷至沓来的情形。

当我的汽车又用20公里的时速爬行10余公里后,只见道旁插着一块1米高的木制标志牌,上书"省级文物保护佛佛岩由此去"。苟王寨被当地人称为佛佛岩,是因为寨内遗存着大量的明代为纪念殉国的抗蒙将士雕琢的摩崖造像。

原本承载着南宋抗蒙志士英魂,寄托着蜀中百姓哀思的庄严造像,被"佛佛"化为和风细雨,如过眼烟云般缥缥缈缈。

按标志牌上箭头所指的方向,我沿一条尺余宽的石板路,行进于不见天日的密林之中。我再次疑惑了,因为明显感觉是在走下坡路。虽然此前我曾查阅过明代和清代的《洪雅县志》对苟王寨地形的记述:"苟王寨,宋人避乱之处。前临深山峻谷,后靠悬崖绝壁,置木梯而下……"但凭着寻访多处抗蒙山城的经验,此寨也应该居高临下。

路隘苔滑,我小心行走10多分钟后,仿佛雨过日出,眼前大亮。此时,我已站在一处断崖边。放眼望去,脚下,是溪水流淌的深谷;对面,是连绵的翠岗。石板路沿着断崖的边缘蜿蜒而下,成为盘绕在山腰的栈道。这栈道,便是通往苟王寨的唯一通道。

此时,我才有些明白了,作为抵抗蒙古铁骑的营垒和躲避战乱的栖身地,苟王寨的地利,不在山高城坚,而在隐秘和道险。

我有惊无险地走完最后一段几乎垂直向下的栈道后,构筑在悬崖边的苟王寨栅栏门,终于出现在眼前。

寨破人亡 雨夜鬼哭

尽管来此之前查看了关于苟王寨的文字、图片资料,但当我推开栅栏门时,苟王寨的形象仍令我有些意外。

苟王寨既不像抗蒙名城苦竹寨、凌霄城那样建在四面绝壁的山顶,也不像钓鱼城、神臂城、云顶城在临江险要的高地修筑城墙而成。它是利用山形高峻、坡地绵亘的八面山中一处悬崖拦腰形成的巨大的环山石缝,经人工拓宽、加固,形成的一条长约2000米的石廊。石廊最窄处不到1米,最宽处五六米。长长的石廊上方有凸出的岩石遮风挡雨,使整条石廊好似半封闭的隧道。在这"隧道"中行走并不轻松,有的道路仅容一人通行,若脚下打滑,坠下深渊便尸骨难寻;有的路段盖顶的巨石距道面不到一人高,需躬身弯腰通过;有的路段山泉从廊顶飘洒下来,不疾速通过便成落汤鸡。

我在石廊一宽敞处站定，放眼看去，虽感此地险峻且隐秘，却不见栅栏、堡垒等防御工事。经当地文管部门聘请的守寨人王俊珍指点，我才在石廊外侧的岩石上，看到等距离的一排方形石孔，每个石孔大小一致。毫无疑问，这是当年苟王寨屯兵固守时，构筑堡垒、修建栅栏的遗迹。有几处较为平整的岩石上，遗存着当年掏凿的舂米的石臼。

如此隐蔽且易守难攻的苟王寨，当年成为洪雅、夹江人民的避难所，成为他们生存的最后的希望之地。遗憾的是，苟王寨于何时、何故被蒙军攻破，史书并无记载。在民间，多年来流传着各种说法，有的认为是火攻：虽然令人难以

苟王寨内舂米的石臼

置信但又是事实的是，蒙古军队的武器竟比文化、经济发达的南宋先进，他们天才地发明了当时最为可怕的弓，其射程可达300米，一般的铠甲难以抵挡，且大量装备部队。当时，南宋只有精锐部队装备的神臂弓才能与之相比。因此，当年蒙古军队弓箭手在苟王寨悬崖下的九龙溪摆开阵势，将箭头缠绕易燃物且点燃后射向高高在上的苟王寨木栅栏，木栅栏中箭后燃起熊熊大火，使整个苟王寨所在的石廊成为一条火龙，从而将该寨攻破。

有的认为是出了内奸：当蒙古军队征剿苟王寨时，四川大部地方已经失陷，寨内的一些土豪眼看南宋将亡，加之蒙古军以利相诱，便暗自勾结蒙古军。大年三十晚上，按习俗要聚众豪饮，能喝不能喝都要来上几杯。此时在酒中下蒙汗

药,能最大程度地削弱战斗力。就这样,在内奸配合下,蒙古军攻陷苟王寨。

按蒙古军制,"凡攻城不降,矢石一发即屠之"。苟王寨陷落后,血流成河、尸骨成山。直到现在,苟王寨下面的荒坡仍被当地人称为停丧岗、哀丧坡,因为常有尸骨因雨水冲刷或开垦荒地而出现。

实际上,苟王寨虽不缺水,但不像后来余玠所建的神臂城、钓鱼城、大良城等方山城堡那样可以屯田种粮,因此,在蒙古军围困时,苟王寨外无援军,内无粮草,已饿死许多人。苟王寨内崖壁上刻于明代弘治年间(1488年)的《苟王寨修造记》题刻,有如此记载:"以当时横离锋镝,或食尽而毙者多耳。"

在苟王寨被屠城后的200多年间,附近的乡间一直有绘声绘色的"雨夜鬼哭""半夜鬼火"的传说。于是,便有了被称为"佛佛"的明代的30龛94尊苟王寨造像。"苟王寨造像"成为2002年四川省人民政府发布的省级文保单位名称。

三教一龛　抚慰忠魂

据《苟王寨修造记》所述,"(苟王寨)天阴雨则鬼夜哭,弘治初(1488年),居人凿大士像于壁,遂不复闻"。

我在石廊崖壁上找到了"乙酉岁建炎三年(1129年),选用六月上旬修。崖匠任文贵"以及"西蜀不幸,连年被鞑贼所扰。时戊戌嘉熙二年(1238年),崖匠吕桂等修"的题刻后,便依次观赏了始于明弘治初(1488年),止于明嘉靖四十三年(1564年)的76年间,陆续雕琢的94尊摩崖造像。

这些造像造型精美、形象生动,用石青、石绿、藤黄、朱砂等矿物颜料做涂层,虽经数百年风雨剥蚀,有的部位至今还能看出当年的原色。它们的独特之处,在于其宗教色彩黯淡,人间气息浓郁。因为此处造像的目的,不是宣扬宗教教义,而是缅怀慰藉因抗蒙而殉国的将士。因此,苟王寨造像在形式上不拘一格,在内容上不墨守成规。儒、释、道三教,在此共祀一龛,联合超度抗蒙将士亡灵。关羽历来被奉为忠义之神,造关圣像,是抚慰忠魂的最佳方式;达摩是武功之神,造达摩像是对保家卫国将士武功的崇敬;孔子、老子、文昌、真武等,是智慧神圣,有他们的造像保佑,捐躯的忠魂能登上仙境;造苟王骑马像,则是对抗蒙捐躯的南宋将士最直接的纪念和赞颂。

与这些人物造像在一起的,还有孔雀明王、鸡神、羊神、牛王、马王等畜神,供奉畜禽之神,可保家畜牲口兴旺。其中的孔雀明王,慈眉善目,端坐在一只蓝翅孔雀之上;羊神安详柔媚,一只山羊温驯的伏在其膝前;可怜马王、牛王,其头部已被文物窃贼整体盗走,只有从那四蹄生风的骏马和强壮健硕的水牛的雄姿

苟王寨明代孔雀明王造像

中,想象它们的主人的风采。

看到这里,王俊珍特别提醒我留意观看与之相邻的一龛造像。原来,这一龛造像供奉着与百姓生活息息相关的10座造像,泥水匠、杀猪匠、篾匠、瓦匠、铁匠尽在其中,个个神气活现,面露有一技之长的自豪微笑。将凡人百姓与神仙圣人供奉一处,实不多见。见我有些诧异,王俊珍又手指石龛右上角说:"你们看那是什么?"我细看良久,才看出这石龛右上角边框处,有一只做捕鼠状的家猫造像。这真是神来之笔,有了它,人间烟火的气息就更加浓郁了。

当地人对苟王寨摩崖造像十分崇拜,相信它们能庇佑自己。王俊珍告诉我,不要看平时只有喜欢历史的学者和酷爱历险寻幽的驴友来此,似乎显得冷清,但每年大年初一和六月十五,有几千人来烧香拜佛,热闹得很哦!

尖峰浴血　感天动地

大年初一烧香拜佛自不必说,六月十五苟王寨为何香火旺盛呢?原来,这与清同治五年(1866年)发生在洪雅、夹江,令清王朝震动的农民起义有关。

1859年,在太平天国运动的影响下,李永和、蓝朝鼎焚香结盟,发动了反清起义。1862年,蓝朝鼎战死丹棱插旗山。在李、蓝义军悲壮事迹的感召下,八面山区的歇马乡武秀才戴化龙、何艮福,于清同治五年六月十五日盟誓反清。几年前太平天国翼王石达开在安顺场被围,赴难前遣散的数千太平军,有部分也加入戴、何二人的队伍,从而使这支起义军实力大增。

  这支起义军的大本营,便是苟王寨背倚的八面山主峰之巅的尖峰石城。据史料记载,尖峰石城为宋人张大仙抵抗"鞑子(蒙军)"所筑。此城与苟王寨遥相呼应。尖峰石城与余玠的方山城堡相似,环山顶筑一圈城墙和4座城门。城内东西相距500米,南北相距800米。现仅存东城门洞一座、城墙80多米。该城矗立于绝顶,只有一条小径通向城内,易守难攻。东城门洞高2.9米,宽1.6米,深2米。它与南宋四川的其他抗蒙方山城堡的城门相比,造型与结构相似,所不同的是2米的进深稍嫌单薄。令人感到神秘的是,门洞的门额正中,有一振翼欲飞的蝙蝠浮雕。其有何象征和寓意,尚待考证。

  1866年9月,由于川军及当地团练的战斗力有限,难以剿灭戴、何义军,四川总督骆秉璋请好友曾国藩调派湘军游击将军费三春、谢思友率"裕"字两营(约2000人)赶到洪雅,将尖峰石城围得如铁桶一般。激战数日,守城义军全部战死,首领何艮福被捕后也被处死。

  此次杀戮,在洪雅、夹江的历史上最为惨重。亲自指挥这场血腥剿杀的费三春,在平乱后写下《丙寅九月率裕字两营驰赴洪雅八面山尖峰寺怆然有感》诗:"……劫灰没荒草,鬼火含青烟。哭声天地震,杀气揽枪悬……"

  因此,每年农历六月十五到苟王寨烧香的民众,既是祭拜南宋抗蒙将士,也是祭拜清代的反清志士。历朝历代,凡为国为民、为正义为自由捐躯者,人民都不会忘记。

  由于苟王寨一度是蜀中军民抗击蒙古铁骑的坚强堡垒,洪雅军民是川西抗蒙斗争的重要力量,元朝统治者控制四川后,撤销了洪雅县治,荡平抗蒙遗址,销毁县志。直到明成化十八年(1482年)复置洪雅,洪雅的历史才得以承续。

  往事越千年,神秘的苟王寨,仍有许多待解之谜,等待今人及后人给出答案。

虎头城：虎啸沱江震敌胆

蛟龙般的沱江在川北崇山峻岭中左腾右挪，终于有惊无险地畅行在四川盆地。然而，当它与万里长江仅相距咫尺、东归大海之路就在眼前时，一座山岗如巨虎蹲伏江边，似乎要将它拦腰咬断……

这座酷似巨虎的山岗之巅，便是南宋时期四川抗击入侵的蒙古铁骑的富顺监（南宋州级市，今富顺一带）府衙所在地，史称虎头城。

据《读史方舆纪要》载："虎头城，(富顺)县西南六十里虎头山上。其山高六十余丈，蹲踞江边，状若虎头。宋咸淳元年，徙富顺监于山上，因山为城，不假修筑，足以御寇。"

是什么原因，使得这座被南宋王朝视为经济命脉的盐业重镇，整体迁徙至四际断崖的孤山之上？作为坚持抗蒙10年的州一级城市，虎头山上又游荡着多少南宋将士的英魂、尘封着多少保家卫国的英雄故事？

内城外城双保险

清明时节，我沿富泸（富顺至泸州）公路前往怀德镇境内的大城乡。雄峻如城的虎头山，就屹立在大城乡以南数百米的沱江东岸。

车窗外，阳光明媚，春意盎然。而距今740多年前的那一年，这里却没有春天。

公元1274年，富顺监军民在虎头山上抗击蒙古铁骑10年后，与占领了四川大部分地区的数万蒙古大军进行了生死决战。誓死不降的南宋军民，最后从几十丈高的"虎头"处跳崖殉国。

这种悲壮的爱国情操和高贵的武士精神，一直延续到4年后的南海之滨。1278年，年幼的南宋末代皇帝赵昺被大臣陆秀夫背负着投海自尽，数万南宋将士及家属宁死不降，在悲歌声中走进被鲜血染红的茫茫大海。

在公路旁的大城乡政府驻地，虎头村的李润芳主任已在等候我们。顺着她手指的方向望去，与公路平行的虎头城城墙，仍如700多年前那样，虎视着这条

虎头城所在地虎头山

当年南下出川的重要陆路通道,散发着威猛凛然的虎气。

　　沿着当年进出城门的古道,我们向虎头山攀登。我的第一声惊叹,是因为城墙超乎想象地高大,意想不到地完整!成都西较场保存得较为完好的城墙,也不过高10米左右,而虎头城西门两侧的城墙,在本来就高出坡地数米的峭壁之上,又用不太规则的大石条垒砌近10米高而成。当年的主要攻城装备云梯的高度,还不及虎头城城墙的一半。

　　见我面露惊诧之色,李润芳说,这只是虎头城的内城墙而已。原来,除了虎头山上面积约40亩、四周是悬崖峭壁的内城,在临公路方向的半山上,还有自"虎腰"至"虎尾"用城墙封闭的外城。这既是从军事防御方面来考虑,也是从州级城市的商贸规模来考虑的。这正是虎头城有别于南宋四川抗蒙方山城堡钓鱼城、神臂城、云顶城等的地方。

　　事实果真如此,南宋朝廷将富顺的监府转移到虎头山后,不仅高筑内城,又坚筑外城。内城为监府官衙,外城为护城,兼为商贾经营之所。一般百姓则在外城之外栖身,战时入城避难。

　　虎头城内城有东西两座城门。东门临沱江,主要供南宋水军进出,西门临陆路,供官民商贾通行。此二门均位于"虎腰"两侧。

　　如同四川境内的多数抗蒙方山城堡一般,西城门是在我走完贴着城墙根的石板小道时，蓦然出现在眼前的。与高大的城墙相比，高五六米的西门有些逊色，但站在门洞里细看，其5米多的进深却令人感到它的坚实。据介绍，当年为抵御蒙古军队火炮轰击，其厚重的木门又包裹了铁皮。城门门洞左侧壁上，"古虎头城"四个字迹漫漶的大字依稀可辨。

虎头口衔梳妆台

进入西城门，我们便站在了"虎背"之上。向右，地势渐高。我们沿着荒草没径的城墙，向制高点"虎头"处前行。

"虎头"是一块巨大的整体岩石。站在数百平方米之阔的"头顶"向"虎口"正对的方向望去，滚滚而来的沱江，在虎头城下骤然宽阔，江水平缓而无声息，仿佛被这只巨虎震慑得低眉顺眼。向下看，是垂直于地面的数十米高的断崖。站在崖边多看一阵，不由得令人目眩神移，两腿发软。可就在这断崖下约5米处，有一块突出于绝壁的岩石，约10平方米的石面平坦，仿佛经人工精心打磨一般。这岩石，当地人称"梳妆台"。

"梳妆台"的传说，来源于南宋虎头城抗蒙期间。

当年虎头城南宋守城将军的夫人，自幼习武，胆量过人。她为了鼓舞虎头城守军的士气，每天冒着生命危险攀下断崖，然后端坐在这常人不敢涉足的"梳妆台"上，镇定自若地梳妆打扮……李润芳告诉我们，她年轻时也敢下去玩，但现在不行了。为了体验那位将军夫人身处的是何等险境，我在众人的辅助下，与同行的一位摄影家溜了下去。

我站在梳妆台上，还来不及体验那种微风也会将人吹下悬崖的战战兢兢的感觉，便惊奇地发现梳妆台下面还有一块突兀于悬崖的岩石，其岩面距梳妆台面有三四米。趁着恐惧还未在全身弥漫，我索性继续往下溜，最后终于在这块岩石上立住了脚。

细看四周，脚下的岩石和头上的"梳妆台"构成一道罅隙。这道罅隙，正是人们从江上看到的做咆哮状的虎口。"虎口"内衔有一块直径约两尺的圆石，石前，尚有今人在清明时节留下的香烛纸钱的残迹。

今人供奉祭祀的，可是在此跃下崖底的南宋壮士？可是那胆大貌美、一腔报国情怀的将军夫人……江风骤起，把我的思绪，遥送到700多年前……

南宋末年，蒙古军队大举进攻四川。1242年，川南重镇泸州的西部屏障富顺监被蒙古军攻占，泸州岌岌可危。蒙古军沿长江顺流而下进击重庆，继而东出四川直捣南宋腹地的战略计划，眼看就要实现。

一位军事天才在这一年临危受命,他便是这一年被任命为四川制置使的抗蒙名将余玠。他在上任的第二年(1243年)收复了富顺监后,用近10年时间,书写了中国古代战争史上浓墨重彩的篇章:沿长江、嘉陵江、岷江、沱江据险修筑钓鱼城、神臂城、运山城、云顶城、苦竹寨等方山城堡。这些城堡互为犄角、遥相呼应,形成完备的方山城堡战略防御体系,有效地遏制了"聚如山丘,散如风雨,迅如雷电,捷如鹰鹘"的蒙古铁骑对四川的攻击。

1259年7月,凶悍暴戾的蒙哥大汗命丧钓鱼城后,继任大汗忽必烈实行怀柔政策,对坚持抗蒙的南宋军民恩威并举。至1265年,四川大部分方山城堡或投降或被攻占后,近10万蒙古军,水陆并进直逼富顺监。也就是这一年,富顺监移治于虎头山上,凭借山川之险,坚持抗蒙。1275年,南宋军民坚守虎头城10年后,粮尽援绝,富顺知监王宗义向蒙古军投降,而誓死不降的将士们,被蒙古军围追至"虎头"处,最后纷纷跳崖而亡。

当地至今还流传着一种说法,南宋将士是撑着雨伞跳下崖去的。他们并没有摔死,此后的抗蒙战争中仍活跃着他们的身影。据我考察,如此高的断崖,无论撑多大的伞,也绝无生还可能的。这种说法,是人们出于对烈士的景仰而衍生的美好想象而已。

明代四川状元杨升庵被流放云南期间,曾回过四川。他专程登临虎头城并题诗于壁:"新寨屏风旧虎头,寒来暑往几千秋。梳妆娘子今何在,槛外长江空自流!"

白鹤井映状元坟

离开了梳妆台和"虎头",我们沿着临沱江一侧的虎头城残存的墙堞,向"虎腰""虎尾"而去,做环虎头城一周的游览。

虎头城临江一侧,几乎都是与江面垂直的陡壁,犹如天然城墙。因此,人工垒砌的墙体不高。在稍有突出处,建有炮台,当地人称碉楼。我对"碉楼"一说感到好奇,便请李润芳形容一下她儿时见过的碉楼是何等模样。她告诉我,那碉楼有好几米高,分为几层,顺着楼内旋转楼梯,可上至顶层,可惜在五六十年代拆掉了。看来,虎头城的炮台称为碉楼更为名副其实,由此也可想象虎头城的防御工事是多么的完备而坚固,也说明当年的战事是何等惨烈。

我站在一处碉楼的废墟外沿左右探望,只见这如城垣般的陡壁几乎就是刀劈斧削而成,无丝无缝光溜溜的,来犯者不要说冒着炮火箭矢攀越,就算是毫无任何人为阻挠,也只能望崖兴叹,无可奈何。

白鹤井

实际上,当年南宋军队在虎头城的防御思想及手段,是更为周全的,用今天的话来说,叫作多重的、立体的防御体系。除了西门外的与虎头山上的内城面积相当的外城,在虎头城上下几十里的江段,又有水军的战船驻防。遥想当年,江面水师帆樯林立,山上陆师碉楼森严。变幻莫测、血火交织的战争场面,不难想象有多么宏大。

从"虎腰"至"虎尾"途中,我路过一座小院落。目前虎头山上尚有10户人家,南宋虎头城军民赖以生存的白鹤井,便完好地遗存在一座民宅的门前。

白鹤井井口套着整石雕镂的护圈,乍看呈圆形,细看可知当年呈八角形,只因年代久远,八角的棱角被700多年来汲水人的脚掌打磨得成弧形了。我俯身凑近井口,向井内看去,发现这口井的构造非同一般。距井口约1米的一圈井壁,系小块岩石垒砌,其石缝便于地表水渗入井内,这与其他水井相似;而距井口1米多以下,则是以整块山石掏凿而成,约10多米深。如此结构,可确保井中所储之水绝无渗漏。没有这口特殊的井,富顺监的南宋军民不可能凭借这座孤山抗蒙10年。当然,这井储水量毕竟有限,但遇干旱年份,这就是救命之源。事实上,距此井不远的一口面积约1亩的古堰塘,是虎头城军民日常取水之处。这口古堰塘周边用大条石垒砌,显然也做了必要的防漏处理。

继续向"虎尾"前行,很快便到了当年南宋富顺监府衙所在地。如果不走到其面前,我看到的不过是荒草覆盖的一块200平方米左右的屋基。但是,从七零八落地散布在草丛中的粗大的断石柱、敦实的柱础,以及衙门前雕琢精美的装饰雕像,仍可想象当年富顺监府衙的壮观和威严。遗憾的是,当年府衙前一对各重四五百斤石狮,在前些年被盗,至今尚未破案。

伫立富顺监府衙前,清代康熙副榜李九霞的咏虎头城诗,不禁在我耳畔回响:"宋治古城号虎头,巍峨坤阙壮千秋。爪牙隐伏青山下,噬嗑长吞碧水流。沙草不留仙客恨,野花偏供路人忧。从来恃险无如德,多少金汤在废邱。"

"虎尾"的尾尖,距府衙不到200米距离。站在尾尖的炮楼废墟处俯视,山下是一层层台地,如层层梯田一般。由于每层台地高差仅数米,因此,"虎尾"应该是重点防御区域。从残存的炮楼楼基的面积来推测,这里应该是守军配置火炮数量最多的阵地。虎头城外城的城墙,也绵延至"虎尾",与内城墙共同构成了两重防线。

为了从江上一窥威震蒙古铁骑的虎头城全貌,也为了体验一下当年南宋水师将士的感觉,我从已荡然无存的虎头城东门下到江边,登上了一只打鱼船。

江滩上,散布着沱江其他段见不到的许多峥嵘巨石。这也许是当年水军码头的遗迹,也许是被炮火轰塌的虎头山石。这些巨石好似蹲伏江岸的面目狰狞的怪兽,为虎头城平添了几分神秘和悲凉。

江面波平似镜,两岸青山如黛。如果我的身心不是已置于那腥风血雨的古战场,我的心情恐怕是另外一个样……

穹窿寨堡群探秘

著名地质学家李四光在他的学术专著里指出：在我国，有一个著名的"威远穹窿体"。顺着他敏锐而充满智慧的目光，人们向四川西南部的威远、荣县望去，只见总面积900平方公里的大地上，方山突兀，边垂壁绝，顶平地沃，植被茂密。群山如一座座绿色的平顶帐篷，绵亘至天际。

在这有别于云南石林喀斯特地貌、湖南张家界砂岩峰林地貌、安徽黄山花岗岩地貌的"威远穹窿体"中，有方山台地300余座，蕴藏着丰富矿产、森林资源；有历史记载的古寨70余处，积淀着厚重的历史文化。

三国时期，诸葛亮站在这一片群山的主峰俩母山之巅，感叹"此乃祖山也"。随后他在山麓连界镇设"铁箭卫"，利用这里丰富的铁矿，打造刀剑，使之成为蜀汉最大的兵工厂之一。

镇西镇的老君山，西周武王封派周荣德来此山修真悟道炼丹，撰写文王易经《草本》。至隋唐，此山已成为道家学派追随修炼的名山。

南宋时期，威远隶属绍熙府。蒙古军队发动大规模的侵蜀战争后，负责四川防务的南宋四川制置使余玠，遍访蜀境，苦苦寻觅依山为垒、长期抗蒙的有利地形。他除了在全川构建由知名的钓鱼、神臂、青居、云顶等城堡组成的战略性的山城防御体系，又在威远境内这些山是城、城是山的方山台地上，构筑了区域性的军事寨堡群。在老君山石壁上，至今还遗存有《绍熙判府曹公老君山保守记》碑文石刻。在向家寨围子湾，占地10余亩的宋墓群无言地昭示着南宋四川抗蒙战争的惨烈。

如母抱子俩母山

俩母山位于越溪镇，清末威远秀才吴绍游诗赞其"遥遥俩母参天日，照透鸡冠顶上红"。我驻足俩母山脚，只见两峰并立，相依相偎，如母抱子。其中的娘母山，海拔835米，女儿山海拔830米，两山相距仅50米。俩母山如此奇异，自然有着神奇、动人的传说。

远古，这一带妖魔横行，祸害百姓。玉皇大帝遣娘女二人下凡，定居此地，除妖治魔，安抚百姓。母女去世后，化为两山相依而立，显灵显圣，庇佑世代百姓。后来，人们感怀娘女二人功德，在山顶较为平阔的娘母山上，建庙宇殿堂，塑俩母神像，俩母山由此名满川西南。

威远穹窿地貌俩母山

像四川其他地方的南宋抗蒙方山城堡一样，娘母山四周是悬崖，在相对高度100多米的绝壁上，凿一条弯曲迂回的石梯，便是通向山顶的唯一通道。与多数南宋方山城堡将城门筑在临近山顶处不同，娘母山的寨门筑在山腰，门前的那一段石板道陡如天梯。当年，寨门及寨墙上有观察洞、射击孔；如今，寨门只残留石门框。站在寨门遗址处向下看，令人有一夫当关万夫莫开之感。

由于娘母山顶仅有数十亩面积，因此，它的知名，源于山顶供奉着西方三圣及若干佛像的峨顶寺。而令它声名大震的，自然是寺前供奉着俩母山神的俩母山神庙,此庙是威远穹窿地貌区域内海拔最高、规模最大的山神庙。

　　作为南宋抗蒙的寨堡,为防止蒙古军队长期围困,堡内必须具备必要的生产、生活条件。在山顶,凿有一个近20平方米的水池,池壁以条石垒砌,旱不涸、雨不溢。我在池边看到,池中仍碧水一潭。当年,这一池水供数百人长期饮用应该没问题。山顶上,有一块块熟地,可四季栽种庄稼、果蔬。在冷兵器时代,具备了这两个物质条件,再加上险峻的地形和血战到底的勇气与决心,这里可以固守相当一段时间。

　　晨分阴阳,是只有俩母山上才能欣赏到的一道奇观。

　　逢农历每月上旬,于黎明时站在娘母山顶,面向东方,眼前会逐渐呈现玄秘而壮丽的景观:当东方发白而西方仍是一片黑暗时,东方极目处,只见自南向北一条耀眼的亮线横亘天际,缓缓地自东向西横扫而来,亮线过处,豁然天明,亮线尚未过处,一片黑暗,苍茫大地阴阳分界十分明显。

八座城门向家寨

　　向家寨距俩母山仅几公里,在两河镇勇敢村境内。此寨是威远穹窿地貌区域内最大的方山,寨顶面积达7500亩,且多达8道寨门。寨内林深路险、人烟稀少、面积广大,易迷失方向。于是,勇敢村村委会主任余建英女士欣然为我带路。

　　余建英年约30,面容黑里透红,体型矮小精瘦。她大学毕业后,回乡当村干部服务乡民。她如同山中精灵,身手矫健地带着我在坡回路转、沟坎交错、草木横生的向家寨内,一处处地寻觅残存的历史遗迹。

　　公元1852年,数十名衣衫褴褛、面带饥色的逃难者,行进在因久无人迹而野猪奔突、老熊当道的向家寨内。为首的一名汉子叫杨光荣,粤西人,因家乡战乱,不远千里率族人迁徙至此。据在他的带领下重新立寨而立下的《清平砦记》载:"……(向家寨)四壁削立,沟深路狭,前人以为砦。"砦,清光绪以前对这带山寨的称谓,以区别于其他地区以木料建筑的寨子。南宋时期城门的残垣、军营的断壁,一定令杨光荣再次感到世事难料,命途多舛。

　　余建英引以为豪的是《清平砦记》碑。一般地讲,具有较大纪念意义的碑,多立于当道处或开阔地,此碑却雕琢在一处隐秘的山沟的断崖上。仰头看去,长4米、高2米的《清平砦记》碑高悬在距头顶约4米处,其碑文每字约3寸见方,清晰可辨,详细记录了清代咸丰二年至咸丰五年(1852—1855)建设清平砦的由来:"癸丑夏,因粤西乱,家君约同乡七家,围其中山修三石门,堤二,筑一大厦,命荣董其事,三年而落成,名其砦曰清平夫。"

此碑对面隔着宽百余米的深沟的绝壁裂缝处，是向家寨的双寨门。此寨门及两侧的城墙用工整的石块垒砌。它嵌在崖缝之中，从而封锁了另一条进寨之路。

由于向家寨寨内东西长4.5公里，南北长3.8公里，其面积比钓鱼城、神臂城之和还要大，因此，南宋时期围绕该寨的衙府及军事重地，又修筑了一圈内城墙。我看到，如今残存的一段长约200米的内城墙，已倾颓得只有两三米高，且被藤蔓植物和野草覆盖得密密实实，犹如一条僵死的绿色巨蟒。在内城中，当年府衙的屋基依稀可辨。离府衙残址不远处的一块平地，被当地人称为"公局界"，是当年审案、行刑的地方。大概是因为此处死人太多、阴魂不散，当地村民历来都不在此地种庄稼。

向家寨的水寨门、同寨门是保存完好的寨门，它们虽然不及钓鱼城、云顶城、神臂城等抗蒙"川中八柱"的城门高大雄伟，但也不像普通防盗防匪的山寨门那般粗糙、单薄。其坚硬厚实的墙砖、三四米的门洞进深，显然是为了抵御正规军的进攻而精心设计、施工的。

宋墓遍布围子湾

从向家寨下来，我来到不处的围子湾。第二次全国文物普查时，在此地发现了占地10余亩的宋墓群。

围子湾是一片缓坡地，三面靠山，一面临穹窿底部蜿蜒的连界镇至越溪镇的县级公路，视野开阔。其地理位置符合中国传统的墓葬风水宝地的条件。

在威远县文物管理部门从当地聘请的宋墓管理员冯文光的带领下，我逐一察看了已探明的4座宋墓。所谓十墓九盗，大凡经正规渠道发现、发掘的古墓，总是被盗墓贼先行一步。围子湾宋墓也不例外。其墓内的棺椁、陪葬品早已荡然无存，唯有宋人的零星尸骨还散落墓内，等待着今人用DNA去鉴定他们的种族、血缘，以便他们的后人拜祭悼念，追思亡灵。

我两手撑住一个垂直于地面的宋墓盗洞边沿，如做双杠动作般缓缓将脚触到洞底，然后借助手机屏幕微弱的光亮，蜷缩着身子向墓室摸索而去。

这座宋墓的墓室有并排的三间，每间有10余平方米，如同四川地区民居，中间为堂屋，两侧分别是卧室和书房。当然，人死了不会再待在卧室。在居中的墓室里，我看到了墓主人的头骨和大腿骨，由此可以断定，棺椁是放在类似堂屋的主墓室内的。整个墓室的四壁及地面、室顶都是用石材建造，墙上雕刻的一幅怪异的图案，既非花鸟虫鱼、人物牲畜，也不像为装点墓室的纯粹唯美的画作，我想，这或许是墓主人家族的族徽之类的特别之物。

距此墓 100 多米远的另一座宋墓坐落在半坡。墓穴如同隧道，与地面平行开凿而成，整座山坡，便是天然的封土堆。其高 3 米多的石质仿木结构墓门，气势不凡，恍若地下宫殿的大门。

进入墓内，其结构的精巧、牢固，令我吃惊。墓道两边，是巨石雕琢的一根根整石石柱，拱形的墓道顶部，同样是用一道道呈半圆形的整石加固，以保永不坍塌。在这深近 10 米、高约 3 米的墓内，浅浮雕的侍女、花卉，将墓室装饰得富丽堂皇。有意思的是，位于墓室两侧且对称的两个如真人一样大的侍女，如浮在水中一般做飞天状。其裙裾迎风飘拂，其双臂撩云拨雾，一副飘飘欲仙的模样。看来，该墓主人社会地位不低，财力丰厚，妻妾成群。

能够判断该墓主人大致身份的，是墓内石壁上的一幅立姿人物浅浮雕像。此人身着官袍，挺胸昂首，头戴宋代官员独有的带帽翅的官帽。遥想 1241 年，蒙古军将领塔海、秃薛"师伐西川，破城二十"，简州（今简阳）、隆州（今仁寿）纷纷陷落；1258 年，蒙古大汗蒙哥令蒙古军名将汪德臣攻打隆州、简州等地的一系列堡寨。向家寨、高顶寨位于隆、简二州之间，因此，该墓的主人，或许目睹了蒙军的血腥暴行，或许亲自参与了抗蒙的殊死战斗。如果他是死于战场，该墓就应当是"烈士"墓了。

在这一处不大的山湾发现密集的宋墓，可以认为此地是宋代的公共坟场。或许，它还是战死的南宋将士的国殇园。

兵燹人绝高顶寨

高顶寨位于向家寨以西，两寨最近处仅隔一条宽 100 多米的盘家沟。该寨海拔 760 米，平阔的寨顶森林全覆盖，面积有 3000 多亩。寨内无人定居，荒草没道，密林蔽日，充满未知的危险。

据《四川志·仁寿县》第六卷载："高顶寨，高百余丈，昔人避难之所。寨门犹存，二小径陡险，牛马不可行。上有田数百亩，居其中者往往殷实。"

高顶寨有大寨门、二寨门、幺寨门和尾寨门四道寨门。在向导带领下，我从高顶寨南麓，向最为陡险的大寨门攀登。

如同多数修筑在险山峻岭的抗蒙方山城堡一样，高顶寨的大寨门，也是在我沿着断崖上开凿的石梯走向悬崖，眼看前无去路云海茫茫时，在身旁蓦然出现。它高五六米，用修凿得工整的大石条垒砌。其临悬崖一侧用条石筑墙；倚绝壁一侧，石壁便是天然城墙。门内左侧石墙上，雕刻着每字一尺见方的"古高顶寨"四字。当年笔力遒劲、刻痕深凹的四字，经数百年风雨剥蚀，已字迹漫漶，仔细察看方可辨识。而刻在墙上的清代咸丰年间的维修碑记，因字体小、刻痕浅，虽不久远，但却已无法辨读了。

穿过大寨门，是呈45度向上的石板路。攀行仅百余米，竟然又有一道城门。这城门和大寨门一样高大敦实。但令人诧异的是，它正面宽仅十余米，不见两侧绵亘的城墙，犹如烽火台。驻足细看，它的两侧都是深渊。回首走过的石板路，实际上修在薄如刀口的山脊之上。这座被当地人称为二寨门的城门，将通向山顶之路完全封死。这种城门的布局，类似南宋时期四川其他方山城堡的瓮城，其意在于双重保险。

站在二寨门门楼远眺，流岚雾霭间，周边的穹窿山岭如飘在云端的仙境，令人不知是在天上还是人间。这样的隐秘险要之地，自然会被历史上的各色人等因不同需要而相中。它经历南宋时期蒙古军的血腥杀戮，沉寂数百年后，清代的一名叫作孙静阳的御医隐居于这与世隔绝之地。他修山庄，开鱼池，养珍禽，饲异兽，过着逍遥自在的神仙日子。

更多的时候，这里仍是与刀光剑影相伴。昔日的坚城高墙、深壑绝壁，成为兵荒马乱年月殷实人家的避难之地。不需要太多的武装人员，寥寥数十名家丁、保镖分别把守几处"牛马不可行"的险径，便可安享太平。

清代初期，张献忠的农民起义军一部被清军追剿逃到高顶寨据守，恶战半年方全军覆灭。清代中期，四川爆发以红灯教为主力的全川义和团起义，在清军围剿追杀下，首领廖观音率残部退至威远，凭借山势险峻的高顶寨据守，后终因弹尽粮绝被全歼，廖观音也被清军捉拿，带回成都被斩首。20世纪三四十年代，高顶寨盘踞着一伙悍匪。刘文辉调正规军一个团围剿数月，却因无法攻克而悻悻退兵。

过二寨门前行，松林蔽日，蕨草没径。由于高顶寨已无人定居，且数度血流成河、尸骨成山，不由得令人感到静谧中的阴森，神秘中的恐惧。一处残破的石窟佛龛，使我嗅到了一丝人的气息。这几龛造像，分别是神仙圣人、达官贵人及百姓祭祀场景。造像虽损毁、风化得较严重，但人物身份仍可辨识。据专家考证，龛中雕像应出自唐代。

在寨内中心地带，有一口称为圣水池的古堰塘，面积约半亩多，长方形，四方用石条砌坎。当年寨内屯兵最多时达到万人，将士所饮之水均取于此。密林中有几处蕨草、蒿草覆盖的开阔地，那是当年的演兵场和点将台。如今，我只能在春雷般的松涛声中，想象当年沙场秋点兵的浩荡阵势。

高顶寨大寨门

高顶寨幺寨门

　　幺寨门同样筑在悬崖绝壁间,我横穿高顶寨后,便经此门下山。
　　幺寨门的拱顶,已坍塌出一个大洞。从这无情的岁月开凿的洞口仰望苍穹,悠悠的思绪会将人带入时光隧道,在奔流不息的历史长河里遨游。

龙华：最高立佛隐龙华

2001年3月，高度居世界前两位的立佛——阿富汗塞尔萨尔大佛和沙玛玛大佛，被塔利班的榴弹炮、火箭筒彻底摧毁，徒有空壁的佛龛，悲怆地俯视着巴米扬河谷……

何处大佛递补榜首？人们在痛惜和遗憾之余，将目光投向川南边陲，投向屏山龙华古镇，投向镇旁的八仙山。

龙华古镇群山环抱。早在蜀汉时期，诸葛亮率大军在距此数十公里处南渡金沙江，进入满山瘴气、遍地毒泉的诡异险恶之地征剿孟获。宋代，龙华形成集镇。明代，朝廷在此设驿，为马湖府要冲。清初，以正五品武官在此设守备，雍正年间改为都司，其守将级别为正四品，咸丰年间在此修筑城池，屯驻军士近500人。龙华在历史上作为军事重镇的原因，就在于这一带历来是汉族与其他民族的相争之地。

历朝历代来自全国各地的军士屯扎在龙华，带来了形式内容各异的民俗风情；各民族的文化传统在龙华碰撞交融，赋予它不同于一般古镇的内涵与精神。

如今的龙华镇，卸下了历史重任，如解甲归田的将军，享受着难得的闲适恬静。

清风明月靖虹桥

即便在交通发达的今天，到龙华也不太容易。仅屏山县城至龙华镇的37公里盘山道，我驾车便耗时一个多小时，全程急弯拐得人晕头转向。

时逢新春佳节，龙华镇街上人头攒动，很是热闹，让人感觉不到它处于西南腹地、大山深处。

快到新街尽头处，便是龙华人引以为豪的龙华凉桥。廊桥在四川，可以看成是民居的一种功能与文化的延伸。川南夏天雨多太阳大，有顶的桥梁，便为人们聚集、歇息、娱乐提供了场所。少女在廊桥上约会郎君，浪漫优雅；老汉在廊桥上摆棋对垒，神清气爽；妇女端着饭碗在廊桥上闲聊，家庭琐事也味道长。

龙华凉桥长约 40 米,宽约 5 米,类似黔东南及桂北的侗族风雨桥,但其不同之处在于,桥身青瓦盖顶,桥头飞檐翘角。此桥旧名靖虹桥,建于光绪辛丑年（1901 年）。桥内纵贯廊顶的等距离的十多副横梁上,分别在正反两面悬挂捐资造桥的多个家族题写的匾额,如"清风明月""虹贯霞蔚""物华天宝"等,洋溢着古镇人对故土的挚爱,表达着对古镇未来的美好祝愿,反映着古镇人"采菊东篱下,悠然见南山"的生活情趣。

面向小龙溪上游一侧的桥墩上,四只镇妖避邪的石雕瑞兽,历经数百年风雨剥蚀仍岿然不动,散发着神秘与威严。两岸成排的千年黄桷树,枝如虬髯,绿叶垂溪,令古镇的故事更加幽远。溪水里排列成阵、表面溜光的座座石墩,不知收藏了多少浣纱女的情思闺怨,那是古镇曾经的公共服务设施,专供闺女主妇捶衣洗物。

与其他地方风雨桥不同,龙华凉桥的桥头,立有一对栩栩如生的雌雄石狮,每尊高近 2 米,令凉桥平添了几分神韵与厚重。石狮原来是立在雍正年间龙华都司府衙门前,近年重建凉桥,方移至桥头供人观赏。

明清老街三官楼

过了凉桥,便是老街之一的顺河街口。只见十多个美术院校学生坐在桥头石阶上,目光都聚焦于街口的拱形寨门。

这寨门的石枋上爬满苔藓,墙垛已损毁,门洞可容当年的马车通行。这是咸丰年间在此设平安营屯驻军队而修建的周长 1 公里多的城墙遗迹。寨门砖缝里顽强生长的碗口粗的榕树,令人不得不信服这建筑年代的久远。这寨门,也就成为龙华镇标志性的文物。

顺河街全是石板铺路,宽不过三四米。岁月在石板路上留下道道凹痕,走在上面高一脚低一脚的。与四川的街子、云南的丽江等古镇的公共排水系统不同,顺河街的石板路下,水流汩汩,是一条暗河般的排水通道。下雨天街边屋檐的滴水和街面的积水,直接从石板缝渗入下面的排水道。加之当街房屋屋基均砌有两三尺高的石基,可确保房屋不受雨水潮气的侵袭。

顺河街两旁,是清一色的木穿斗结构老屋,木板为墙,青瓦覆顶。临街一面,店门是可拆卸的木板,酒家茶社饭馆鳞次栉比;临大龙溪一面,是高低错落的吊脚楼,雕栏轩窗石梯倒映在溪水里。当年的此街,是龙华的商品交易处。

沿顺河街前行数十米,便是当街而立、楼下过人的三官楼。三官楼是一座更楼,四柱全木、灯笼架子结构。楼内面积 20 平方米,高十几米,二楼一底。当年的

顺河老街

三官楼底层通行,第二层供奉着三霄神像,第三层供奉三官神像。后来打更人在此楼居住,才叫作更楼。

如今我看到的三官楼,已仅剩梁架柱头,且倾斜严重。那夜半更夫抑扬顿挫的吆喝声,早已随风飘逝;三霄神像和三官神像早已跌落在地,化作凡人百姓脚下的一层黄土。

在顺河街尽头往右拐,便是龙华镇另一条被称为正街的老街。此街是古镇居民的住宅区,其房屋的形制和装饰也就与顺河街不同。由于此街不临河,地势相对平坦开阔,除了一楼一底的临街穿斗结构木屋,还间或有小型四合院。临街的房屋,建阁楼式的吊檐楼。阁楼的楼窗各家各户不同,变化多端,有双交四碗菱花、三交六碗菱花、三交满天星等。各家檐柱的撑拱上,刻有山水、鸟兽、人物。

在此街出挑颇多的屋檐下,女人们坐在门前木凳上,纳鞋缝衣;老人们背倚竹躺椅,抽烟喝茶。在他们眼里,没有世上的波澜风浪,没有社会的千变万化。悠悠岁月,这样的恬静安详,似乎还在这里延续。

过正街再往右转,便是背临小龙溪的长街。龙华古寺便坐落在此。由于年代久远,龙华寺仅存柱础及部分建筑,已看不出原貌。而建于乾隆年间的禹王宫还基本保存。但此宫大门紧闭,无缘进去详看,只听说其大殿的台基上有七幅深浮雕戏剧故事。这些"三英战吕布""长坂坡""赵匡胤洗马救驾"等雕像,将大殿装饰得颇有历史气息。

据了解,如今龙华古街尚有明清时期的房屋116栋,且保存完好。龙华古街,是研究川南边陲民居建筑的极好物证。

世界第一八仙佛

沿着龙华镇新街区的一条石阶梯岔道,我向海拔891米、相对高度420米的八仙山攀登。如今荣登世界立佛(另有坐佛和卧佛排行)高度榜首的八仙山大佛,便位于八仙山主峰。

其实,在巴米扬大佛被摧毁之前,《中国大百科全书》开列的世界十大佛像,八仙山大佛便名列其中。据1985年新编的《屏山县志》记载,八仙山大佛高32米(被摧毁的两尊巴米扬大佛高度分别为53米和35米)。

近几年开凿的宽近2米的登山石梯,从山脚一直延至山顶,共1716级。八仙山上原有一个名为马家寨的古寨,蜿蜒而上的石梯道,要穿越三道均筑于陡险处的寨门。最后一道寨门,从门额到门柱,均覆盖着杂草,犹如身披蓑衣的农

八仙山大佛

夫。撩开杂草,门额上有"天然胜景"四字,门柱上刻有一副楹联:"一座名山双溪水,四时烟雨半天云。"过了它,沿崖壁上开凿的石梯道依山势拐过一道急弯,屹立于八仙山主峰崖壁上的八仙山大佛,便蓦然映入眼帘。

八仙山大佛是在山崖石壁上整体雕琢而成的,通体呈紫红的岩石本色,不像其他佛像贴金描彩。因此,令人感觉是天造地设,真可谓"佛是一座山,山是一尊佛"。大佛左手托钵,右手下垂,头卷螺髻,鼻大耳垂,双目有神,体态丰满,形象肃穆。这是一尊典型的西方接引佛造像。

大佛下的香案前,焚香朝拜者排起长龙。在他们眼中,大佛虽高不可及,但在他们心里,大佛却近在咫尺。香案下面的坡地上,摄影爱好者们兴奋地左挪右移,选取最佳拍摄位置。从频频作响的快门声中,可以见出他们力求拍出大佛神韵的良苦用心。

站在八仙山丹霞洞窟群前的平台上,顶天立地的八仙山大佛一览无余。众人很快发现,大佛只凿至膝盖处,顿生遗憾之感:若雕琢至脚,至少可增高10米!

我带着疑惑请教丹霞洞的一位道士,他告诉我,对此民间有多种解释,一是这脚一旦雕出来,大佛便要走到山下大小龙溪洗脚,而大脚一旦踏进水中,大小龙溪的水便要漫进镇里;二是这大佛一旦有脚,便耐不住寂寞,恐怕要离开此地云游四方了……

如同历经劫难的乐山大佛曾经成为四川军阀杨森的军队试枪试炮的靶子

一样,八仙山大佛在"文革"期间,也险遭灭顶之灾。当地的造反派先是企图用炸药将大佛炸毁,可大佛过于高大且无法在上面立足,炸药如何安放就成了无法解决的问题。无奈之下,对"四旧"充满仇恨的造反派便在丹霞洞平台上架起机枪,对大佛疯狂扫射,使大佛面部满是弹痕,右耳和右眼残损。不久前,屏山县多方筹集资金5万多元,对大佛进行了修整。

由于八仙山大佛具体何时雕琢、为何雕琢、雕琢者是谁至今尚待研究,所以民间便流传着关于大佛来历的精彩传说。比较盛行的是,唐代时期佛教盛行,一对以雕刻佛像闻名的师兄弟受命选山凿佛。师兄选中乐山三江汇合处一座山,师弟则选中八仙山。师弟年少英俊,禁不住山中狐狸精诱惑,便一再缩小大佛雕刻尺寸,乃至连大佛脚也未刻完,就迫不及待地去和狐狸精幽会,享受欢愉去了。因此,至今仍有八仙山大佛与乐山大佛是兄弟佛的说法。

八仙山丹霞洞窟群就在大佛身下,由9个洞窟组成,均为佛教和道教的遗迹,其洞口皆为寺庙及道观的建筑样式。每洞皆镌刻匾额,以玉皇洞口的门联最为奇特:"日日晶晿,月朋晶朤。"其中的双日、四日、三月、四月四字无人能识,内容就更是无人能解。

如果游人在龙华古镇小住一宿,第二天还可前往分别距古镇不到10公里路程的细沙溪和迷魂谷。细沙溪保持着远古的生态环境,空气极其清新纯净,满山都是与恐龙同时代的植物桫椤树。在其鸟羽般的枝叶下漫步,仿佛身处白垩纪。迷魂谷分布着100多座形状、植被、大小都非常相似的山包,其间小径盘绕纵横,进入其中极易迷失方向。当年诸葛亮南征,其大军便在此被困。脱险后,他还曾在此地操练八卦阵。

时值春节期间,龙华的老街新街、镇里镇外,人山人海,热闹得很。但古镇的居民告诉我,真正举镇同乐的,是远近闻名的元宵节闹龙灯。这天,数十位只穿短裤裸露上身的汉子,协调一致地舞动一条以竹为骨、以布为肉扎制的长龙,绕老街而行。围观者手持竹筒烟花,向龙身和舞龙者喷射焰火……这一新奇而壮观的场景,每年都吸引着许多游客。

龙华镇作为一座军事重镇的使命早已结束,但它积淀的来自五湖四海的文化精髓,仍在大山深处展示着旺盛的生命力。

军防要塞羌王城

西出安县,平畴无边。行 30 余公里,一座因 1.5 亿年前地壳变动从海底浮起的孤山,蓦然矗立眼前。

这座孤山,由十二奇峰簇拥而成,峰峰直插云天。它便是清代四川安县才子李调元诗赞的"万点尖峰列眼前,浮来海外是何年"的罗浮山,又称浮山。

当人们沉浸在闻名遐迩的罗浮山温泉带来的惬意之中时,有多少人曾想到,就在他们身边的这座高山之巅,坐落着国内唯一的一处称王的羌寨。羌族历史上政治、军事的唯一实物见证,已在这座羌王城中沉睡了 500 余年。

扑朔迷离的遗迹

唤醒沉睡的羌王城,使它隐约进入今人视野,缘于近几年考古、探秘的新发现。

近年,中央电视台在羌王城遗址拍纪实片,发现了古羌人在哨台石头上留下的神秘刻痕,它们是古羌文字雏形,还是祭祀符号,至今无解;"5·12"地震后,安县文管所对羌王城进行文物普查,又在一块隐蔽的巨石上发现奇特的象形文字,据分析是人类生殖器,反映了羌族同胞对生命的崇拜;不久前,安县文物普查队又在羌王城西北 10 公里处,发现了通往茂汶的开凿在崇山峻岭上的古栈道,此栈道系茂汶羌族聚居区通往安县等羌汉杂居区的重要通道,羌王城是这条通道上的重要关隘。

出于对羌族数千年的历史文化的景仰,出于对羌族同胞反抗历代封建统治者的英勇行为的敬佩,我探访了羌王城。

奇峰环列的城池

为了对罗浮山有一个直观的了解,以便有重点地探访羌王城,我事先察看了罗浮山俯视图。

图上,罗浮山太乙、凌霄、驾鹤、长建等十二峰呈马蹄形环列,中间为一凹地,俨然一座天然城垣。羌王城依山就势,环罗浮山腰又人工垒砌城垣。据有关部门精确测量,天然城垣和人工城垣总长10520米。城垣内面积约1平方公里。"马蹄"西面的太乙、长建二峰,因相距较远,使羌王城出现一个缺口。

我是从凌霄、挂衣二峰之间豁口处的东门碉楼进入羌王城的。东门城楼虽是近几年新修而成,仍显得古朴、壮观,具有羌族建筑的典型风格。新修的城楼楼基,是一段残存的高约2米的古墙。沧桑与时尚,浓缩在巍峨城楼中,给人以抚今追昔的感慨。

东门门洞内的通道,长约20米,两旁还有石条凳供人歇息,令人感到特别。是古羌王城本来就是如此,还是今人渲染气氛而为之?无论怎样,行进在这幽暗的通道里,人们有了调整思绪的从容,有了追寻历史的联想。

羌王城南城门

我离开游览道,向左拐上一条碎石小道,行进在了迎鸽峰、插云峰的山腰间。小道的左侧,是砾岩怪石;右侧,是幽谷奇涧。这条隐秘小道的尽头,便是羌王城内城。

面积约1平方公里的羌王城,分为内城和外城。内城有着官衙的功能,也是囤积粮草之地;外城的主要功能是防御敌人入侵,也是普通作战人员驻扎之地。当然,一旦外城被敌人攻破,位于险峻陡峭、怪石嶙峋的长建峰的内城,凭借易守难攻的地形及人工修筑的内城墙,仍可固守待援。

我从一块巨大的鹰喙般的岩石(当地人称狮子口)下钻过去后,一段内城残墙陡然出现眼前。残墙尽头的悬崖边,内城南门高高在上。这内城南门是羌王城仅存的为数不多的真迹之一。此门用不太规则的大石块垒砌,石块间没有使用灰浆粘合,但单个石块的每一面与相邻石块都嵌合得恰到好处,粗犷中有细微,简单中有精巧。此门的上方,则直接用稍作加工的大条石横向盖顶,这与精心计算条石纵面倾角、纵向砌成拱顶的内地城门,有着截然不同的风格。

令人称奇的是,城门一侧的墙上,留有一个碗口大小的观察哨孔,类似防盗门的"猫眼"。从此孔向外看,来路上的动静尽收眼底。又令我想不到的是,进城门后是一块20多平方米的凹地,一面临悬崖,其余三面是高数米的陡坡。这实际是瓮城的形制,是中国历史上山城防御体系的重要组成部分。

观察哨孔和瓮城,反映了羌族同胞的智慧,也是羌汉在军事、文化领域相互融合的见证。

兵家必争的要地

进入内城后,我便行进在罗浮山最西端的长建峰山腰了。

山道盘旋而上,地势逐渐平缓。在道旁一平坦处,有一个洗脸盆般大的石窝,显然是人工所为。据当地文管部门分析,应该是羌族同胞土法研制火药的碾子,而这平坦之处像是人工开辟的屋基,因此首领当年便可能居住在此。

距此处不远,遗存有一道观的基础,今人称之为老君庙。公元1404年,道士雍日益来罗浮山潜心修炼,经太乙真人指点,功德圆满。身为汉人的雍道士修炼的时间在羌王城建成之前,那么,羌王城建于何时?罗浮山又经历了多少不为世人所知的嬗变呢?

罗浮山东临绵阳,南接绵竹,西连茂汶,北傍北川,最高海拔862米。它在历史上位于汉羌文化交汇地。平时,汉羌人民友好交往,互通有无,安县成为羌族同胞进入内地的重要通道。历代封建王朝统治者的歧视和压迫,使汉羌之间发生摩擦、冲突乃至战争时,罗浮山便成为必争之地。罗浮山羌王城的诞生,与明代"宣德启衅"事件有直接关系。

事件大致经过是:明宣宗宣德二年(1427年),镇守松潘的千户钱宏,听说朝廷要遣他率军去远征交趾,十分惧怕。为逃避这一差事,他便有意制造事端,挑起境内羌、藏、氐等民族的对峙和冲突,从而以此地也不安宁为由在原驻防地滞留。由此引发的羌、藏、氐、汉诸民族的战争,长达几十年。

1507年,茂州所属静州土官及陇木头土舍,率领羌族民众,自西向东抄小道突出安县雎水关,进入安县占据山头扎营立寨,并在易守难攻、扼咽喉要道的罗浮山修筑山城。羌王城的雏形由此形成。

明嘉靖十二年(1533年),明王朝派都督何卿前来镇压,汉、羌两军围绕坝底堡展开激烈争夺,羌王城也是当时的主战场。至嘉靖二十六年(1547年),何卿调集各路大军全力围剿。战争结束后,明军"俘斩九百七十有奇","毁碉房四千八百"。此后,羌族同胞在这一带与封建王朝统治者的抗争仍此起彼伏,但仅仅是冲突而非战争。

作为战争重器的羌王城,处于血海火山的中心,崛起于战争必然也要毁灭于战争了。

浮山叠翠的美景

过石窝前行数十米,便是内城北门。北门的形制和建造工艺与南门基本相同,只是用料不如南门敦实,门楼也低矮一些。这并非随意和疏忽,而是与它所处的位置有关。因为北门外右边稍远的高处,便是三面绝壁的长建峰峰顶,门外山道两边,又是数百米深的悬崖。因此,北门的装饰作用大于它的防御功用。

北门外山道边的砾石堆里,隐藏着今人命名为"玉液缸"的古井。此井井口形状不规则,显然未经人工修砌,只是在整块砾石向下掏凿而成。由于砾岩是由卵石胶结而成,具有天然的防渗漏作用,因此,我看到这口当年的古井,仍是碧水一泓。也许,当年明军将羌王城围得如铁桶一般时,这"玉液缸"之水便是守城的羌族民众的救命之水。

"玉液缸"的上方,巉岩林立。我手脚并用地攀爬,登上了长建峰峰顶。

驻足峰顶放眼望去,环列的十二峰如高耸云天的烽火台;羌王城城内林木森森的凹地,犹如一个巨大的天坑;向东南眺望,迎鸽峰如翱翔于苍穹的飞鸽;向正北眺望,凌霄峰下草木不生的绝壁如指尖向上的巨大手掌;向西北眺望,太乙峰恰似一尊庄严祥和的坐佛……

无怪乎罗浮山自古便有"小西天""甲巴蜀""浮山叠翠"的美誉。

上山容易下山难。当我几乎是半溜半爬地从长建峰另一侧下山后,便来到了长建峰和太乙峰之间的羌王城缺口。这缺口是从内城凹地绵延而下的缓坡,羌王城最长的一段人工修砌的城墙,便横亘在坡上,从而将羌王城封闭。

苍凉辉煌的城墙

由于而今这片缓坡上散布着座座农家小院,且茂密的树林里农田星罗棋布,因此,地形地貌发生了较大的变化。尽管有一位曾踏勘过这段古城墙的绵阳媒体同仁带路,但我们仍盘桓良久,才发现了树木已长得贴着墙根、树梢与墙顶一般高的羌王城西城墙。

我拽着树梢,抱着树干,下到墙根。当年羌王城的雄姿,真切地展现眼前。

城墙的墙砖,系就地开采的砾岩,因此风化的痕迹不明显。每块墙砖大致规整,高1尺多,长1米多。由于这样的墙砖有足够的自重,墙砖结合处也就没有必要再用灰浆勒缝。因此,500多年后的今天,从砖缝里往外窜的蒿草、紫藤、树根,布满了墙面,使这段古城墙显得更加苍凉。这苍凉之感,缘于昔日的辉煌。

据当地文管部门勘察考证,西城墙有500多米长。如今,因修路、开垦农田等原因,城墙已不连贯了。我所看到的这一段长约百米,是其中最长的一段。

当我伫立墙头,目光由近及远地浏览这时隐时现的城墙时,城墙内侧一处坡地上,一根如巨大的剑尖向天的宝剑状的石桅杆,赫然在目。这石桅杆,也是羌王城重要的历史遗迹之一。

走近石桅杆细看,桅杆通高约6米,直径约0.5米,下端略呈圆形,下粗上细,向上渐渐成八边形,无斗。杆帽为圆盘,上坐一狮状动物。因5·12地震,杆帽跌落在地。整根石桅杆以当地的整块砾石制成。

此石桅杆,是清代乾隆五十年钦授武翼都尉的安县桑枣人徐恒墓前的装饰物。徐恒于1752年中武进士,授御前侍卫,卒于任上,后葬羌王城内。此石桅杆原有两根,立于其墓前第三拜台左右。如今,其墓已荡然无存。

羌汉两地交汇处的羌王城,在多方势力拉锯式的争夺中,能巍然屹立至今,

羌王城古城墙

羌王城石桅杆

缘于一次重要历史事件。据清代同治年间《安县志》记载:"清咸丰十一年(1861年),李永和、蓝朝鼎起义,当地廪生徐畅率众复修浮山内城,称徐家城。"为抵御义军,徐畅再次维修羌王城城垣,从而使今人能切身感受到500多年前勤劳、智慧、勇敢的羌族同胞的惊人创造力。

当我于傍晚时分离开羌王城时,东门城楼的羌寨祝酒歌已是此起彼伏了……

剑门密钥天雄关

蜿蜒于雅安境内大相岭的茶马古道,有苍凉、寂寥的静美;逶迤于四姑娘山的雪域冰川,有神秘、高远的壮美……越来越多的人,用徒步越野的方式去亲近它们,以暂避喧嚣、追寻淡泊、磨砺意志、激发豪情。

相比之下,位于川北大、小剑山重崖叠嶂之中的金牛古道,因其承载过更为厚重的历史,因其对巴蜀的政治、军事、经济、文化产生过重大影响,从而为熟悉巴蜀历史,尤其是三国历史的徒步越野者所青睐。

这条古道,有据可考的历史便有2300多年。而其中保存得最完好、人文遗迹最为丰富的精华段,便是自昭化凉亭子起,至剑门关下剑溪桥止的剑昭段。

在这段古道穿越的、因姜维而闻名的牛头山腰,被称为"剑门关门槛"的天雄关,曾经沧海,而今与春华秋实为邻、与清风明月相伴,如同功成身退的智者,蛰伏于崇山莽林之间。

英雄不死,他只是渐渐隐去……

长亭外　古道边

瞻仰天雄关的风采,探寻剑昭古道的遗迹,我正是从这段古道的起点凉亭子开始的。

凉亭子位于昭化城以西4公里的牛头山麓,距2009年新修的剑昭(剑门关至昭化)旅游公路最近处约1公里。

凉亭子曾是古驿道上级别最低的一个驿铺,规模最大时也仅有一个凉亭和半座院落,驿卒一两人。如今,驿铺无存,只留下地名。

从凉亭子开始迈步,长亭古道芳草令人恍若隔世:是游子千里返乡,是学子进京院试,是将军得胜返关,是挚友生离死别……访古寻幽的兴致之中,又有了隐隐的伤感。

不知是人为损毁或是主要从耐用方面来考虑,这一段驿道的铺路石,大小不等,形状各异,但是,踏在每一块石板上,都毫无松动,感觉它已在山上深深扎根。几乎每一块石板的表面都呈弧形,这是2000多年来无数过客用脚掌打磨所致。驿道的最窄处,也可两人并行,因此,足可供当年的战马驰骋。有的路段稍宽,大概是供行人小憩之处,好比如今高速公路上的紧急停靠点。

由于这一段驿道是沿牛头山腰的山脊延伸,因此,可避免山洪暴发、山体塌方等自然灾害的影响,也就有了其他幽深、曲折的古道所没有的韵味。行进在这段路上,脚下是芳草侵古道,远望是夕阳山外山,前路虽深邃,视野却开阔。思古之幽情,怀旧之感慨,不可遏止地在路人心头涌动。

此时向山下遥望,嘉陵江最大的支流白龙江江水在阳光下泛着粼粼波光,宛如一条身披银色鳞甲的巨龙,扑进嘉陵江的怀抱。两江汇合后,仿佛要让人们多看一眼它们的磅礴气势,在昭化城前耀武扬威地呈S形流过。这一地理景观,酷似一幅天然太极图,而昭化古城,恰恰坐落在阳鱼眼处。

凌绝顶　势极雄

在这段完整的石板道上行约2公里,一条布满坑洼的机耕道横亘眼前。古驿道在此被截断。

我大致判断了一下方向,便向右拐上机耕道,继续向山腰前行,同时注意观察两旁是否有岔道,以便重回古道。岂料,脚下这条连四驱越野车也难以通过的机耕道,直通一户门窗紧闭的农家小院后,便到了尽头。茫然四顾,杳无人迹,只闻鸟语。无奈,我扯开嗓子向空山呼喊,终于从不远的坡上传来一位农妇的应答。经她指点,我从坡下一条尺余宽的石径攀上坡顶,失落的驿道,又出现在眼前了。

此时,驿道的坡度越来越大,道旁的柏树及蒿草越来越密,石板上的苔藓越来越厚。当一段笔直的长约50米、坡度约40度且紧邻绝壁的驿道出现在眼前时,凭经验,我知道天雄关不远了。

此时,我驻足向驿道尽头望去,只见一通石碑立在驿道右侧,下面是断崖。走近石碑,天雄关蓦然展现眼前,原来,它坐落在与石碑相对的驿道左侧的绝壁转角处。

历代史书对天雄关的记载和描绘,极尽形容之辞。《昭化县志》引《旧志》云:"峰连玉垒,地接锦城。襟剑阁而带葭萌,踞嘉陵而枕清水,诚天设之雄也。故又名曰天雄关。悬径崎岖,危崖壁立,树木萧条。"又据《昭化县志·舆地志》载:"天雄关在治西十五里,入蜀而来,殆与七盘朝天二关声势联络,实剑关之密钥也。"再据清代《保宁府志》载:"天雄关在(昭化)县西南十五里,势极雄险。"

呈现在我眼前的天雄关,只剩下一个石门拱。其两侧的城墙,早已倾颓,连

天雄关碑

残砖断垣也没有了。但是,它比起那些古蜀道上如今只剩下名称的七盘关、朝天关,以及当今完全新修的剑门关,应该是幸运的。当然,真正幸运的应该是今人。人们可以真切地贴近它那残缺的身躯,聆听中国历史的真实足音,感觉民族之魂的脉搏跳动。

面对这座孑然遗立的石门拱,如同面对失去肌肤、只剩骨架的巨人。随之在我脑海里浮现的,是被帝国主义列强焚毁的圆明园,被战乱和荒漠吞噬的楼兰古城……与其他古城门、古关楼不同的是,在天雄关门拱的前后左右,尚存有历代的14通石碑。其碑文有的是历代名人过天雄关的题咏,有的是历代官府修葺关楼的经过,但大都字迹漫漶,难以辨识。这和东岳泰山遗存的众多古人墨

天雄关遗迹石门拱

迹一样,说明天雄关作为川北出入巴蜀的重要关隘,当年是何等的令人感慨和赞叹。

尽管如此,历代墨客骚人留在天雄关石碑上、石壁上、驿站墙上的诗词歌赋,还是有一部分被后人传承下来。其中清代何盛斯的《天雄关》诗,比较有代表性:"一关凌绝顶,迢递插星邮。黄竹丛祠绕,青苔战碣留。残云瞻马首,落日上牛头。伯约鏖兵处,扬鞭豁远眸。"

姜维守　皇辇过

我伫立石门拱前,仔细辨认镌刻于两边石壁门框处的对联。其上联为"清风明月关门过",下联只有"崇山峻岭"四字可识。好一副举重若轻的对联,雷霆万钧化为清风明月,千军万马犹如樵夫砍柴。这与"古今多少事,都付笑谈中"简直有异曲同工之妙。

由于牛头山南依剑门,北控昭化,踞由北向南入蜀要冲,进可攻,退可守,因而是历史上兵家必争之地。在当地至今还有"要上牛头山,难过天雄关"的说法,因此,天雄关见证了几乎所有发生在巴蜀大地的重大历史事件。

公元前316年，崛起于陇西的秦国，遣大将司马错伐蜀。这支大军的一部在张若率领下由水路顺嘉陵江而下，东征巴国，随即将巴国灭掉。大军另一部在司马错率领下，经陆路穿越天雄关前的险要僻径，南征蜀国，将蜀国灭掉。

这是牛头山上的古蜀道见证的首次有确切记载的军事行动。它的影响实在太深远。否则，秦国蜀郡太守李冰不会来到四川，自然就不会有举世闻名的都江堰。

公元214年，初入四川以昭化为根据地的刘备，率军攻打成都。陕西汉中一名军阀式的人物张鲁，遣西凉名将马超攻打昭化。刘备腹背受敌，急调张飞驰援昭化。张、马二将在牛头山没日没夜地单挑，上演了一出令后世家喻户晓的好戏。此战不但收服了马超，且将后方彻底稳固，从而为刘备成就蜀汉大业奠定了基础。

公元263年，魏国大将钟会、邓艾率二十万大军，直逼昭化。蜀汉大将姜维领军在昭化桔柏渡西岸与之相抗，展开了一场决定蜀汉命运的大战，史称"葭萌之战"（昭化古称葭萌）。蜀汉几乎将全国的兵力都投入此战。此役结果是，蜀将关索、鲍三娘夫妇战死，蜀汉兵力损失殆尽，姜维带三万残兵败将经天雄关撤至牛头山。

凭借天雄关天险，姜维残部有了喘息之机，从而为不久后撤至剑门关固守赢得了宝贵时间。如果不是曹魏将领邓艾胆量大、运气好，从牛头山以西数百里的阴平道奇袭蜀汉江油关成功，蜀汉或许因为天雄关，还会苟延若干年。

这条古驿道及天雄关所见证的历史，当然远不止这些。天雄关的门前，大唐那位风流天子的皇辇辚辚而过；伫立天雄关如林的石碑前，《兵车行》《丽人行》在入蜀逃难的诗圣杜甫心中萌芽；陆游、岑参、李商隐等，无不因这驿道雄关而诗兴大发，在蜀地留下华彩篇章……

活遗产　魅力在

作为一处军事要隘，地势险峻的天雄关的主要功能是镇守而非进攻。据清代道光《昭化县志》载："五里倚虹亭，过亭则牛头山麓矣。五里天雄关，牛头山腰也，有塘房。"所谓塘，是地方性站所，历代在此又设有驿站，供过往的商旅军士歇脚换马。当然，不论和平年代还是战争年代，天雄关历代都有士兵驻守。

进关门左边，是一块数百平方米的平地，原建有关帝庙一座，庙内有大雄殿、牛王殿、姜维殿等，因历经战乱已毁。清代又在天雄关建观音阁、奎星阁、倚虹亭。

如今，在原关帝庙旧址上，坐落着一座新修的庙宇，其式样简洁、形象收敛，与残破的天雄关石门拱相处，显得倒也和谐。庙宇无专职出家人看守，但时常有上了年龄的出家人前来拂尘。若徒步越野者碰上她们，要点水喝甚至免费吃一碗她们熬的稀饭都不成问题。

在天雄关石门拱前临悬崖处，有一座年代不太久远的双层凉亭。此亭飞檐翘角，亭柱朱红、亭瓦金黄，倒也有几分古意。沿着亭内的木梯，可攀至亭子上面一层，眺望无限风光。

徒步越野者从这里继续前行，就要仔细察看路径了。因为少有人走，疯长的野草遮掩了石板路。

这条全长约40公里的古驿道与剑昭旅游公路分分合合，经牛头山、五棵堆、云台山、寨子山、孟家岩、大梁山、七里坡、志公寺等人文自然景观，最后，过剑溪古桥抵达剑门关前。

一路经过的古驿铺，有新铺、大朝驿、高庙铺等，其中的大朝驿在秦汉时期已经是"达摩戍驿站"，是古人经金牛道出川入蜀必经之地。由于行旅之人都要在此歇一脚或者留宿，因此茶馆、饭店、客栈、妓院林立，呈现出畸形的繁荣。至20世纪30年代川陕公路绕开这段驿道，大朝驿才归于沉寂。

当年，南宋诗人陆游受范成大之邀入蜀，在大朝驿留宿期间，与驿吏之女春香一见钟情。分别时，两人在蒙蒙细雨里泪眼相对，无语凝噎。陆游心中的千言万语，化为一首令后人广为吟诵的诗章："衣上征尘杂酒痕，远游无处不消魂。此身合是诗人未，细雨骑驴入剑门。"

一路上依次经过双龙桥、铁栓桥、寡妇桥、松宁桥四座古桥。这四座造型各异、卧伏于飞泉清溪之上的古桥，将古驿道点缀得更有"古道西风瘦马"的诗意。

双龙桥是单拱平桥，可惜桥上的双龙石雕已毁；铁栓桥是建于明代的五孔石板平桥，由于用熔化的铁水直接浇铸于桥上石板接缝处，因此至今桥面没有一丝缝隙，其工艺实属罕见；松宁桥的石桥栏、石桥身基本完好，桥两头皇柏和古松遮天蔽日，令人感觉古意盎然。

蜀道是活着的中国物质文化遗产，当不可一世的古罗马大道无迹可寻时，蜀道却依然散发着它的无穷魅力。

子云山：云亭晓烟掩万卷

举世闻名的乐山大佛以南不远的岷江畔，一列丹霞绝壁临江而立，其主峰挺拔秀美，林木苍翠。一位其貌不扬却又心比天高的少年，曾在此山中攻书悟道，从而成为中国文学史上光华四射的人物。他因此山而成名，此山因他而定名。他，便是西汉文学家扬雄(字子云)；山，便是犍为县境内的子云山。

子云山既是历代隐士的世外桃源，又是乱世雄杰的杀伐之地。1243年，为免遭蒙古铁骑蹂躏，南宋四川安抚制置使余玠在子云山主峰据险筑城，与乐山、凌云山上的三龟九顶城首尾呼应，于1252年的嘉定大战中，将蒙军骁将汪德臣率领的蒙古大军逐出川中。

孕育圣人的茅庐与改朝换代的战争，一定会在子云山留下非凡的印迹。初春的一天，我踏上前往子云山之路。

石梯陡立入云天

被司马光推崇为孔子之后，超越荀子、孟子的一代大儒扬雄出道前，其蛰居之地子云山，竟然比我想象的要寂寥、冷落得多，以至于我遍查资料，竟无法确认子云山是在岷江东岸还是西岸。我只得驱车先去子云山所在的犍为孝姑镇。

到达孝姑镇，四下一看，位于岷江东岸的孝姑镇一马平川，对面岷江西岸翠峰如屏，刚好走反。好在有载人的渡轮，将车停在镇里，我便乘船过江上山。

子云山共有大小80多座山峰，其主峰面江而立，海拔479.9米，与江面的相对高度为160多米。主峰峰顶，有三道各长500多米的山梁，分别向南、北、西北方向延伸，呈三角鼎立之势，从空中俯瞰像是奔驰车的车徽。向北延伸的山梁，有一条在悬崖上开凿的石梯道通往山下江边，这是子云山与外界联系的主要通道。

弃船上岸，钻过江边高速公路下的涵洞，我便沿着那条宽1.5至2米、当地人称为高石梯的石梯道，向山顶进发。

行数百米后，本来在山脊上蜿蜒的石道拐向一处绝壁，石梯道成了石栈道。

子云山上俯瞰岷江

向右上方看,绝壁高不见顶;向左下方看,沟壑深不见底。此处原有南宋子云城的第一道城门。我拨开杂草,果然见到城门的基石。

我脚下这条在岩石上凿成的宽近2米的古老石梯道,显然不是历代百姓砍柴打猎、挑粮背菜的便道,它应该是南宋时期国家行为所致的官道,以便于军情紧急时迅速调动军队,也便于辎重的输送。而早在西汉,扬雄恐怕只能冒着生命危险,在密林中陡坡上寻路而上。可以想象,是何等的壮美风光,牢牢地吸引着风华正茂的扬雄;是何等的不屈气概,深深地激励着壮怀激烈的余玠。

茅庐与敌楼,流云与烽烟,历史的潮流从来都是跌宕起伏,历史的画卷从来都是风水轮流转。

崖壁半悬子云仙

沿石栈道继续攀登,我看见道旁崖壁下一凹处有一水池,看得出一点人工拓凿的痕迹。这便是当年扬雄刻苦攻读、挥毫泼墨的洗砚池。明代犍为知县胡学戴题"悬池"二字于池侧。

当年,池水黑如墨。这如墨的池水,滋润着青年扬雄的笔头,使他以《绵竹赋》《蜀都赋》《反离骚》而名动蜀中;激荡着中年扬雄的心灵,使他为汉成帝写出了壮丽的《甘泉赋》《河东赋》《羽猎赋》。在沉淀了2000多年后，池水已清澈见底，成了弯腰即可饮用的矿泉水。据说，扬雄用过的"形如今制，但去圭角"的砚台，至今还被当地人收藏着呢。

过洗砚池再行数百米，只见那相对高度近百米、状如城垣的绝壁，草木不生，裸露着紫红的岩石本色。半壁处，雕刻着一尊约2米高的人物塑像，其头顶有"子云仙"三个醒目大字。

这是近代，人们称扬雄为"子云仙"而自发雕刻的。若山间雾岚四起，山腰云烟弥漫，"子云仙"若隐若现，还真似神仙下凡。20世纪40年代，一位叫妙清的出家人听说扬雄在距此不远的子云洞修炼成仙，也效仿他进洞修炼，结果饿死洞中。如果妙清生在信息灵通的今天，他应该知道扬雄的悲凉晚境，应该知道扬雄并不相信鬼神，他也就不会愚昧地舍弃生命了。

不过，信仰的力量和决心不可估量。这"子云仙"雕像虽不高大，但上下分别距崖顶和崖底数十米，崖壁垂直于地面且光溜溜的，施工者如何到位，到位后悬在空中又如何操作，是一个谜。

据清嘉庆《犍为县志》载：子云山"在县南二十五里，汉扬雄尝徙居于此。山腹有子云洞。其巅有池"。子云洞是在绝壁上人工掘成的山洞。宋代犍为县一位叫王叔伦的儒士，效仿扬雄隐居子云山，并在子云洞内留下一副对联："大儒不文，下笔动九天风雨；大将不武，挥戈扫万里烟尘。"看来，他对扬雄是佩服得五体投地的。当然，崇拜扬雄的墨客骚人历朝历代数不胜数，在犍为文庙里，扬雄就曾被列为配享孔子的先贤先儒之一。

青龙嘴前烽火起

向山顶延伸的石栈道越来越陡，林木也浓密得遮天蔽日，少有人走动的石阶苔痕累累。2000年前以清幽、缥缈滋润过扬雄的子云山，似乎还保持着它的本色，而蒙古铁骑的蹄印和炮火硝烟，已难觅踪迹。

当我面前呈现的一段石栈道陡如天梯时，登顶的最后一个隘口青龙嘴便快到了。在这里，余玠率四川军民修筑的子云城北城门的墙基仍残存着。当年用长约1米、高宽各约1尺的大条石垒砌的巍巍城墙，如今虽然已倾颓得不到半人高，但它如圆明园的断壁，戈壁中死而不倒的胡杨，仍令人可以想象当年的凛然、高大。站在此处回望，感觉陡峭的石栈道上几乎不能容人立足，好一个"一夫当关，万夫莫开"之处。

迈过城门遗址，眼前豁然开朗，这山顶竟是约半个足球场大小的平阔之地。

建于清初、近几年在原址重建的水月寺,红墙黄瓦,香烟缭绕,背倚一座绿树葱茏的馒头状山包。在水月寺建寺之前,此处是建于明代成化年间的一家书院,为使弟子继承扬雄的衣钵,书院名曰子云书院。在当时犍为颇有名气的四大书院中,自然环境和人文环境俱佳的子云书院,自然名列其中。

闻名犍为的"云亭湖灯"的景观,则由逢年过节,水月寺大红灯笼高挂,山顶的灯光映在岷江江面所致。

子云亭上览云烟

水月寺侧一稍高的坡上,便是"西蜀子云亭"曾经屹立之处。我站在坡上细看,只依稀可辨此处曾为屋基,一棵棵碗口粗的松树,似扬雄遗留在此的如椽之笔。

据子云山中目睹过最后的子云亭模样的老人介绍,子云亭高三层,每层高近两丈,六角飞檐,木柱筒瓦。每层有带木凳的栏杆,既做安全护栏,又供游人歇足观景。"子云亭"匾牌悬于底层门楣,顶层则塑扬雄坐像一尊,高约2米。扬雄身穿长袍,胡须1尺多长,面向岷江。在塑像侧,则是清代名儒赵熙慕名前来拜

子云山"云亭晓烟"碑刻

谒时的题诗:"先生去此几多时,不见烟云只见痴。恨我不成生已晚,空劳载酒自叹息。"

1954年,子云亭被整体拆毁,粗大的木柱,是人们认为唯一有价值的东西,被木匠改成木料后,抵交了公粮。

据《犍为县志》载:"子云亭,翼然山巅,巍峨耸秀。凌晨江雾飘荡,烟云缭绕,山峦叠翠,远远望去,如缥缈仙境……"站在子云亭遗址四下望去,子云山80多座山峰奔来眼底,岷江水如蛟龙不见首尾。闻名犍为的"云亭晓烟"奇特景观,便只有在子云亭上才能一览。每逢多雾季节的清晨,岷江江面升腾的雾气,由东向西飘进子云山下的沟湾,似海水涨潮,似江河泛滥。岗峦模糊了,群山隐没了,唯有子云山主峰如岛屿漂在雾海之中。轻盈的晨雾千变万化,人们的眼前出现梦幻般的景观。

清代嘉庆年间的犍为县令王梦庚,为这一奇观做了一个巨大的广告。下山后,我在高速公路下面距江面约十多米高的当地人称观音岩的崖壁上,找到了王梦庚题写的"云亭晓烟"四个阴刻大字,每字长宽近1米。这幅题刻正对岷江水流较缓的江面,向来往的千帆万樯发出到此一游的殷殷召唤,向壮游的儒生雅士传递云烟深处的青灯黄卷。

险关要隘灰飞尽

作为南宋抗蒙的方山城堡,子云城据险而建,可谓固若金汤。我从山顶沿南山梁缓缓而下,寻觅位于白虎嘴的南城门。当年余玠曾在北口、南口和西北口各筑城门一道。

白虎嘴原有两块巨石对峙,2米宽的通道从石缝中穿过,是人造城门所不能比拟的天然雄关。遗憾的是,近年为方便山上几十户人家的生产生活,修筑上山公路,用炸药将两块巨石炸毁。天堑变成了通途,历史也由此终结。西北口是子云城的后方,也有一条较为平缓的盘山道与山顶相通,但当年抗蒙的遗址荡然无存。

公元1275年,蒙古大军占领嘉定(今乐山)后,派速哥统领大军南下子云城。在强大、凶悍的蒙古军威逼下,在南宋大部分疆土已失陷的情况下,子云城不战而降。蒙古军占领子云城后,按惯例将城门、城墙、炮台毁掉,以防抗蒙势力东山再起。据清同治三年版《嘉定府志·山川·犍为篇》载:"子云山,县南二十里……至淳祐中,余玠筑城其上,并置戍,因改名子云城。元至元十二年,速哥徇(以武力威胁)嘉定下游诸城,子云、泸、叙皆降。"

如此险山要隘，其军事价值此后被辛亥三年（1913年）的同志会暴动，以及20世纪二三十年代军阀杨森所利用。至今在同志会与官军激战过的北门和西北门附近，仍不时可以挖到堆堆骸骨。

当我站在码头回望，迷离如仙境、凛然如雄关的子云山，又将在夜幕下隐去。如此，又不知要隐没多少年。

苏东坡遍游犍为山水，在子云山下发出"云是昔人藏书处，磊落万卷今生尘"的惋叹。其实，与喧嚣纷扰隔绝，与闲云野鹤相伴，才是扬雄的初衷，才是子云山的本色。

龙泉：天落石上颂君王

阳春三月，成都龙泉山上桃花似海，游人如潮。踏青赏花的人们可能不会想到，他们的脚下，曾有一条连接巴蜀、路龄堪比茶马古道的官道。人们更想不到的是，桃花掩映下的一块与龙泉山石质迥异的巨石之上，有一通铭记一代帝王功德的古老碑碣，其碑文洋洋千言，犹如立于天地间的史册。

这块来路不明的巨石，被当地人称为"天落石"；这通至今完好的碑碣，是距今1500多年的"北周文王碑"。

天落石

长亭古道

驾车沿老成渝公路穿过山泉铺后,经当地村民指点,我走上了一条湮没在果树林里的石板路,向远在1公里外的大佛寺进发。北周文王碑,便坐落在大佛寺后面的"天落石"上。

我脚下的这条宽1米多的石板道,是自汉代起便已开辟的蜀郡通往巴郡的驿道,史称"东大路"。道上的石板零零落落且时有时无,和坡下的老成渝公路及稍远处的成渝高速公路相比,它已是风烛残年、命悬一线。

遥想当年,这东大路上十里一铺、三十里一驿。由于大佛寺距山泉铺不远且坐落在东大路旁,因此在这一段驿道上,幺店子一家挨一家,坐轿的、骑马的、挑担背篓的,都要停下来歇口气、喝碗茶。官差秀才们,则到大佛寺烧炷香,瞻仰路边那"天落石"上的北周文王碑;贩夫走卒们,则在清爽的山风吹拂下,欣赏龙泉山的湖光山色。

据清嘉庆《四川通志》载:(东大路走向是)成都至简州(今简阳)120里,简州至资阳75里,资阳至资州(今资中)144里……璧山至重庆100里。合计840华里。东大路是连接成渝两地最为近便的官道。

因此,在与东大路或交叉、或重合,但始终基本并行的老成渝公路沿线,当年的建制形成当今的地名,如牛市口、大面铺、山泉铺、双石铺等。1933年成渝公路建成通车后,饱经沧桑的东大路从此夕阳西下,渐渐隐于荒草荆棘之中,仅成为通村连户的乡道。被历史的车轮打磨得发亮的石板,曾经泛着幽邃的文明之光,自此陆续沦为农家的屋基、猪槽。

盛唐石佛

沿这段残存的东大路步行近半个小时,一座既似庙宇,又似民居的大院呈现眼前。东大路从院墙墙脚继续延伸,而我的目的地,正是这座六门双开、门上镂有菱花的悬山式建筑。它的名称是"龙泉山石刻陈列馆",也就是当地人称的大佛寺。

接待我的是陈列馆的看守人肖大爷的妻子。她带着我们走进正对大门的供奉着一尊石佛的正殿。

正殿的内壁不是砖墙,而是一堵岩石,名为"丈六弥勒佛"的大佛,便是在这堵岩石上雕琢而成。这尊大佛高4.24米,刻于唐大历六年(771年),比著名的乐山大佛还早。其虽已逾千年高龄,仍端坐如常,仪态雍容,颇有大唐盛世气象。遗憾的是，佛像面部遭到破坏，鼻子被毁。大佛寺由此得名，大佛村也由此得名。

大佛寺的修建，显然是为了保护这尊雕琢于岩壁、露于荒野的佛像，同时也是为了方便善男信女们全天候烧香还愿。大佛寺始建时间不详，现存的建筑是清光绪十七年(1891年)重修，基本上为木质结构。大殿的三对石柱上，分别刻有三副楹联，或颇有机趣，或蕴含哲理，或宣扬佛法。佛像上方近房梁处，则是书有"天中天"三个大字的匾额。

这尊唐代的大佛要论资历，不比仅数公里外的石经寺浅；要论名气，又因大佛村的行政地名而广为人知。但是，石经寺香火旺盛，这里却人迹寥寥。看来，世间万物，离不开机遇。

北周丰碑

我穿过"天中天"大殿右侧的小木门，一面高近10米、宽10多米的岩壁，蓦然展现眼前。这便是当地人称的"天落石"。因大佛村方圆数公里范围内，绝无如此坚硬、如此硕大的石块，人们便传说是天上掉下来的。北周文王碑，便雕琢于"天落石"上。

北周文王碑诞生于一次改朝换代的重大历史事件。南北朝时期的公元553年，在成都称帝的武陵王肖纪，出兵攻打发生内乱的占据长江中下游地区的梁朝。螳螂捕蝉，黄雀在后。在陕西建立政权的西魏的权臣宇文泰，趁机命大将军尉迟炯率军分六路攻入四川，围成都50余天后，成都投降。史学界对此有比较一致的观点：此次战争，是中国历史上巴蜀以外的政权吞并巴蜀最为顺利的一场战争。由于这如此辉煌的胜利，尉迟炯手下的骁将强独乐当上了天府之国的高官。

三年后，宇文泰染疾身亡。又过了一年，宇文泰的儿子宇文觉篡夺西魏政权，建立了北周，便恭敬地追认父亲为文王。当时驻防武康郡(今简阳)的车骑大将军强独乐等十一位将领，为歌颂他们英明的最高统帅宇文泰的功德，在"天落石"刻下此碑，此碑故称北周文王碑。

北周文王碑高2.24米、宽1.25米，碑首刻朱雀及浮雕小佛像4个。碑额楷书阳刻"北周文王碑。大周使持节、车骑大将军、仪同三司、大都督、散骑常侍、军都县开国伯强独乐为文王建立佛、道二尊像，树其碑。元年岁次丁丑造"。碑文为楷书阴刻，共1400余字，内容为追叙宇文泰的丰功伟绩，其溢美之词无所不用其极，如"非竹帛无以褒其训，非金石无以铭其德"，等等。

伫立碑前，在人们眼里较为模糊的南北朝历史画卷渐渐地清晰起来。碑文

北周文王碑额

对最终南清江汉、西克巴蜀、北控沙漠的一代雄杰宇文泰的多次军事行动,以及执政前后对各地叛乱的镇压,做了较为详细的记叙。正如史学家所说,它既可补《周书》之不足,还可校正《资治通鉴》中有关年代和地域之误,是研究南北朝政治、军事、经济、书法、雕刻艺术和宗教信仰的宝贵资料。

书法奇葩

北周文王碑由于岩石石质坚硬,且后人又倚石搭建房廊为其遮风避雨,因此碑上的文字并未因年代久远而漫漶。尤其是阳刻碑额全文(共56字)字字清晰可辨,这就为研究中国古代书法艺术、特别是书法史,提供了实证。

南北朝时期,适逢隶书向楷书的过渡时期。由于南北分裂,书法亦分为南北两派。北派书体仍带有隶书的遗型,笔法古拙劲正,风格质朴方严,适合书于大场合,如榜匾、碑铭等,这就是所称的魏碑;南派书法则在隶书基础上有较大变化,笔法疏放妍妙,风格蕴藉温婉,适合书于尺牍和画作题款。

北周文王碑字体风格的微妙之处,就在于在由隶到楷的历史大背景下,其字体亦隶亦楷,是变迁过程的真实反映。其书风虽北方味更重一些,倾向魏碑体,但也看得出其已受南方书风影响,接近我们如今熟悉的正楷。这正如书法界对其的一致评价:其书风可从多角度启迪后习者,或参以篆隶,或参以行草,皆可化出一片生机。它对研究中华民族书体的演变,有重要参考价值。正因为如此,早在1961年,北周文王碑便被列为四川省文物保护单位。

历经1500多年而得以幸存的北周文王碑,曾差一点在一场浩劫中改名换姓。我们在石碑左下方的碑文上,看见一个凿得有小饭碗般大的"毛"字,此字歪歪斜斜、分外扎眼。这是"文革"期间红卫兵的"杰作"。

那是1968年3月,"文革"虽如火如荼,但几个红卫兵忙里偷闲到龙泉山踏青观景,不经意间发现北周文王碑。他们便怀着对封建帝王的仇恨和对伟大领袖的热爱,掏出随身携带的小刀具对此碑采取"革命"行动。看守人肖大爷发现后,手提扁担对着他们一阵怒吼,吓得他们抱头鼠窜。自这天起,肖大爷和几个民兵不分昼夜守护石碑3个多月。

与北周文王碑一同幸存于"天落石"上的题刻造像,还有唐大历六年(771年)的三教道场碑、北宋政和二年(1112年)崇宁进士宋京诗碑及其他造像50余龛,计160余尊。历代的墨客骚人、名流雅士路过东大路旁的"天落石",抚今追昔,都不禁诗兴大发,纷纷留下手迹心声。"天落石"正面写不下了,便在侧面继续。简州知州朱孝纯于清乾隆二十九年(1764年)题写了《雨中游灵泉投诗潭中》,黔南王凤翥汤于清道光年间题写了"摇青耸翠"四字……"天落石"浓缩了中国文化艺术,犹如一座天然的微型历史博物馆。

从"摇青耸翠"的秀丽幽静,到如今的花果飘香,龙泉山自然景观的变脸,人们对此大多习以为常。而宋代成都人宋京在"天落石"上的题诗,却难免不给今人以无尽的思索和无穷的回味:"征西将军念君王,刻石巴山事渺茫。万载衣冠付冥寞,路人无语奠椒浆……"

清溪:铜门槛里绣花楼

犍为清溪镇,这座自汉代起便成为由蜀入滇的重要驿站和军事重镇,宋、元、明三代犍为县治所在地,退隐马边河畔数百年后,被当代的文物普查专家惊喜地誉为"大型的、活生生的、原汁原味的川南古建筑博物馆"。

悠悠时光虽然洗去了清溪镇的铅华,但参天大树般的蜀地文明之根,在这里还有迹可寻。

石雕白菜长智园

游走于清溪镇迷宫般的曲折小巷,很快便与繁华和喧嚣绝缘。

夹巷而立的由竹篱糊泥而成的院墙,墙头的马尾草迎风招摇,在衰败中追忆流逝的时光;青砖砌成的空心院墙,黑中泛青,于拙朴中透露着昔日的堂皇;僻静小巷里间或出现的木宅门,使小巷显得更加宁静、幽深。

出现在我眼前的第一座老宅院,是位于自强街19号的"智园"。它建于清代,建筑面积1547平方米,其主人当年是清溪的大户人家。与清溪其他呈对称布局的四合院不同,被称为"三倒拐"的智园,虽然门面如同四川旧时的公馆,但门楼及相邻的门墙上,却有近半人高的阳台护栏加以装饰,其栏柱为花瓶状,因而又有西式建筑色彩;在护栏的两端,则分别立有两棵硕大的石雕白菜。在当地口音中,"白菜"与"发财"谐音。将白菜立于墙头,寓财运亨通之意。

进入院内,一条曲径向左蜿蜒。院内的房屋,是青瓦两面坡、木柱木窗木板墙,具有典型的川南民居建筑风格。在其堂屋抬梁上,嵌有两块圆形的、分别刻有"寿""喜"二字的木雕,两字以祥云镶边,喻示寿与喜如云海无边无量。由于年代久远,房屋的梁架上覆盖着厚厚的烟尘和灰尘,但那"寿""喜"二字仍清晰可见。

穿过自强街,便来到临马边河的和平街。一株七八人合抱的千年榕树,仍枝繁叶茂地挺立在古码头旁。其树荫里,可供几十桌的茶客品茗乘凉。当地人将此树视为吉祥之树,一年四季都有人来顶礼膜拜,并给它披上一条条红绸带。清溪

清溪古宅墙头雕塑

古镇的起源时间,应与此树的树龄相去不远。

当年这千年古榕下舟来楫往、热闹非凡的水码头,如今只断断续续地残存着磨损的石阶。昔日清溪周边及远在沐川、马边的茶叶、药材等农产品,就是从这里上成都下重庆。最繁盛的时期,每天经停此码头的船舶有三四百只。所幸的是,南华宫门前的河边,至今仍遗留的长约200米、高约4米的条石砌成的古城墙,确凿地证明着清溪镇曾为商贸重镇和军事要地的身份。

铜铁门槛绣花楼

沿和平街向西,经过仅存遗址的禹王宫后,在街口向北便进入建新街。清溪镇最为典型、最为完好且规模最大的两处清代宅院,便坐落在此街。

一处是建新街41号宁芷邨故居。宁芷邨是与周恩来有过交往的川南知名金融实业家,曾以大股东的身份于1938年12月在嘉阳煤矿第一次股东会上,当选为该煤矿监事。如今成为旅游观光热点的嘉阳小火车的路基上,便铺着宁芷邨白花花的银圆。

宁芷邨故居当地人称"铜门槛",占地面积1970平方米,始建于清代。顾名思义,其豪华气派的大宅门的门槛,应该是金灿灿的铜皮包裹吧。其门楼的样式与智园相似,但更为高大。遗憾的是,其墙头的石雕白菜,已损毁得不见踪影。宁芷邨的滚滚财源,也在社会大变革中彻底枯竭。

"铜门槛"庭院深深,有6个天井,最大的一个天井有100多平方米。庭院深处坐落着保持清代原貌的绣花楼。这100多年前的闺房,如今在川中难得一见。

在光线昏暗的绣花楼内,我踏上一架呈螺旋状、宽仅尺余的木楼梯,在嘎吱嘎吱的声音中走进绣花房。房内三面无窗,只有临天井一面,透过双交四碗菱花窗棂,可以看见也只能看见小小的天井。

这天井,便是那位富家小姐的全部世界。当她紧蹙眉头绣腻了枕花,是否心怀闺怨地轻吟"关关雎鸠,在河之洲",期盼一位白衣秀才从天而降。从我刚才攀过的黑暗之中那又窄又陡又扭曲的楼梯,联想当年的那双三寸金莲,恐怕不知多少年都未曾踏过春光。

清溪宁芷邨故居

"铜门槛"的四合院格局大致未变,房屋也基本原样,但那熠熠生辉的铜门槛只留在传说中,唯有院内房屋柱础的精美石雕,向人们展示着这座古宅曾经的精致和豪华。

另一处是"铜门槛"斜对门宁芷邺胞弟的宅院,当地人称"铁门槛"。哥哥曾经留洋,弟弟土生土长,因此"铁门槛"具有典型的川南民居建筑风格。沿中轴线对称布局的四合院里,其房屋的木撑拱是雕刻精细的龙头,就连不起眼的房门上下木门墩,也雕刻着花鸟虫鱼图案,这在四川古民居中实属罕见。由此可以想象,当年"铁门槛"的主人,既富足又有品位。

在清溪镇这些幽深的庭院、古朴的天井中,举目是雕花的吊檐、镂空的轩窗,低头是浮雕的云凳、石凿的水缸,真是一院一景、一井一画。

无边古宅势壮阔

清溪镇的古建筑保护区,东至大庙子,南至马边河,西至建新街,北至书堂街,共12万多平方米。保护区内,保持着明清以来20多条古街道的原始格局。

置身其中,令人恍若隔世:时而一处断墙,令深闺般的古宅春光乍泄;时而一架飞檐,令宫殿般的会馆辉煌再现;时而一扇半掩的木门,仿佛进京赶考、离乡赴任的文士武举刚刚远行……

有四合院就有天井。在清溪镇,大大小小的150多个天井蔚为壮观。最大的四合院里,天井多达7个。最大的天井,面积有100多平方米;最袖珍的天井,仅两三平方米。

位于保护区中心的和平街47号的彭家院,建于清代,面积仅105平方米。称其为院,便是因为全镇最为袖珍却又不失精致的天井在此。这个正方形的天井,连3平方米都不到,称其为天窗似乎更合适。但它实实在在又是天井,只不过修建者充分考虑了其实用性,在原应该施以瓦当的四檐,用砖石和三合土砌了一圈埂,以防房顶的雨水注入院内。这高半尺的埂,竟然一点也不马虎,其上有花草浮雕加以装饰,真令人赞叹。

在这个袖珍天井下,是一圈木栏杆楼廊。天井虽小,倚栏仰望,仍觉天寥廓,仍观云飞扬。

天井这种既封闭又露天的空间布局,在保证隐秘、安静的情况下,又满足了通风、采光、绿化、休闲、晾晒等生活之需。清溪镇众多的老天井,成为该镇古建筑的一大特色。风格不同、形制各异的天井,在书堂街9号的文朝辅进士第、黄家坡街的黄家大院、复兴街的何家大院等数十处宅院均完整地保留着。

清溪老民居天井

为了一眼看尽清溪镇古建筑保护区全貌，在得到了清溪镇派出所的配合下，我登上了位于保护区中心6层楼的派出所大楼楼顶。

四下俯瞰，清一色灰瓦的大院小院错落有致，点缀着绿色植物的大小天井疏密得当。凝固着悠长时光的青灰色波浪，在我脚下翻卷着，向四面八方铺陈蔓延。如此大面积的纯正的古建筑给现代人的视觉冲击力，的确不小。

清溪镇的遗韵尚且如此，当年的盛景该是何等诱人。李白仗剑辞亲，远游他乡，曾在此驻足，留下了"夜发清溪向三峡，思君不见下渝州"的诗章；杜甫乘舟到清溪，写下《宿清溪驿·奉怀张员外十五兄之绪》，发出"荡舟千山内，日入枉泊渚。我生本飘飘，今复在何许"的感叹；苏轼父子、李调元也在这里留下美妙的诗句文章……

清溪镇坐落在马边河流域的冲积平坝上，马边河呈弧形流经镇南，形成弓形的河岸，以东西方向为中轴线的老街好似弓弦。它张弓搭箭，箭镞直指河对岸的五龙山。

清溪，这张蓄势千年的强弓，如今终于要射出惊世之箭了。

摩天岭：独收蜀汉真英雄

展开四川旅游地图，以成都为原点，目光沿古蜀道由南向北，庞统、诸葛瞻、蒋琬、鲍三娘、费祎、姜维等蜀汉名臣良将的墓祠，依次映入眼帘。他们生前为蜀汉江山鞠躬尽瘁，死而后已；死后声名不衰，其墓祠经历代的保护修葺，成为旅游亮点。

但是，他们若有在天之灵，一定会被卧榻之侧的一个宿敌搅得寝食难安。这个宿敌，便是直接导致蜀汉灭亡的魏征西将军邓艾。他的墓茔，也在古蜀道旁；他的灵魂，仍在姜维北伐中原的必经之路上游荡。

兵家传奇

四川青川县与甘肃文县交界处，一座摩天接云、坡陡谷深的山岭苍茫横亘。它自古以来便是川甘界山，名叫摩天岭。

在我国万水千山中，被称为摩天岭的山岭有许多。没有邓艾，这座摩天岭，在众多蜀山中普普通通；没有这座摩天岭，邓艾灭蜀，便少了几分悲壮和传奇。

盘缠于摩天岭的阴平道，是古今公认的"山高如云表，玄鹤尚怯飞"的险道，它在药农的尖嘴锄和樵夫的柴斧下延伸，在茶农的脚印和猎手跟踪动物的兽道上成形。这是一条由甘入川的奇径，自甘肃文县延伸至四川平武县南坝镇，700余里渺无人烟。严格上讲，三国时期，它只是从理论上可以到达成都的"径"，连邓艾自己也称它为"邪径"。

那是在魏景元四年(263年)秋，随着大将军司马昭一声令下，十八万魏军浩浩荡荡踏上了灭蜀的最后征途。

魏军兵分三路：钟会率主力十万人，欲取汉中，克剑门，直趋成都；征西将军邓艾领兵三万由狄道南下，以牵制姜维驻守沓中的主力；雍州刺史诸葛绪率兵三万进攻武都，以切断姜维主力退守剑门关之路。

钟会虽轻取汉中，却因诸葛绪堵截姜维不力，被顺利回师剑阁的姜维阻于"一夫当关，万夫莫开"的剑门关下。诸葛绪因此被专横霸道的钟会治罪，攻蜀的

川甘交界处摩天岭

三路大军便只剩钟会、邓艾两路。眼下,钟会面对剑门天险无计可施,司马昭精心谋划的灭蜀宏图大业眼看就要破灭。

此时,身为西路军最高长官的邓艾上书朝廷,请求批准率本部人马出奇兵偷袭蜀汉腹地:"今贼摧折,宜遂乘之,从阴平由邪径经汉德阳亭赴涪,出剑阁西百里,去成都300余里,奇兵冲其腹心。剑阁之守必还赴涪,则会(钟会)方轨而进;剑阁之军不还,则应涪之兵寡矣。军志有之曰:'攻其无备,出其不意。'今掩其空虚,破之必矣。"

邓艾这一奇谋,源于对大战场波诡云谲态势的动态推演,源于对人迹罕至的川甘交界处地理状况做足了功课,源于杰出的军事将领所必备的排除万难去争取胜利的素质。正因为如此,其字字见血,句句要命。在今天看来,其蕴含的军事思想和战略战术,仍具有深刻的现实意义。

于是,邓艾率军从"山高谷深,至为艰险"的阴平道南下,凿山开路,修栈架桥。途中因粮运不继,数次陷入绝境。"前进不为名誉,后退不怕罪责。我邓艾虽没有贤人的风范,但还是想不自我嫌弃以损害国家利益",沿途,邓艾以袒露自己心迹的方式，不断地鼓舞部下的士气，部下为之深受感染。

当行至摩天岭，道路断绝，进退不得，邓艾身先士卒，自以毛毡裹身滚下百丈悬崖。主帅如此，将士自然亡命跟随，结果摔死大半。

东汉名将马援誓言决战疆场当马革裹尸还，作为后生的邓艾，此时辎重马匹尽抛，一旦失手，只能赤条条的埋骨青山。其实，壮志凌云的邓艾此举并非一时之勇，此前多次征战之际，邓艾均将自己坐骑的马蹄包裹起来，以防马失前蹄，然后身先士卒杀入敌阵。

悬崖之下，邓艾清点残部，可怜三万人仅剩下不到两千。哀兵必胜，绝处逢生，邓艾率九死一生的余部取江油关(今绵阳南坝镇)、克绵竹(今德阳黄许镇)，兵临成都城下。

刘禅把自己的棺材装在车上，率太子及王侯群臣六十余人两手反绑来到邓艾军门，表示罪该当死，蜀汉灭亡。邓艾非常大度地烧掉棺材，解开众人绳索，并好言安抚他们。

魏景元四年(263年)十二月，魏王下诏，以邓艾大功官拜太尉(一品)，赞词中将其勋绩与"白起破强楚，韩信克劲赵，亚夫平七国"相比。

这是中国古代战争的经典战例，这是注定要载入史册的一段辉煌传奇。

后世兵家，吸取邓艾的经验和蜀亡教训，守蜀者必然加强阴平一线的防御：五代时，石敬瑭攻两川，西川孟知祥一面遣军堵剑阁，一面派军趋龙州，扼守要害，以备阴平故道；石敬瑭果然遣军欲从阴平道进兵，因西川兵有备，败还。

然而，历史总是固执地在看似偶然之中显示它的必然。到了明代初年，朱元璋手下大将傅友德，扬言出金牛道攻蜀，实则仿效邓艾，循邓艾阴平故道越过摩天岭，一举平定蜀地。

阴平豪赌

阴平道上最险恶的地段，正是海拔2227米的摩天岭。其岭北坡较缓，南面则峭壁悬崖，无路可寻。

当我慕名攀爬在摩天岭两侧的阴平道上时，犹如在阅读一部立体的史书，又犹如在欣赏一部实景的《三国演义》。我强烈地感受到邓艾在当地的深入人心，这表现在一处处与他的传奇有关的地名上。

在摩天岭甘肃一侧，有邓艾砺剑的磨刀石、盖印的印盒山，以及马鞭失落此地的马鞭崖，有邓艾的士兵歇息时抖鞋土的鞋土山，以及练兵的射箭坪。如果说这些地名或许有附会之嫌，那么，令人不得不信服的是，在最靠近摩天岭的刘家坪乡,有一个村子叫邓家坝,而此村没有一家是姓邓,仅因当年邓艾路过此地时遗失了一支笔,后来人们便把这个村子叫作邓家坝。刘家坪乡的让水河边,仍绵延着长约200米清晰可见的栈道石孔,这是阴平道上曾经有过重大军事行动的见证。

在摩天岭四川一侧,有一当地人称之为"落衣沟"的溪沟,传说邓艾翻过摩天岭之后,站在此沟边命令军士迅速整理器械军备,忙碌中所披的战袍漂在溪沟里也未觉察,"落衣沟"因此得名;在邓艾那惊险跳跃之处,有"艾以毡自裹,推转而下"的裹毡亭;在裹毡亭下面百米处,有邓艾集结滚崖幸存士兵的将军寨。

当我伫立摩天岭之巅,一通苔痕累累、字迹漫漶的川甘界碑,令人浮想联翩。

当年邓艾行至此,已将是"千山鸟飞绝,万径人踪灭"的冬季。眼看路绝崖断,萧瑟寒风中的邓艾是否在绝望之中,后悔不该出这个险招——阴平道"七百余里无人之地,山高谷深,粮运艰难",部队行此险地,一旦敌人察觉,必将全军覆没;即使敌人没有察觉,自己能不能从这天然险地脱身也是问题;既是"偷渡",不可能用大队人马,这残存的几千人如何克江油关占涪城,又如何战胜绵竹的重兵和成都卫戍部队?

事实上,邓艾此次领命伐蜀之后,曾梦见自己坐在山上,山上有流水。他对珍房护军爰邵自言自语道:"按《易经》的卦辞,山上有水叫蹇。孔子说:'蹇利西南,往往有功;不利东北,往往穷途末路。'前去讨伐西蜀,难道回不来吗?"说罢,他若有所失。

当然,这一切都只是邓艾在阴平道上摩天岭前的一闪念。否则,他将成为军事史上自取其辱、狂妄自负的典型教材。

奇袭,往往是以寡敌众,以弱克强,类似赌博。虽然有对战略战术的精心策划,却又有是非成败的叵测难料。因此,这本来就带有程度不同的运气成分。欲使奇袭的战果最大化,它的执行者,需要与生俱来的胆量,需要出生入死的气概,需要身经百战的磨砺。

事实上诸葛亮早就告诫:"全蜀之防,当在阴平。"但是,邓艾仍然成为这场豪赌的胜者。当邓艾幸存的2000余名人模鬼样的士兵,突然出现在扼阴平道蜀汉境内出口的江油关前时,蜀军守将马邈以为神兵天降,惊得魂飞魄散,不战而降。对那位苦劝丈夫马邈与魏军决一死战不成,咬破自己的手指写下血书一封,然后口衔血书自缢身亡的李氏,邓艾敬其忠义,将她厚葬于关内。

刚烈侠义的李氏,留下"可怜巴蜀多名将,不及江油李氏贤"的千古美名。而邓艾也因此多少赢得了蜀中民心。所以,历代各级官吏,对灭蜀居功至伟的军事天才邓艾,是崇拜有加的,历代黎民百姓,也早已捐弃前嫌,对这位智勇双全且仁义宽厚的将军,心怀敬意并祭祀纪念。

断碑残坟

邓艾墓位于剑阁县北庙乡孤玉山南麓。我进入北庙地界后,经当地人指点,找到了北庙小学,邓艾墓就在小学后面。

"有智独能收蜀汉,无成空自惜将军。"清人杨端凭吊邓艾的咏叹,颇能表现我的心境,使我对创造了中国古代军事史上奇迹的邓艾长眠之地充满了期盼,也自然对它有一番想象:它不太可能像姜维墓那样坟头饱满、古柏参天,也不可能如庞统墓那般红墙拱卫、祠堂森严,但邓艾毕竟是终结蜀汉的一代名将,三国后期最重要的人物之一,其坟茔的规模可能寒碜,但也不至于破败难觅吧。

这想象虽然带有个人的感情色彩,但并非凭空遐想。因为我曾经从一位从孤玉山上走出来的文化人的回忆录中读到:50年前我上小学时看到,邓艾墓的前脸部分规模宏大,楼台舫寓、斗拱翘角、雕梁画柱,错落有序,石雕刻十分精美。前脸镶嵌着一块大青石墓碑,上面刻着:"魏大将军邓艾之墓"。

邓艾墓

如同咸阳古道音尘已绝,秦宫汉阙都做了衰草牛羊野,当我在北庙小学周围久久寻觅时,其实邓艾墓就在眼前,因为它已是荒坟横断碑。

大名鼎鼎的邓艾之墓,已没有了坟头,1米见方的墓道口,暴露在光天化日之下。墓道和墓室用青石修造,由于无数次被盗、无数次的人为破坏,加之年久失修,墓道已坍塌。在墓道的两侧,各有一石砌墓室,为一墓双穴,是分别安放邓艾及其子邓忠遗体之处,各深3米、宽1.4米、高1.8米。两室间隔3米。

邓艾墓右侧50米开外是祭祀邓艾的庙宇,始建于唐长庆年间(821—824),规模宏大,历代不断扩建维修。据著名的明代史学家曹学佺著《蜀中名胜记》载:"《碑目》云,'剑阁有《魏太尉邓公神庙记》,唐剑州刺史刑册题。又《邓卫圣侯碑》,唐刺史郭准立石'。"清雍正《剑州志》载:"彰顺王庙在县北二十里的孤玉山,魏征西将军邓艾庙及邓艾墓在焉。"而在20世纪80年代发现的明弘治八年(1495年)撰刻的石碑,对邓艾庙祭祀的盛况和邓艾父子的死因,做了较详细的记载。如今庙仅存正殿,用作北庙乡小学学生宿舍。

从邓艾墓前的一尊断碑,仍可一窥邓艾墓及其神庙昔日的壮观。断碑正对墓道口,宽近1.5米,厚近1尺,距地面1尺多高处以上被折断,被折断的碑体已不知去向。从断碑的宽度和厚度可大致推测,完整的墓碑高度至少2米。

"冬十月,艾自阴平道行无人之地七百余里,凿山通道,造作桥阁。山高谷深,至为艰险,又粮运将匮,濒于危殆。艾以毡自裹,推转而下。将士皆攀木缘崖,鱼贯而进。"这是《三国志》邓艾传中关于他偷渡阴平的记载,这是他的勇;而他的"攻其无备,出其不意"的名言,是他的智,是遗赠给后世兵家的箴言。

这正如前蜀时期建于邓艾墓前的彰顺王庙(前蜀皇帝王建封邓艾为彰顺王)庙门对联所言:"越天险已入蜀,战未生还,漫诩将军夸智勇;筹万机而擒王,身能死决,堪称父子是英雄。"

英雄末路

伫立背倚孤玉山的邓艾墓前,一个个关于邓艾的传说在我耳畔回响:邓艾的大刀曾掉入山下一条小河,这便是那条叫关刀河的来历;附近有一块巨石被称为摊尸石,那是因为停放过邓艾父子的尸体……

在邓艾墓前数十米开外,便是人称翠云廊的金牛蜀道。它是邓艾进军成都没有走过的正道,是邓艾在阴平道上披荆斩棘时所梦想的金光大道。他的生命,竟然在极度的喜悦之中、在这凯旋之路上戛然而止。

平定蜀汉后,战绩无比辉煌的邓艾位列三公之首。按常理,功成名就、位极

邓艾墓前的金牛道

人臣的邓艾自当效仿张良,急流勇退、明哲保身。然而,站在锦官城头,豪情万丈的他已确定下一个奋斗目标,那便是出三峡、取荆襄,直捣建业,踏平东吴。

因此,邓艾上书司马昭说:"兵家讲究先树立声威,尔后才真正以实力进攻。今凭借平定西蜀的声威,乘势伐吴,正是席卷天下的有利时机。"

然而,邓艾的伐吴宏论被司马昭以"事当须报,不宜辄行"而否决了。这不难理解,正图谋改朝换代的司马昭,处于极度敏感多疑的心理状态:你邓艾拿下一个蜀汉尚且有如此之大的口气,再拿下东吴,岂不是要无法无天了?

如果不是因巨大的胜利而头脑恶性膨胀,任何人都能掂量出这八个字的分量。可悲的邓艾,军事上冷静机警狡黠,政治上狂躁愚钝麻痹。他再次上书司马昭请命出征,且言辞张狂,"春秋之义,大夫出疆,有可以安社稷,利国家,专之可也",一口将在外君命有所不受,谁又能把我怎样的腔调。

老谋深算的司马昭隐忍了,他在等待以解心头之恨的机会。

踌躇满志的邓艾更放肆了。他没有请示司马昭便自作主张,以天子的命令和刘禅签署了协定并任命大批官吏。

一直与邓艾争夺伐蜀之功的钟会和监军卫瓘,早就开始罗织他的罪状,其僭越之举,无疑是钢鞭材料。两人立即上报司马昭,以邓艾矫诏为名,污蔑邓艾大封官爵是培植私党,意图在蜀地谋反自立。

司马昭大怒,其实他心里明白,邓艾谋反还不至于,但挑战权威也必须治罪。于是,他密令卫瓘擒拿邓艾父子,押回洛阳。事已至此,邓艾仍执迷不悟,认为自己一心为国,并没有私心,便主动放下武器走上囚车。

其实邓艾束手就缚本来并不危及性命,当着司马昭的面把事情陈述清楚并认错,顶多解甲归田罢了。可是,一代将星在一场惊天突变中陨落。

当钟会取代邓艾成为蜀地最高统帅之后,不甘心蜀亡的姜维主动接触钟会,并且激起钟会在蜀地割据自立的野心。于是,钟会和姜维发动了兵变。结果,两人都死于乱军之中。

围攻钟会、姜维的将领杀掉钟会之后,立刻派军队追赶邓艾的囚车,希望邓艾回来重新执掌兵权。卫瓘闻讯又惊又惧,一旦邓艾重掌大权,必然会清算自己,于是速派与邓艾有仇的护军将军田续追杀邓艾。

当邓艾父子的囚车行至绵竹(今黄许镇)一个叫三造亭的地方时,田续将邓艾父子斩杀。为以绝后患,田续又潜入洛阳邓艾府邸,将邓艾其余的儿子杀害,邓艾的妻子及孙子则被司马昭流放西域。

邓艾的亲信本欲将其尸体运回洛阳,但行至孤玉山下时,见此地林木苍翠、环境幽静,又考虑到洛阳远在千里之外,尸体可能腐败,便将邓艾父子就地安葬。

从飞渡摩天岭的悲壮,到殒命三造亭的悲怆,再到草葬孤玉山的凄凉,可惜邓艾立下奇功,却最终未能还都,更未能返乡。这真是:"功成身被害,魂绕汉江云。"

徘徊在漫漫金牛道上,远方的故乡令人魂牵梦绕。它下达成都,上通洛阳,当然,也通往邓艾的故乡——河南棘阳。

一代豪杰,再也用不着攀爬七百里不见人烟的阴平道了……

横江：石达开的滑铁卢

中国古代有数十万人血拼的重大战役，大多逐鹿于中原。如战国时期发生于今山西省高平市西北的长平之战，东汉时期发生于湖北蒲圻赤壁山下的赤壁之战，东晋时期发生于安徽寿县东南淝水河畔的淝水之战……然而，19世纪中叶的中国西南腹地，却罕见地发生了一场数十万人绞杀的生死大战。这场史称"横江大战"的战役，改变了中国近代史的进程，实际上决定了企图占领成都、从而期望与天京的洪秀全遥相呼应的石达开的最终命运。

殊死大会战

横江，是四川宜宾县一个与云南水富县隔河相望的小镇。今天，在横江伏龙口宽不到200米的逼仄峡谷之中，秦始皇开凿的川滇间的官道"五尺道"，仍蜿蜒于峡谷山间；历代运铜进京运盐入滇的水道关河，仍在峡谷里奔腾不息；内昆铁路和水麻高速公路，在峡谷里飞架盘旋；川滇公路和宜凤、宜义两条通乡公路，在峡谷里亲密缠绕。

如此咽喉要道，呈现着古今交通发展史的奇观；如此险山恶水，是石达开戎马生涯真正的转折点。

自清同治元年（1862年）石达开率十万西征军进入贵州、云南后，他便坚定不移地要实现"久想占据四川"（《石达开自述》）的战略意图，并写下了"踏破河山胆气豪，偏师入蜀斩蓬蒿。临当痛饮黄龙酒，不灭清妖恨不消"的豪迈诗句。

这年，他先后率军于4月和7月，分别在忠州、丰都、涪州一带和江津、合江一带试图突破长江天险，进占成都平原。但是，两次渡江均告失败。

于是，石达开于10月在云南镇雄兵分五路，以迅雷不及掩耳之势突入川南，克筠连、占高县，进至自古有"川滇门户"之称的宜宾县横江镇、双龙镇一带。

伏龙口的奇特地势和横江镇堡垒般的清代民居，给我留下了深刻印象。这里是石达开总结前两次渡江失败的经验后，精心选择的一处渡江基地：伏龙口峡谷里，关河河床狭窄，河道深切，一旦涨水，其河水被挤压而出，形成异常汹涌的水势。季节一到,大部队便可飞舟横渡,一举冲抵关河与金沙江交汇的金沙江北岸,然后踏上进攻川中腹地之路;横江镇乃商贸重镇,易于征集大量船只,又因该镇常有匪患,故民居的门墙大多以大条石垒砌,门坚墙高,每一个宅院都犹如堡垒,与川内其他乡镇的民居很不一样,一旦外围不守,也可凭巷战抵抗。

因此,石达开率部在横江、双龙、捧印、张窝一带构筑了大量的营垒城堡,坚守这一处强渡金沙江的绝好战略据点。为此,他通令全军:"誓必渡此金河。兵士之有功者军功检点职衔,功高者赏侯爵。"

老谋深算的骆秉章,识破了石达开的战略意图,他用最快的速度跟进,将四川境内能调动的全部清军,集中到横江周边,并兵分三路,欲对太平军进行"兜剿":北路,于宜宾安边镇金沙江北岸设防;南路,由高县、筠连向横江进攻;西路,则于云南盐井渡、大关一带堵截。骆秉章孤注一掷,决心不惜任何代价,抢在关河涨水之前,将太平军聚歼于金沙江南岸。

横江,是石达开的大部队渡过金沙江最后一处理想之地,再向西,再往上游走,金沙江峡高谷深,江流湍急,小股部队偷渡尚可,千军万马只能望江兴叹。

横江,石达开不愿放弃,也不敢放弃。就在此决一雌雄吧,反正是迟早的事!一场殊死的大会战,即将打响。

1863年1月8日,双方共30万人马参战的横江大战爆发。当天,骆秉章如此向朝廷奏报战况:"石逆知我军渐逼,乃于双龙场增贼营三十余座,势将久踞以老我师。而横江、双龙两处贼垒林立,卡坚路险,我军迫欲急攻,贼(营)中炮石雨下,(我)不免多有死伤。"

由此可见战事一开始便直接进入高潮。

双方激战20余天,太平军各营垒岿然不动,清军却大量伤亡。战局对清军明显不利。

1863年1月30日凌晨,横江镇突然鼓声大震,号角齐鸣,由云南提督胡中和率领的一支清军,从该镇后山小路破卡攻入镇内。这是因为清军在强攻受挫后,千方百计探得了一条通往横江镇的山间秘道。与此同时,被清军暗中收买的石达开部将郭集益、冯伯年也里应外合,同时对双龙场太平军发动进攻。

转眼间,形势逆转。眼看大势已去,石达开只得率余部由横江镇以南的燕子坡渡过关河,退往云南昭通、东川。白果坪的太平军,为掩护大部队撤退,与清军激战后全部阵亡。

横江大战,太平军阵亡的将领达50名,近4万士兵战死疆场。清军的伤亡也十分惨重,除游击将军胡万浦、都司胡东山等众多将领被击毙,身居高位的重

横江太平军卵石防御工事

庆镇总兵唐友耕也左腹中枪,身负重伤。

如今,十万太平军血战横江时垒砌营垒战壕的无数卵石,如战死于此的四万太平军将士的不瞑之目,仍俯视着滚滚北去的关河……

浴血黄鳝沟

横江大战主战场,位于横江镇以西1公里处。

据时任四川总督的骆秉章给清廷的奏折中对横江大战所述:"其时(关河)两岸聚集悍党数万,夹河为垒,环筑木城土卡……横江镇西二里,黄鳝沟之贼军,三四万人伏墙死拒……铅丸将尽,继以锅铁碎石。"

黄鳝沟,成为有确凿史料记载的发生激战的具体地点。此沟是横江镇郊外的制高点白果坪与另一座山峦之间的沟壑,因沟内土壤颜色自古至今与横江的红土地不同,呈黄褐色且曲曲折折,故名黄鳝沟。

当年,太平军的主阵地设于白果坪,其西临黄鳝沟一侧地势较缓,便成为清军的主攻方向。由于战斗惨烈,清军的每一波进攻之后,沟内都被尸首填满。一旦战斗稍有间歇,太平军便迅速将清军尸首清理至沟口,使之作为肉体障碍物,挡住清军由河岸向沟内进攻的道路。而清军在每一波进攻之前,为使道路畅通,也顾不上对战友遗体的妥善处理了,直接将沟口的尸首纷纷拽入关河。一时间,关河成了血河。

黄鳝沟战斗,甚至引起清廷的震动,四川总督骆秉章在给朝廷的奏折中哀叹,此战使清军"死伤不少"。

由于100多年来自然环境的变化,黄鳝沟内已无流水,密不透风的杂树蒿草将此沟覆盖。但直到20世纪90年代在沟口填土修沿河公路之前,在沟口周围仍不时挖出尸骨。我驻足沟内,仿佛置身于黄鳝被开膛剖肚后扭曲的躯体,仿佛被笼罩于激扬的腥风血气之中。

我从黄鳝沟向白果坪攀爬。白果坪并不平,而是屹立于关河畔、东南北三方皆为陡壁的山岗,只有黄鳝沟方向地势稍缓。攀至山腰,一排排断断续续的墙垒出现在我的眼前。

一般的古城墙,都是青石或灰砖修砌,远看如巨蟒盘缠山间;而太平军的金黄色卵石墙垒,在残阳夕辉下,如一道道的血色长城。这些堪称奇观、蔚为壮观的墙垒壕埂,自北向东再向南,基本环绕白果坪,且层层设防,自山腰至山顶共四圈。由于太平军是流动作战且战事紧迫,筑垒修墙的巨大卵石,均系就地取材,从关河里采取。

点将台位于山顶一小块平阔处，在它的周围，竟然还有最后一圈周长200余米、高近4米的卵石筑成的环形工事，这是太平军与清军玉石俱焚的地方。位于环形工事正中的卵石垒砌的点将台，如同多年无人祭扫、野草如怒发的大坟包。环形工事突出部的一座卵石垒砌的半封闭碉堡，如蹲伏在杂草丛中的雄狮，随时准备将来犯者撕咬。

太平军进驻横江镇共2个月时间，其间有40多天处于激战之中，这些由山脚的关河之中采集的脸盆般大小且数量巨大的卵石，要搬运至无路可通的山上，并筑成御敌的工事堡垒，真是令人疑有神助。西征的太平军顽强的生命力和坚韧的战斗力，由此可见一斑。

其实，太平军早已是一支非常正规的军队，西征的太平军仍保留着正规作战的军事建制，设有类似如今工程兵的工匠营、土木营，他们遇山开路、逢水架桥、平地筑垒、关隘建卡，以便于主力部队攻守。

白果坪、黄鳝沟太平军"伏墙死拒"，是太平军在横江大战中惨烈的最后一战。叱咤风云、豪气冲天的太平天国名将石达开，其征战生涯由此从辉煌趋于黯淡。

离开白果坪太平军工事遗址，我前往横江镇以南数公里的石城山。

远望海拔1100米的石城山，兀峰独立，绝壁环山，如巨大的石头城堡。因横江镇地处川滇要冲，故易守难攻的石城山自古便是兵家必争之地。早在唐代，西川节度使韦皋，沿秦五尺道赴云南安抚各少数民族途经石城山时，曾诗赞"石城山峻谁开辟，更鼓误闻风落石。界天百岭胜金汤，镇压西南半天壁"。

有绝险的石城山做依托，进可攻退可守，这本应是上天赐予石达开的一份厚礼。何况据守此山，石达开并不需要花太多的功夫。因为石城山历来只有东、南、北三个方向各有一条险道通向山顶，而在山腰的当道处，均有筑于宋代、明代又予以加固的坚实的城门。其中北城门最绝，它是利用一块横亘在上山之路的大如两层楼高的巨石，从中剖出一道宽仅1米的石缝，再在石缝上盖顶而成。这道城门，清军的普鲁士炮也拿它无可奈何。且三座主城门下方又都筑有瓮城门，真所谓固若金汤。方圆近20平方公里的石城山上，还有终年不竭的湖泊，为长期固守者提供生命之源。

在石城山上属于太平军的遗迹，是接近山顶处的一道半环山栈道。这是一条在绝壁上掏凿的简易通道，当地人称"石达开栈道"。据分析，这是守山的太平军，为迅速调派机动部队增援出现险情的城门所完成的工程。

我走上了宽仅2尺左右的没有护栏的栈道。由于这条栈道多处已垮塌，脚下的百丈深渊令人头晕眼花,只走了数十米,便不敢继续向前了。

如果石达开不是坚持要实现占据成都的宏图大业,如果不是横江大战的局势骤变,这巍巍石城山,或许可以成为他长期坚持反清的大本营。当然,历史可以重演,不可能重来,石城山注定成为石达开的滑铁卢的见证者。

败走横江镇,放弃石城山,撤退至云南东川昭通的石达开,不会修正也不可能修正渡过金沙江的既定战略目标。事不过三,第四次渡江,明摆着是最后的尝试了,当然要多耍些花招。

正如曾国藩所说:"查贼渠以石为最悍,其诳煽莠民,张大声势,亦以石为最谲。"石达开巧妙地分兵几路:李福猷部进军贵州,回攻川东,引诱沿江的清军回防;赖裕新部又作为疑兵冒充主力被清军当真,以致清军"诸军相率尾追"。石达开则从容地从云南巧家米粮坝渡过了金沙江。

当我离开横江前往石棉安顺场时,汽车在金沙江上的高速公路大桥上一掠而过。天堑变通途,坦荡朝天路,当年只存在于石达开的梦中……

折戟大渡河

安顺场西北边的松林河与大渡河交汇处,便是石达开率军抢渡大渡河的主要地点。

我站在这里的河滩上,脚下是葱绿的菜畦,四周是飘香的果园,当年血肉横飞的战场痕迹已荡然无存。放眼望去,宽阔的两河汇合处,松林河水清亮泛绿,大渡河水混浊泛黄。两水合流后,无语东去。

置身此地,稍有军事常识的人都会察觉,1863 年 5 月的石达开,在石棉安顺场看似陷入了《孙子兵法》所称的"山川险隘进退艰难,疾进即存,不疾则亡"的绝境:北面是波涛汹涌的大渡河,西面是水势湍急的松林河,东面是奔流不息的南桠河,南面则绵延着险绝的马鞍山。

当地老船工告诉我,每年 5 月的大渡河,看似波澜不兴,但水下暗流涌动、漩涡连连,隐藏着难以估量的凶险。安顺场一带典型的渡船,其船身长近 10 米,船首尖细且高高翘起,状如龙舟,由此可见,一般的舢板竹筏,难以抵挡大渡河的惊涛。

石达开率军突入安顺场,实际上是他避实就虚、出其不意的战略思想指导下的正确之举。因为他已暂时摆脱了清军正规军、地方军及清军纠集的地方武装多路的围追堵截。

1863 年 5 月 14 日到达安顺场时,石达开即派人渡河侦察,确认大渡河对岸尚无清军。当夜,大雨滂沱,大渡河开始涨水。此后三天,为确保大军安渡水势逐渐汹涌的大渡河,石达开命人准备加固船筏。5月17日,对岸发现少量清军,石达开做试探性抢渡以探虚实。5月21日,经过充分准备后,石达开率大军进行大规模抢渡,欲一鼓作气占领对岸。

就在石达开精心挑选的5000精锐发动首轮渡河作战,且船只已驶到河心之际,暴涨的洪水猝然而至,其水量数十年难遇。大渡河的洪水,本应7—8月出现,在1863年竟提前了一个多月。所有的船只,不是被打翻,便是被激流冲得不知去向。5000精锐在洪水与炮火中无一生还,是导致整个战局急转直下的主要原因。

骆秉章呈给清廷的报功奏章里,也承认如果不是"河神助顺",他是很难阻止太平军渡河的。

因偶然的气象、地理、政治因素改变历史进程的事例,并不鲜见。

1941年末的莫斯科保卫战,德军已能用望远镜看见克里姆林宫的尖顶在阳光下闪光,但是,那年的暴风雪天气罕见地提前到来,结果将来不及准备冬装的德军冻垮在莫斯科城外。

如果苍天有眼,石达开顺利渡过大渡河,进而夺取成都,凭着四川的富裕和蜀道难的天然屏障,太平天国的结局可能就得改写了。

兵败老鸦漩

石达开抢渡大渡河无望后,试图放弃北上,转而西渡松林河。

我眼前的大渡河支流松林河,河面泛着白花花的细浪,显然水浅,且流速也并不快。但是,石达开抢渡松林河仍惨遭失败。其原因,至今历史学家们仍众说纷纭。

我身后不远处,是占地面积20亩、唐代建筑风格的红军强渡大渡河纪念馆,不禁令人想象当年大渡河两岸红军胜利的旗帜高高飘扬。我耳畔呼啸的秋风,似石达开"战必死,降亦必死,均一死也,不如其战"的绝唱在回荡。

5月22日,石达开决定抢渡松林河。如能成功,便沿大渡河西岸进军至泸定,再寻机东渡大渡河。

由于船只已损失殆尽,过松林河只能泅渡。欲置之死地而后生的太平军,奋勇争先地扑入松林河时,竟如同触电一般,惊恐地返身上岸。原来松林河口的河水是大渡河水暴涨倒灌而入的,这河水是贡嘎山流下来的雪水,冰冷刺骨。人浸在水中,很快便冻成僵尸。

松林河对岸的山冈上面,架满了土司王应元的土炮,居高临下,轰得在冰水中动作缓慢的太平军死伤累累。因此,小小的松林河,也成为石达开军面前不可逾越的天堑。

抢渡大渡河和松林河均告失败后,石达开于6月11日率残部6000余人,退至大渡河老鸦漩河段的石儿山下。

石儿山位于今石棉县城边上、大渡河铁索吊桥桥头。建于1941年的翼王亭,便伫立此山上。

那是在1941年底,一条有20多万人参与修筑的抗战公路乐西公路(乐山至西昌,穿过石棉县城)全线通车。3万筑路民工伤亡的惨烈,数万西征的太平天国将士全军覆没的悲壮,令时任国民政府军事委员会西昌行辕主任的张笃伦百感交集。于是,"路既成,建亭大渡河滨,所以彰先烈(石达开)而纪工程之艰巨"(张笃伦《大渡河怀翼王石达开并序》)。

当年的翼王亭,为六柱六角形,古朴雅致,精巧玲珑。20余通石碑组成的碑林,簇拥着翼王亭,将它映衬得庄严肃穆。国民政府军政要员于右任、白崇禧等人,撰写了咏怀翼王石达开的碑记或诗文,内容为赞颂翼王功绩和哀伤其败亡,言辞慷慨激昂、发人深省,且书法艺术水平高,均镌刻于碑林的石碑之上。其中,以于右任的《题大渡河翼王亭石室》诗"大渡河流急且长,梯山万众亦仓皇;遗民慷慨歌谣里,犹说军前失翼王"为最佳。

被困在石儿山下老鸦漩的石达开,面对因伤残饥饿、吃完战马后又吃光了附近桑叶而奄奄待毙的6000将士,断然将自己的生死置之度外,与清军谈判,以自己身入囹圄为条件,换取6000将士不被杀害。

中国战争史上,"舍卒保帅"是传统和规则,而轻生死、重大义的石达开,却以"舍帅保卒",颠覆了这一惯例。"失败反把失败者变得更崇高",雨果评价拿破仑的名言,由石达开再次印证。

难怪他的对手骆秉章感叹,他"能以狡黠收拾人心,又能以凶威钤制其众"。在有关石达开的各种评价中,最著名的当属美国传教士麦高文所言:"这位青年领袖,作为目前太平军的中坚人物,各种报道都把他描述成为英雄侠义的——勇敢无畏,正直耿介,无可非议,可以说是太平军中的培雅得(法国著名将领和民族英雄)。他性情温厚,赢得万众的爱戴。"

中国太平天国研究会顾问、国务院特殊津贴专家史式,于翼王亭修复之时

撰写的对联,恰如其分地浓缩了对石达开的评价:"扬鞭而威震六合,一世奇勋,有如两岸高山,千秋巍巍;舍命仍不保三军,百年遗恨,恰似满河怒水,万古滔滔。"

我在石棉期间,时值初秋,大渡河水既不汹涌,也不刺骨,是它一年之中性情最平和的时节。但是,大渡河畔上演的历史大戏,无论它的导演是成功者还是失败者,都永远波澜壮阔。

现实是以成败论英雄,而历史却并不抛弃失败者。

得汉城：天铸铜城卫巴蜀

四川通江县有一个镇名叫永安，全国有18个省、自治区的市县或乡镇与之同名。如果说它太普遍太通俗，那么，它的一个村的村名——得汉，却独一无二且令人浮想联翩。

得汉，是闺中怨女终于觅得中意的汉子，还是乱世雄才夺得汉家天下？

翻阅浩繁的典籍，历史的注解明明白白——"汉高帝据此以通饷道……引兵定三秦"（明曹学佺《蜀中名胜记》）。是那位高歌"大风起兮云飞扬"的刘邦，在4年的楚汉战争中，利用这群山拱卫、物产丰饶之地屯兵屯粮，并由重臣萧何坐镇，使之成为他争霸天下的坚实的大后方。得汉城，是一代大汉基业的第一块基石。

以后1400多年，晋、隋匆匆掠过，大唐也成过眼烟云。北方草原刮来的硝烟，使南宋人再次想到了得汉城。

那是13世纪中叶，成吉思汗的后裔们，摧枯拉朽般横扫半个欧洲后，又灭掉了国力强盛的西夏国和民性剽悍的大金国。当不可一世的蒙古贵族们将马首和箭头对准南方时，他们踌躇满志：十年灭掉南宋不成问题。

1235年，宋蒙战争爆发。战局的发展果然如蒙古贵族们所料，他们很快地饮马长江。但是，面对天堑，他们就是过不了长江。"得陇蜀为基础，顺流掩举吴越"，攻占财多粮广的四川，进而东出三峡，迂回进击华中、华南，便成为蒙古贵族的重大战略决策。

1236年，蒙古军悍将阔端率兵首次攻入成都，不仅将城内财物洗劫一空，且以国家恐怖主义的名义将城内军民斩尽杀绝。蒙古军退去后，南宋将军贺靖入城清理尸骨，"录城中骸骨一百四十万，城外者不计"（清同治《成都县志》）。

自此，蜀中州郡十之八九反复遭蒙古铁骑践踏。四川危在旦夕，江南迟早不保。

哪里有屠杀，哪里就有死拼。一代军事天才余玠，被推到了"独当一面，拒外安蜀"的四川安抚制置使的重要位置。余玠面对宋理宗，许下了"愿假十年，手挈全蜀之地,还之朝廷"的气壮山河的誓言后,根据敌我形势和蜀中自然地理条件,采取"守点不守线,连点而成线"的战术,依山制骑、以点控面,先后在川内构筑了80多座山城,并迁州府治所于山城内。经数年建设,逐步建成了以堡寨控拒江河、关隘的纵深梯次防御体系。

在这80多座抗蒙山城中,有8座战略地位最为重要,地形也最为险绝。"号为八柱,不战自守矣"(姚遂《中书左丞相李忠宣公行状·元文类》卷四十九)。得汉城,便是令所向披靡的蒙古铁骑勒马的八柱之一。

得汉城全景

玉润三环

　　成都与通江相距千里,且高速公路不能直达。我早上从成都出发,当晚宿通江县城,翌日才前往永安镇旁的得汉城。

　　《蜀中名胜记》是如此介绍得汉城:"万山中崛起巉崖,四面峭绝,独西南二径,凌险转折而上,诚一夫当关之势。"

　　陪同我的永安镇文化站王光庭先生,则用形象的语言介绍得汉城形如乌

龟、三面环水、四面绝壁如刀削。他说，得汉城地形与其他山城最大的不同，在于它有三层台地环绕，底部的一圈叫中坝里，中部的一圈叫二古楼，山巅一圈叫高古楼。每一级台阶，都是一圈天然城墙。有东、南、北、楼子四门与外界相通。因此，得汉城自古便享有"地环三玉涧，天铸一铜城"的美誉。

人事兴废，世事沧桑。如今一条盘山公路，轻易地越过第一级台阶中坝里。我驾车直抵二古楼，探寻得汉城遗址，便从这里开始。

得汉城的南宋城门，仅遗存南门，而多达30余处、以诗词和楹联为主的明清题刻，则分布在城东、城南的悬崖之上。于是，我先到了东门。

东门的城门拱顶已坍塌，但仍遗存着高近2米的门墙。剖面1尺多见方、长1米多的大条石垒砌而成的门墙，至今也令人感到它的坚实。此城门的朝向，具有南宋方山城堡的典型特征，它不是正对山下，而是面向门外绝壁上掏凿出来的石梯道。这样的建筑布局，既可使沿石梯道向城门进攻的敌人无法展开火力，又可避免山下敌军的炮火直接命中木制的门扇。

沿着苔藓横生的石梯道，我向东门外走了一截，观赏题刻于石壁上的诗词楹联。明正德四年（1509年）四川巡抚林俊题于壁上的"峡起行龙帐，云归放鹤台"清晰可见。堂堂四川巡抚题联于得汉城，源于明代中后期一起震惊朝廷的鄢本恕、蓝廷瑞领导的农民大起义。

鄢、蓝十万起义军在川东北攻城略地，通江也被其占据。时为四川巡抚的林俊一边紧急调兵把守川东北各处关隘，同时亲率重要幕僚收复通江并攻下得汉城。他惊叹于得汉城绝佳的易守难攻的地理位置，做出了一个重要决定，将通江县衙迁于得汉城，"驻此四年，以图恢复"（清道光《通江县志》）。

于是，戎马倥偬的林俊，站在固若金汤的通江新县治得汉城头，乘兴写下了这副浪漫的楹联。这副楹联为行楷，从其遒劲的笔力，可以想象他当年的豪情壮志。

与林俊楹联比邻的一幅高约1米、宽约2米的题刻，是一首名为古崖草书的诗文："自昔得汉城，巴蜀号形胜……何当夸归鸿，更借天风送。"此诗共150字，对得汉城的历史、地位、作用等做了形象而准确的评述。此诗字体龙飞凤舞，气势不凡，令人不由得驻足凝思品味、细细观赏。

孤城独守

离开了东门，我便前往诗词楹联题刻最多的南门。途中，我放眼浏览了得汉城周边地形。

得汉城下,是绕城而过的大通江(古称宕水),江水碧绿,如玉带在群山间飘逸。隔江相望,是一座顶部平衍的大山。奇怪的是,其平顶之上又凸出一座平顶的山冈,仿佛是一个巨大的空中碉堡,又似一顶巨大的礼帽搁在山上。

据《读史方舆纪要》载:"得汉城东二十里山有石城,周三里,相传三国时筑,谓之擂鼓城。"蜀汉时期,关羽的义子关索曾镇守擂鼓城,其妻鲍三娘镇守得汉城,一有敌情,便击鼓相应,联袂拒敌。清道光年的《通江县志》有如此记载:"擂鼓城,与得汉城对峙,巍然列嶂如屏……有警则击鼓相闻。"那空中"碉堡"果然又是一座古代军事城堡,史称擂鼓城。

如今,擂鼓城城门基本完好,城内有后人修的寺庙。

王光庭告诉我,要真正一览"地环三玉涧,天铸一铜城"的得汉城全貌,擂鼓城是最佳位置。遗憾的是,刚下过一场春雨,上擂鼓城之路崎岖湿滑,轿车不能通行,步行时间又来不及,我只好放弃。

得汉城险峻,又有擂鼓城呼应,这还不是余玠将此作为擎天一柱的全部原因。在冷兵器时代,依恃山水之险,亦战亦耕,才不至于被困死在山上。

据《读史方舆纪要》载,得汉城"出泉,冬夏不竭……顶平数里,可以耕艺"。正因为如此,"宋淳祐己酉(1249年)季冬,大使余学龙(余玠)亲临得汉城山,视其形势,而授都统制张实,躬率将士,因险垒形,储粮建邑,为恢复旧疆之规"(明曹学佺《蜀中名胜记》)。

身为四川军政一把手的余玠,竟然千里迢迢跋山涉水亲临得汉城,督促城池的建设,可见得汉城在四川抗蒙全局中举足轻重的地位。奉命筑城的都统制张实,亲率通江军民,分工细致明确,责任到人,以确保施工质量。得汉城崖壁上的石刻,记载了总管、钤路、司整、制领等各级施工负责人的姓名,日后一旦哪个环节出了问题,便拿相关责任人问罪。

与此同时,余玠在得汉城积极整军备战。知人善任的他征办团练,举荐"力能举牛过头,武艺超群"的向佺为得汉城主将。向佺不负众望,在得汉城抗蒙战斗中屡立战功,被宋理宗敕封为"开国将军团练使",并称其"有勇且略,独守孤城"。

1258年,蒙古军队再次大举征蜀。誓与得汉城共存亡的向佺,战死于得汉城防区内的檬坝塘山中(今通江铁溪镇境内)。由于在激战中阵亡的向佺身首异处,肢体不全,宋理宗闻讯后,赐金头银手厚葬之,谥"黑都武僮"(神名),在墓前立祠。

正是因为得汉城具有得天独厚的地形条件和守城将士同仇敌忾的决心,在四川的其他抗蒙方山堡如苦竹寨、运山城、大良城、云顶城被蒙古铁骑反复攻陷的情况下,得汉城至1273年失陷前的24年里,始终坚如磐石、稳如泰山,史书上甚至找不到蒙古军直接攻击得汉城的记载。

只擅长在宋词里浅吟低唱的南宋人,在国难当头时,用血肉之躯捍卫着相对文明的农耕民族的尊严。他们的前辈岳飞的"待从头、收拾旧山河,朝天阙"的呐喊,一定激荡在得汉城守城军民心中,直到忠骨埋葬在青山。

我沿着得汉城第二级台地二古楼边缘,也就是老城墙的墙基,向南门而去。途中,只见得汉城内层层梯田菜花黄,块块坡地麦苗翠。曾经刀戟如林的军事要塞,如今一派田园风光。这正是亦战亦耕的得汉城的特殊之处。如果不是这样,得汉城不可能在蒙古军围困万千重的情况下屹立24年,林俊也不可能将通江县整体迁徙至得汉城。

东临大通江,南北皆深溪,"四面峻壁,其上平衍,可容数万人"(民国吴世珍撰《续修通江县志稿》)的得汉城,的确是冷兵器时代宜于长期固守的军事要地。如今,作为一个行政村的得汉城,有耕地913亩,一千余人在此安居乐业。

题刻长廊

得汉城南城门令人惊讶地保存完好。它的门洞高近3米,宽2米,进深3米,门墙和门顶的大条石尺寸准确,打磨得很规整,因此彼此嵌合得严丝合缝。与一般的山寨门相比,得汉城南门系政府行为所致无疑。它的工艺水平及坚实的程度,完全可以与同时期曾为成都府的金堂云顶城城门媲美。

南城门具体位置的选择,还有一个战术上的精心考虑。从门外进来后,并非大路朝天,而是一条小道贴墙根延伸。城内正对城门的,是一道高3米多的陡坡。也就是说,万一城门被突破,那道陡坡便是第二道城墙,守军仍可居高临下迎击敌军。

南城门外的入城之路用宽大厚实的石板铺成,看来是当年的主要进出通道。石径一边临深沟,一边是一列长100多米、高10多米的绝壁,得汉城主要的明清诗词楹联,便题刻在这绝壁之上。

王光庭拨开一处崖壁上的杂草和藤蔓,轻轻地抹掉壁上苔藓,那一副广为人知的"地环三玉涧,天铸一铜城"的楹联,映入我的眼帘。此楹联仍为林俊进驻得汉城时所书,字体为正楷。

据史料载,林俊学识渊博,史学家称他文以武用。他的字效仿怀素书法,在得汉城石壁上共题刻四幅,分别为四种字体。我所见到的,只有东门的行楷和南

得汉城城门

门的这幅正楷。

"天铸一铜城"的得汉城,在清代中期再次经受战火的检验。清嘉庆元年(1796年),席卷川陕楚甘豫五省的白莲教起义爆发。起义军一部转战巴山渠水,迫使通江县治再次迁往得汉城。1802年,时任通江县令的徐廷玉,在得汉城写了一副楹联"固国不以山溪险,成城全凭众志和",并命人刻于南门外崖壁上,以诫勉部属,激励士气。

在距林俊楹联不远处,我看到了这副富有哲理、寓意颇深的楹联。此楹联系正楷书就,令人有些费解的是,其"和"字明显大于其余13个字。想来,大敌当前,徐廷玉是在强调"和为贵"吧。

南门外的这一堵长长的石壁,简直就是题刻的诗词楹联陈列馆。数十幅题刻,以朝代的更替顺序排列。有的漫漶不清,有的部分可识,有的则只剩下石龛的轮廓。当地文史工作者根据地质学家对石龛风化程度的评估,可大致认为最早的题刻时间为汉代。

"早已森严壁垒,更加众志成城。"意志力是肉体的主宰,是任何金城汤池所不可比拟的。真正的铁壁铜墙,是民族的尊严,是人民的意志。

旷世幽谷大渡河

一条30公里长的峡谷，谷深落差最大达2600米，几乎是两座泰山的重叠；谷底湍急的河流最窄处却只有50米，仅与成都市区的锦江差不多。这条峡谷，便是被地质学家誉为"地质天书""旷世幽谷"的大渡河大峡谷。

大渡河大峡谷，西起雅安汉源乌斯河镇，东至乐山金口河区，地跨四川省的乐山市金口河区、雅安市汉源县和凉州甘洛县。这雄奇壮观、险峻幽幻的天然大峡谷，绝壁千仞，奇峰万座。发源于川西北高原、以险恶汹涌著称的大渡河，在谷底奔腾咆哮，一泻千里。

大渡河大峡谷2600余米的谷深，给人印象最深的是其"深切感"，悬崖绝壁的陡峭让人匪夷所思，当地人形容说："这是猴子都要摔死的地方。"

其实，我觉得他们的形容并不准确，因为那些直插云天的陡崖，连猴子也爬不上去！几乎与河面垂直的悬崖上，石片层层叠叠，宛如一部部神秘而古老的"地质天书"，记录着大峡谷十亿年的演化历史。大渡河峡谷独特的地质结构，不但呈现着奇特的地理景观，也孕育出独特的人文景观。

我驾车从金口河沿省道溯流而上。车窗外，地质天书一页页呈现我眼前，"旷世幽谷"一条条收入我的镜头。沿着大渡河越往西行，两岸的崖壁越靠越近，且几乎都是直上直下，如劈如削，景色也越来越清幽。在峡谷中有一大渡河陡然转弯处，顺着河道眺望，落差1000多米的悬崖与尖峭的山峰迎面耸立，似乎河水中断。车过转弯处回望，似乎江流无路，令人森然。

车窗外，不时掠过与大渡河垂直的一条条支沟。停车细看，大峡谷两岸的支沟，窄如刀缝，无一例外的呈绝壁深涧一线天的隘谷，其谷底宽度常常不足20米，而支沟两边的崖坡高数百米至千米。北岸的老苍沟、白熊沟、顺水河峡谷，南岸的毛不耳沟、宝水溪等，景色极为绮丽，如今已是徒步穿越、溯溪或探险的绝佳之地。

旷世幽谷大渡河

历史之谜

金口河大桥北桥头,正对着一条深沟,这便是蕴含着丰富人文历史信息的顺水河峡谷谷口。

刚进谷口,道路便向左急转攀升。很快,大渡河便在山下细如飘带,随即被重崖叠嶂遮蔽。公路两侧一座座海拔1000多米的山体,或张裂着一道道宽仅10多米的微型峡谷,令人感到诡谲莫测;或披陈着一条条纵向的裂隙,令人感到险恶狰狞。

继续向顺水河峡谷深处行,山体显得不再破碎。一直在山腰蜿蜒的公路左边靠山一侧,接连闪现数十个高约3米、宽约5米的隧道口。驻车细看,其拱顶和墙体用水泥整体浇铸,道口的钢门厚有10多厘米!

强烈的神秘感和好奇心,驱使着我进去一探究竟。

借助手机荧屏微弱的光亮,我小心翼翼地挪着脚步。隧道内的通道深邃却又宽敞,其主通道几乎可容两辆卡车并行;主通道又旁生出弯弯曲曲的通道,令人仿佛进入了迷魂阵。看来,这一座山似乎都被掏空了。出乎我意料的是,隧道内徒有四壁,已丝毫看不出曾做何用的痕迹。

我事先查资料得知,这是中国人民解放军总后勤部为迎接大型战争而建设的战备仓库,人称全国第三大战备仓库。我虽有思想准备,但身临其境,仍为其所处位置的隐秘、所具有的规模之庞大而惊叹。

1969年3月珍宝岛事件后,中苏两国剑拔弩张,全面战争一触即发。该战备仓库便是当时"深挖洞、广积粮"最高指示的具体体现。此仓库1974年动工,1985年整体完工,修建了高7米、宽12米、深浅不一(深的1000多米,浅的约300米)的山洞28组,每组洞内还有大小不同的分洞,有的还洞洞相连,整个仓库容量达12万立方米。所有洞口并行排列,间距不一,横跨山外乐西公路4公里。整个工程建设,动用了军民上万人。此仓库主要用于储存弹药、武器。目前,这些仓库虽已闲置,却为当地人造福,他们利用库内恒温的环境,种植平菇之类的农产品。

在顺水河峡谷里,蜿蜒着一条当年与滇缅公路齐名的乐西公路。这条被历史学家誉为血肉筑成的长路,大方向与大渡河并行,但盘缠于大瓦山的峻岭之中,在乌斯河镇与现省道相接后,最终抵达西昌。此路从抗日战争最紧要关头的1939年5月开始路勘,至1941年底全线通车,共征集了川康地区彝、汉等各族筑路民工20多万人。由于缺粮、疲劳、疾病、工伤等原因,伤亡人数竟多达

3万人,其中死亡4000多人,平均每公里便有8人献出生命。至今,在乐西公路最艰险的路段蓑衣岭、岩窝沟,荒冢和残骨仍不难寻觅。

如今,一些到大渡河金口大峡谷旅游观光的人,都特意到此路走一段,以缅怀那些战死在没有硝烟的战场上的爱国者。

驴友乐园

继续沿大渡河北岸省道溯河而行,要经过位于乐山与雅安交界处的白熊沟,这是金口大峡谷著名景观,全长约7公里,其峡谷直抵大瓦山南麓。

白熊沟峡谷沿途深邃清幽,风景奇绝。两岸落差近千米的绝壁间,草木高悬、遮天蔽日,悬泉如练、飞瀑溅玉;岩崖上的怪石呈千姿百态的人物或动物状,是栩栩如生的天然石刻。秋冬时银装素裹,春夏间山花烂漫,与"诺亚方舟"大瓦山共同构成一幅天然的神奇画卷。"白熊沟"的得名源于这里曾经是大熊猫栖息之地。

从沟口向南穿越,可抵达大瓦山瓦山坪。近几年,这条路线成为驴友们攀登大瓦山的又一条经典路线(另一条攀登大瓦山的路线,是从此山东北方向的永胜乡五池村上山)。这条路其实还不能称之为路,只能在沟内顺着山沟的自然走向,在布满乱石的沟底穿行。在接近大瓦山南麓之前,总体来讲坡度并不陡,但需要不断地在大大小小的乱石堆上跳跃绕行。这对于负重在身的驴友,是一个不小的考验。

在进入大瓦山地域后,真正意义上的登山才开始。一条猎人和药农踩出来的羊肠小道,在灌木和树林中蜿蜒,坡度几乎持续保持在45度以上,以至于找一个可以将脚放平的地方都不容易。此时,才到了真正考验人的路段。行至此处,登山者无不气喘吁吁,艰难而缓慢地挪动双腿。当然,壮丽的大瓦山已近在眼前,无限的美景令人激动和振奋,咬一咬牙,都能挺过这一关。

沿省道再向西行,便会看到大渡河峡谷的另一条支沟老苍沟。沟口,一座跨度达54米的铁路桥特别引人注目。这座被命名为"一线天桥"的成昆铁路桥,至今仍保持着中国最大跨度铁路石拱桥的纪录。老苍沟出口段600米长的峡谷,两边刀切斧砍般的山崖绝壁高达200米,而谷宽仅20多米,最窄处近10米,在谷底仰视,只能见到窄窄的"一线天"。

从"一线天桥"附近往崖上爬,能到达一个有五六百人的彝族村落古路村。

古路村位于大渡河大峡谷入口的绝壁之上,其村民祖祖辈辈都生活这里,已经不知有多少代了。他们的先祖是为了躲避战乱,迁徙到这深谷绝壁之上的。

大渡河畔成昆铁路一线天桥

多年来,古路村的人要到外边去,只有一条路可走,就是从悬崖下到大渡河边。所谓的路,其实是用木棍绑成的梯子搭在陡峭之处,连木梯也不能搭建的地方,则用小酒杯口粗细的藤绳上下。当地人下山,身上还要背山货;上山,身上要背盐巴布匹。稍不留神,就会坠入谷底,死无葬身之地。

直到20世纪60年代修筑成昆铁路时,筑路的铁道兵用钢板在陡险处焊起了一道道钢梯子,2003年政府出钱,村民出力,又在绝壁上凿出了一条不到1米宽的路,古路村村民才结束了如猴子在树藤上"荡秋千"上下的历史。

如今,这上下古路村的奇险之路,已成为摄影爱好者居高临下,拍摄气象万千的大渡河峡谷风光的绝佳之地;大渡河岸峭壁上的布依、田坪、二坪等彝族村寨,依山傍水临近原始森林,也成为人文地理探秘者了解当地原汁原味的民俗民风的理想之地。

在大渡河峡谷西端的峡谷口,有一个突出的崖台——苏古坪。大渡河水自西而来,河床至此骤然收窄,在峡口形成一个天然的石门。当地政府利用苏古坪这一处难得平阔台地,修建了一处包括一座高10多米的纪念碑在内的观景台,供游人观赏和拍摄峡谷风光。从这里远望峡口内,只见云雾缭绕,峭壁峥嵘,更显大峡谷的深邃莫测。

交通奇迹

举世闻名的成昆铁路的大渡河峡谷路段,两岸山势陡峭,平地很少,因此仅隧道就有14条,总长达21公里,竟占该段线路长度的80%以上,从而使这段铁路几乎完全成为封闭铁路。而隧道之间,几乎全为桥梁相连。

尽管成昆铁路就在306省道的上方百米左右处并行着,但驾车沿大渡河畔的省道行驶过程中,几乎看不到成昆铁路的踪迹,只有经过一个个与大渡河大峡谷相交的支沟沟口时,那赫然出现的隧道口、跨越支沟深涧的桥梁,以及突然从桥上疾驶而过的列车,才会让人感到一种莫名的震撼。在峡谷里疾驰的火车,如同藏在深洞里的巨蟒,时不时探身洞外,腾挪瞬间又钻回巢穴。

20世纪60年代修建的成昆铁路,铁路建设者们创造了许多世界奇迹,留下了不少胜景。1964年建造的老苍沟"一线天"铁路石拱桥,比此前世界上最长的法国铁路石拱桥还长14米,成为世界铁路大跨空腹石拱桥之最。在"一线天"和乌斯河火车站之间,瀑布沟与大渡河交汇处,从沟谷建造了两根高50多米的桥柱,承载着长70多米的连接两头隧道的悬空铁道。桥柱旁边高耸入云的崖体上书有"天下第一柱"五个巨字,使之成为大渡河大峡谷里又一人文景观。

大渡河大峡谷里,坐落着中国铁路史上唯一的洞中火车站——关村坝火车站。该车站是1969年开通的,共有三股道,一、二道在外,第三道在隧道内。若列车经过第三道,值班员都要进隧道接发列车。据说是因为当时修建火车站的时候,由于大峡谷的独特地质因素,始终找不到一块较大的坝子建站,最后不得不开凿洞穴,从而形成了洞中火车站的奇景。

大渡河大峡谷,集峡谷奇峰地貌、高山自然生态、人类文化遗迹等多种旅游资源于一体,是堪与长江三峡雄峻风光相媲美的绝世幽谷。

崖墓:僰人的生命密码

1903年初,美国旅行家盖洛从长江之尾上海溯长江而上,对长江流域的人文地理进行考察。当年秋,他在长江之头宜宾的考察结束后,带着此行的详尽文字记录和原始照片,乘船溯金沙江而上,在宜宾县安边镇转入金沙江支流关河前往云南盐津,然后从云南离境回国。

峡深、水急、滩险的关河,自古是川滇水上交通的重要通道。秦代称为五尽道、唐代称为石门道、清代称为盐道的南方丝绸之路,与关河并行,蜿蜒在峡壁之上。

旖旎的风光,厚重的历史,令盖洛惊喜不已。他那双好奇的眼睛闪烁着兴奋之光,扫视着两岸的一山一水、一草一木。

当船行至宜宾县横江镇的北斗村江段时,聚精会神地凝视两岸的盖洛,突然一声惊呼,叫船家立即停船靠岸。船上的人顺着盖洛手指的方向望去,只见江边高高的山崖上,凿有一排一排的"窗户"。这些凿在巨石上的黑黝黝的"窗户",令盖洛感到十分奇怪,他要上山考察。

登岸后,盖洛刚爬到半山腰,忽见几名手持钢叉和弓弩的山民,正警惕地盯着他。

盖洛感觉到了敌意和威胁,语言不通又无法对他们解释,只得暂时离去。

当晚,盖洛夜宿横江镇。他连夜拜访了当地官员,请求安排向导协助考察。他的要求得到应允。

盖洛真不愧为旅行家,他那天赋的对人文地理现象独特的感觉,使他走进了当地人称的"蛮子洞",走进了神秘的僰人的另一种魂归之处——崖墓。

1904年,盖洛的中国长江流域之行的游记《扬子江上扬基佬》出版,继僰人悬棺之后,僰人之谜再添一谜。

生命的延续

清明时节,我沿着逶迤于关河流域的秦代五尺道,前往位于宜宾县双龙镇天堂沟的僰人崖墓群。

2006年，分布在宜宾县的横江镇北斗村、双龙镇五星村、复龙镇的义兴村等处，共170余座宋代至明代的僰人崖墓，统一命名为石城山宋明民族崖墓群，被国务院公布为第六批全国重点文物保护单位。天堂沟共有44座崖墓，在石城山宋明民族崖墓群中具有代表性。

细雨中的秦五尺道上，散落着凋零的白色桐子花；微风里的天堂沟，飘忽着泥土和芳草的气息。虽然是国家重点文物保护单位，但天堂沟崖墓距最近的镇级公路也有1公里多山路。我是幸运的，因为这段路也正是原汁原味的南方丝绸之路。

天堂沟的40座崖墓，分布在一处高坡上长100多米、高50多米的岩石之上。由于它们掩映在翁郁的树林和茂密的竹林之中，以至于我们翻过最后一面陡坡，与它们近在咫尺时，它们才蓦然映入我们眼帘。一个个黑洞洞的墓口，仿佛要吞噬擅自闯入的一切生物。

在这不见人烟的山野里，如果说这些阴森森的崖墓，最初给我的感觉是有

僰人崖墓

点恐惧的话,那么,与崖墓面对面后,每一座崖墓口的石刻雕像,则令我感到神秘、玄妙。

这些崖墓的墓口为方形或矩形,长、宽近1米,有的距地面1米多,有的距地面近10米。墓室宽度和高度约2米,深度在2米以上,是在坚硬的岩石上纵向掏凿而成。铁凿在墓壁上留下的道道凿痕清晰可见。墓室内已空空如也,稍加细看可发现一些不成形的骨殖。

我大致算了一下,每开凿一个崖墓,需一锤一锤地敲打凿子,凿掉近8立方米的石头,而墓内又容不下多人同时操作。由此可以推测,这造墓的工程,伴随了墓主人的一生。生命不息,凿墓不止,就如同每天要穿衣吃饭、砍柴打猎一样。

生命的形式,在僰人的眼里可能不仅仅是当下。他们以千年长存的崖墓,作为自己另一种生命形式的乐土。因此,他们才不畏艰辛、乐此不疲。这种独特的丧葬习俗,是活得痛快、死得尊严的僰人对生命形式的一种张扬,是众多的僰人之谜中最为奇异之谜。

雕像在述说

与悬棺葬不同的是,僰人的崖墓葬以内容丰富、形象生动的大量石刻画像,给后人留下了丰富的历史文化信息,也给人类学家、历史学家提供了开启没有文字的僰人文化宝库的钥匙。

天堂沟的绝大多数崖墓的墓口上下及两边都有石刻画像,依次观赏,令人犹如在石刻艺术的长廊中徜徉。

在一座距地面七八米高的崖墓口两边,各有一幅高约1米的武士石刻画像。这两名武士戴头盔、披甲胄、手持长柄利斧,雄赳赳气昂昂。其躯干部分的铠甲是呈背心状的整体,胸前有两面护心镜;腰部至膝盖部分的铠甲呈短裙状,系金属片连缀而成。其双手紧握高高举起的利斧的斧柄,不如汉人的类似兵器钺那么长,大概是为了便于在密林中挥舞砍杀。

另一座距地面高五六米的崖墓口两边,是近1米高的女兵石刻画像,墓口的下方有一朵巨大的莲花,似将整座崖托起,在云雾里遨游。据推测,此墓主人应为女性,且生前地位较高。与武士不同的是,女兵不戴头盔,头发呈刨花儿状,手持的兵器也不是沉重的利斧,而是尖锐的长矛。

在崖墓群中段的最高处,一座墓口最大、墓门门楣、门柱及柱础轮廓清晰的崖墓,显得特别威严。其墓口两边的武士,与真人一般高大,其头盔上装饰着羽毛,短裙样的金属片铠甲下方的两胯之间,还有一块整片铠甲用来保护男人的

僰人崖墓雕像

最薄弱处。这两个高大威猛的武士,一个手持利斧,一个手持钢叉,龇牙咧嘴,怒目圆睁。他们与其他的人物画像最大的不同之处,在于脚上穿着靴子,靴子上竟然还可见云纹。因为史学家考证僰人善赤足行走,这与我在此看到的人物画像皆赤足相吻合。因此,这座墓的主人,一定是一位了不起的人物,且身份也更为复杂。

有几个崖墓的墓口两边除了人物的雕像,还有各种姿态的战马。它们有的四蹄腾空,有的引颈长嘶。最为奇特的是,有一匹做跳跃状的雄马,其生殖器异常的壮硕,有正常勃起的两三倍粗。据史料记载,僰人似乎并未使用骑兵作战,此雕像是否说明,僰人在与朝廷多次作战的过程中,已意识到骑马作战的重要性,从而祈求神灵赐予他们能征善战的千里马呢?

此外,天堂沟崖墓石刻画像中还有大量的虎、鹿、兔、牛等动物,令人感受到祥和、宁静的田园生活气息。令人眼前一亮的是,有一座崖墓口下方门槛的位置,有一条腾云驾雾、张牙舞爪的龙的雕像。这条龙长约2米,似乎要驮着墓主人云游四海、飞向天堂。

以如此耗时费力的崖墓来作为自己的安息之处,令人不由得怀疑当时僰人是否普遍采取这种丧葬方式。但是,我看到一座墓室容积仅半个双门冰箱大的崖墓时,这种怀疑打消了大半。这是一座唯一没有雕像的崖墓,墓门及墓室雕琢完整,显然不是半途而废的。合理的解释是,此墓的主人是儿童。儿童都入崖墓安葬,何况成人?由此似乎说明崖墓葬是僰人例行的、普遍采取的丧葬形式。

无谜底之谜

时至今日,人们一提到僰人,便自然联想到高挂悬崖绝壁的悬棺。崖墓葬,到底是怎么回事呢?

早在4000多年前的夏朝便有僰人的记载。周武王伐纣时,征召西南地区的僰人参战,他们为周武王灭商立下了赫赫战功。此后,周武王恩准僰人在四川宜宾建立僰侯国。汉武帝时期开发西南夷,僰人由宜宾向周边地区拓展,由此形成了以四川珙县为中心的南广河流域支系,以川滇交界处的横江(关河)流域为中心的横江支系和以贵州南盘江流域为中心的南盘江支系。南广河流域支系的僰人,更多地保留了固有的文化习俗,实行悬棺葬,而宜宾县、高县的横江流域支系的僰人,则吸收了巴蜀和中原民族的文化习俗,实行崖墓葬。南盘江流域的僰人,则逐渐实行了洞穴葬。

明万历元年(1573年),明王朝派数十万大军,对拒不称臣的僰人进行空前规模的征剿。这次军事行动史称"叙南平蛮"。此次战争,明王朝大获全胜,"拓地四百里,都蛮尽灭"(《万历实录》)。崖墓葬、悬棺葬、洞穴葬等僰人独特而神秘的丧葬形式,也就随着僰人的灭绝而彻底消失了。

离开天堂沟时,我不时依依回望。崖墓,展示着僰人对民族精神的升华,讲述着僰人对未来世界空灵净化的追求。从这个意义上讲,僰人悬棺之谜、崖墓之谜,是没有确切谜底的。

复兴村：羌风楚韵有遗音

战国七雄之一楚国国君的后裔，与骁勇剽悍却又命途多舛的青衣羌人相结合，他们的后代脉管里的血液，是否有楚人的不屈与高贵？是否有羌人的勇武与坚韧？这是在我踏上前往洪雅瓦屋山镇复兴村之路时，脑海里不停翻卷的问题。

据《太平御览》166卷《蜀记》载："秦灭楚，徙楚严王之族于此，故曰严道。"《洪雅县志》载："秦灭巴、蜀，置巴郡、蜀郡。今洪雅之地分别为严道、南安县所辖。"

2200多年前，秦灭楚国后，在蜀地荒僻的瓦屋山区设置严道县，强迫楚严王后裔迁徙至此。在这里，背井离乡的楚人与颠沛流离至青衣江畔的青羌人和睦共处，组建家庭，繁衍生息。

楚羌人的后代本可以在此安居乐业了，他们却将居住的村落取名为"复兴"，其意不言自明。事已至此倒也罢了，他们竟然又将穿村而过的一条河流命名为"王河"，以纪念他们的先君。

隋开皇八年（588年），封建统治者终于忍无可忍了，严道县被撤销，聚居于此的楚人和青衣羌人被整体迁徙至雅安的芦山、青衣县，处于封建统治者的严密监管之下。

野火烧不尽，春风吹又生。部分楚羌人成功地隐匿下来，顽强地生存下去。如今山高林密的瓦屋山镇复兴村，便是当年他们最后的庇护所。他们隐姓埋名、忍辱负重，过着与世隔绝的生活。

这种特殊的历史境遇和生存状况，使原来远隔千山万水的楚韵与羌风在此结合，从而孕育出独一无二的历史文化和民俗民风。

神秘的复兴响器

复兴村与瓦屋山镇隔瓦屋山水库相望，因环水库的机耕道正在拓宽和加固路基之中，我驾车用了一个多小时，才艰难地驶完了从瓦屋山镇到复兴村的5公里路程。

在复兴村,复兴响器和山歌被人们称为楚羌文化的"活化石"。复兴响器作为一种民间艺术,已在村里流传千年,其动人的韵律和独特的音色,使这个古老的村落显得更为神秘。

当晚,在3000平方米的复兴村广场,已于2007年成功申报省级非物质文化遗产的复兴响器,在复兴村村民冯光卜、毛清全、张富军等人手中敲响。

复兴响器是鼓、锣、钵、马罗四种打击乐器的统称。在表演过程中,这四种打击乐器既充分发挥各自的音色音响,又完美地将不同的音色音响汇成不同曲调的交响音乐。

鼓师,是复兴响器的乐队指挥。随着鼓师毛清全手指头的快速伸缩和鼓槌的轻重缓急,取材于当地动物之音、山水之韵的《白鱼子上滩》响起。此曲以鱼翔浅底的韵律编成,在王河边演奏时,曾出现鱼儿听到"铛车、楼车"的声响,其尾巴随节拍摇摆,最后竟游上了沙滩的奇事。动物都能听懂的音乐,其魅力可想而知。

随着毛清全手势的陡然一变,一曲《猪搭嘴》响起。乐曲模仿猪在圈里"叽咕、叽咕"吃东西的声响,令人感觉置身于争相抢食的猪群之中,也令人沉浸于丰衣足食的幸福之中。此曲看似表现猪吃食,实际抒发了勤劳淳朴的复兴人在

演奏复兴响器

劳动中的喜悦，以及对幸福生活的期盼。

满怀演奏激情的毛清全等人，又一气为我演奏了与楚羌人生活息息相关的《跳灯鼓》《上天梯》《脚铁板》《翻竿竿》等10多首乐曲。在不间断的演奏过程中，随着曲目内容的变化和旋律的抑扬顿挫，他们的神情时而疏朗，时而凝重，时而喜悦，时而忧郁……他们不是在表演，而是在全身心地参与乐曲所表现的实际生活。技巧的炫耀、噱头的卖弄，在他们身上完全没有踪影。

他们的乐器是原生态，他们的乐曲是原生态，他们的心境更是原生态。

长达40分钟的复兴响器乐曲大联奏结束后，热情好客的复兴村民，又为我演唱了世代传唱的瓦屋山山歌。

据张富军介绍，瓦屋山山歌多数带着哭腔，听起来既有楚歌的韵味，又有羌人的音色。这不难理解，楚人有刻骨铭心的亡国之痛，青羌人有挥之不去的离愁别绪，因此，楚歌的悲愤、羌风的苍劲，便是瓦屋山山歌的底蕴。

青羌老人

首先开唱的，竟是一位年近五旬的大嫂。随着她长声吆吆的一声"耶"，一首在复兴村人人会唱、人人爱唱的情歌便回荡在夜幕下的山野："清早起来雾沉沉，误把树桩当成人。抱到树桩亲个嘴，过后想起好笑人……"

令我意想不到的是，这位大嫂是自告奋勇率先演唱，演唱过程中旁若无人，犹如情之所至的自然流露。但她刚一唱完，便忍不住"扑哧"一笑，迅即掩面隐入人群。

见我有点诧异，张富军告诉我，虽说瓦屋山山歌在复兴村上自老人、下至儿童都会唱几曲，但有的歌由于内容的原因，不是所有的人都愿意随便唱。尤其是乐曲中属"丧曲"的，平时就不能演奏；表现女儿出嫁的《离娘调》，也在特定时候演奏。我想，或许这位大嫂太投入，想到了自己的初恋、初吻，羞涩难抑，才一头钻进人堆里去吧。

身穿青长衫、头系青布条、手拿长烟杆的毛清全大爷，不紧不慢地踱步至广场中央。他演唱的是反映复兴人艰辛劳动的《打笋歌》："六月打笋笋不生，七月打笋笋上林。好吃不过摇笋尖，好耍不过跑山林……"在演唱的过程中，他大部分时间眼睛微闭却昂首挺胸，这是复兴人每年深入高山密林中打竹笋维持生计，虽艰险困苦却逍遥自在的形象表现。

毛清全演唱时，因为拍照，我离他最近时的距离不到2米。令人惊讶的是，这位已70多岁老人的歌声的穿透力，竟然令我的胸腔有些发麻。据张富军介绍，老人年轻时能背500斤翻山越岭！

当晚的压轴戏，是复兴村"青羌艺术团"的舞蹈表演者围着火塘，即兴表演青羌歌舞。"青羌艺术团"的成员，均是复兴村村民，他们与其他村民的不同之处，在于劳作之余要正规地排练，表演时身着绲着红色花边的青衣衫、青围裙，头裹青头帕。

"青羌艺术团"的舞蹈，从风格上看，既有锅庄的粗犷豪放，又有中原地区古代宫廷舞蹈的典雅柔美；从表现内容上看，既有劳作持家的动作再现，又有闲暇玩耍的俏皮嬉戏。

夜色已深。在炽热的气氛里，男女老少、主人客人，纷纷手舞足蹈，整个复兴广场成了欢乐的海洋。

古老的羌楚遗物

复兴村的180多户村民，散居在王河两岸的山坡上，村后山顶的烟坪，是方圆几十亩的台地。这里视野开阔，东可遥望峨眉山金顶，西可远眺瓦屋山平台，北可一览文笔山秀峰，南面云遮雾罩的大山深处的大田坝，则是距今有2200多年的严道故城遗址。

据《后汉书·西羌传》记载，羌人祖先最早生活在我国西北地区，以游牧为业。公元前384年，秦献公欲讨伐游牧民族，羌人为避祸进行大迁移，其中的牦牛种和白马种南迁入蜀，成为越巂羌和广汉羌，他们是巴蜀羌人的祖先。《华阳国志·蜀志》载，公元前97年，西汉在蜀之西部置两部都尉，管理与汉民杂居的青衣羌，且于今雅安北建城置青衣县。东汉时期，青衣江流域已成为青羌的聚居地。

正是因为有深厚的历史底蕴和绵长的文化传承,不足千人的复兴村,竟然在烟坪修建了一座青羌民俗博物馆。这座一楼一底的纯木结构建筑造型宏阔,装饰朴拙,既具有强楚的大气,又有青羌的粗犷。村民将自家收集、珍藏的历史文物,自愿地陈列于博物馆内。

一只1米见方、整石雕琢的火塘,曾是青羌先民严寒取暖、煮食充饥的生活必需品。它不知储存了多少羌山夜话,不知浸染了多少杀戮之血……它的火焰烤香的肉食,使青羌人代代延续。

两只形态各异的鱼篓,其竹篾已呈乌黑色,感觉一碰就会散碎。据陪同我的复兴村村民王成勇介绍,来自鱼米之乡的楚人,和以畜牧渔猎为生的青羌祖先,都与江河有不解之缘。因此,在有山有水的复兴村一带,渔、猎便成为人们生存的主要方式。

发源于严道故城遗址所在地大田坝的王河里,一种仅产于此地的奇异之鱼,甚至使居住在这一地区的青羌人免遭灭绝。

复兴村村民操作脚犁

那是在公元223年,本已归附蜀国的西南夷首领雍闿,率云南与四川越西一带夷民反叛。公元225年,诸葛亮南征,擒杀了雍闿,但另一首领孟获仍与蜀国为敌。诸葛亮派兵追杀。拥戴孟获的青羌人也被迫逃至大田坝的深山之中,躲进一个深不可测的大岩洞。在被追杀大军围困的日子里,这支青羌人靠捕食岩洞里阴河中的一种两栖动物,才得以死里逃生。

这个岩洞,当地人称为"羌人洞",这个当地独有的鱼,被称为"羌活鱼",意即使羌人活命的鱼。在王成勇家中,我有幸目睹了活着的极其珍稀的"羌活鱼"。此鱼与人们所称的娃娃鱼几乎一模一样,全身乌黑,四肢均有四趾,眼凸尾长。但是,此鱼的成鱼也仅长15厘米左右,用手拨弄,它便摇头摆尾,煞是可爱。这个珍稀物种,一定会令生物学家喜出望外。

一张长约2尺、宽1尺的厚实的树皮,令我感到莫名其妙:是稀有的药材,还是它有什么传奇故事?王成勇从墙上将它取下来,戴在了自己头上。原来这是青羌祖先劳作时遮雨的斗笠,与之匹配的,是棕丝制成的毛茸茸的蓑衣。王成勇将它们穿戴在身,一个活脱脱的青羌先民,便跃然我们眼前。

一架铁犁引起我的注意。它的犁头较小,犁身呈145度钝角,犁腰有一对如飞机水平尾翼般的"耳朵"。这支铁犁,被青羌人称为脚犁,是当年楚人带来先进的冶炼技术和耕种技术后,结合川西的土质和地形而发明的耕作农具。它不需牛拉人拽,单人便可操作。由于轻便小巧,再小的田地也可使用,再陡的坡坎也可上下。

1908年9月,曾五次来中国考察的著名的英国旅行家、皇家科学院学者亨利·威尔逊,来到烟坪山下的复兴村,饶有兴致地参观了村民用脚犁耕作的过程。他对脚犁的观感和评价,至今还保存在大英图书馆。

这种古老而独特的生产工具,只有在复兴村流传至今。它是中华民族大融合、大团结,从而使中华民族繁荣兴旺的见证。称它为复兴村的"镇村之宝"之一,也许并不过分。

置身青羌民俗博物馆内,犹如走进时空长廊,如同浏览历史画卷。嵌有虎头铜牌的童帽、汉代邓通铸钱的石模具、高祖远宗的神龛牌位等,都在无声地叙述着复兴人奇特的历史和奇异的身世。

正如青羌民俗博物馆门前的一副对联所言:"复兴有遗音,当属神州楚国文化传承地;烟坪留胜迹,应是中华青羌文化第一村。"

富饶的世外桃源

复兴村的民居是古朴的。虽然有的农户已将四壁木结构改为砖结构,但目前仍以纯木小楼为主,吊脚楼也依然留存。而它们与其他村子的农舍的最明显区别,便是家家户户的屋脊两端,都挂有木质鱼形饰物,自古到今都是如此。古代,这是羌楚人的图腾崇拜;如今,又平添了"年年有余(鱼)"的意蕴。

复兴村的大田坝原始森林里,有"植物大熊猫"之称的珙桐达到万亩,且连成一片,我在村头看见一株,胸径竟达半米,树龄起码数百年;这里的高山杜鹃花品种有30多个,枝干粗壮形同乔木,花朵艳丽多彩且大如土碗;大熊猫、牛羚、黑鹳、绿尾虹雉等6种一级保护动物生活在这片原始森林中。此外，还有100多种蝴蝶，其中不乏枯叶蝶等珍稀品种。20世纪六七十年代的"文革"期间，曾有日本人两次到复兴村偷捕珍稀蝴蝶。在复兴人的母亲河王河之中，除了最为珍稀的羌活鱼外，还有雅鱼、瓦鱼、石鲢巴等冷水鱼类。这些鱼由于生存的河流海拔高、水温低且多激流，因此生长缓慢，但肉质结实，吃在口中感觉有弹性且味道十分鲜美。据村民介绍，这些冷水鱼还具有药用价值，尤其对老胃病有奇效。

我住宿在王成勇家刚落成的客栈。因客栈正对云蒸霞蔚的瓦屋山，前不久来复兴村考察观光的一位日本早稻田大学教授，为此客栈题写了"观云楼"店招。

当晚，王成勇的妻子为我端出了老腊肉、炒蕨薹、泡鲜笋、泉水豆花等菜肴。看似澄亮的肥腊肉，嚼在嘴里不但没有丝毫油腻的感觉，反而如海参般爽口顺吞；豆花看似没有特别之处，细品却有丝丝甜味，唇齿间有淡淡的芳香；泡鲜笋貌似滚刀切成的竹节，却入口化渣，竹香四溢……席间，令我惊喜的一道佳肴，是煮熟的七彩锦鸡蛋。它的大小介于鸡蛋与鸽蛋之间，呈淡绿色，如一枚翠玉，是野味中的野味。我将它把玩一阵，才津津有味地吃了下去。

王成勇告诉我，复兴人靠山吃山靠水吃水，也搞活了经济。每年7月，村里的男子便前往大田坝密林打竹笋，仅此一项，人均收入便好几千元；村里的多家养殖户，饲养着驯化繁殖的野生七彩锦鸡、野生蜜蜂、雅鱼、山兔等。这里的农产品，以各种渠道和方式销往山外，供不应求。

复兴村之行，我见证了2000多年来楚羌文化的传承，我也就有理由相信，这一块浓缩了羌风楚韵的璞玉，一定会被当代的复兴人雕琢成令世人惊喜的瑰宝。

重华：中国火药之乡秘闻

川西北龙门山脉老君山麓，物产不丰，交通闭塞，却有一个历史悠久的小镇遗世独存。明清时期，这里弥漫着看不见的硝烟，暗藏着不可告人的军机。这里，曾经是古代世界上最大的火药原料生产基地，是我国"四大发明"之一——火药的诞生地。

这个小镇，便是曾因海灯法师而知名的江油重华古镇。

从 18 世纪初叶起，很快便有广东、福建、陕西、江西等多省会馆，在重华古镇的火炮街上建成。当时，川内农民起义、民族纷争此起彼伏，国家的边疆也不安宁。庭院深深的会馆里，忙碌着众多身份特殊的商人的身影。他们来此的目的无一例外——火药！老君山悬崖峭壁上众多的神奇硝洞，蕴藏着数量巨大的克敌制胜的战争利器的原材料。

古代配制的火药为一硝二磺三木炭，其中硫黄与木炭随处可见，唯有硝最难找。我从藏王寨老君山风景区攀上老君山腰，一探那深不可测的硝洞的秘密。

在向导指引下，我踏进了当地人称天雨洞的硝洞。天雨洞其实是古人采硝时开凿的隧道，洞内漆黑一片，最窄处仅容单人爬行而过，宽敞处则如数十平方米的房间。隧道两旁，不时可看到一些或自然、或人工开凿的坑洞。洞内依石就势凿就的石梯，就像被人精心打磨过一样，这是采硝者千百年来用脚一步步磨出来的。隧道内沿途的崖石上，布满了白色的冰碴状物，用舌头轻舔，其味凉。陪同的当地人介绍道："这就是天然硝矿，其含硝量非常高。"

继续往前走，排列着像炒菜铁锅一般的泥坑，蜿蜒着像屋檐下排水沟般宽窄的小水渠，这是古人熬硝的硝池、灶台和水槽。再细看四周，依稀可见散落的瓷片、大量熬硝后的废弃泥土及照明燃烧后的灰渣。

天雨洞在老君山众多硝洞中不算大。海拔 1800 多米高的朝阳洞，是老君山上产硝量最大、历史最久远的一个山洞，面积 45 万平方米。它位于老君山主峰下的一悬崖峭壁处，人要到达洞口，须垂绳梯下行至一缓坡边缘方可，其险要程度令人触目惊心。其洞口宽七八十米，呈硕大的半圆形，仅洞口空间便可容纳上

老君山硝洞

百人。洞内宽阔处达100米,高50米。在这个巨大的硝洞里,当年的生产规模以及从事采硝制硝的人都超乎人们的想象。在现有的空间范围内,洞里共有9个面积从数百至数千平方米的工作台面,57组硝池,到处散布着瓷器碎片,以及木勺、木铲、泥掌子等工作与生活用具。生活区的庞大的灶台,经粗略估计,可供100多人同时就餐;堆积如山的废渣和隧道中沿途厚达10厘米的火把灰烬,不知要经过多少年的积累!

在朝阳洞遗留的文物中,大量瓷片上的纹饰显示,它们自明代一直延续到清代。考古工作者甚至还发现元代的一盏油灯。据文物专家测算,如果深1公里的烟子洞能容纳上千名制硝工的话,那么,在深达7.5公里、有10多处硝池的朝阳洞,每天至少有上万人参与硝的提炼、运输等工作。

远在汉代的《神农本草经》中,便有"消石出陇道"的说法("消石"即"硝石"),而重华镇就在古代的川陇道旁。

清乾隆年间朱帘编纂的《梓潼县志》有更确切的记载:"老君山朝阳洞,县西二百四十里……洞高八丈、宽六丈、深十五里,产硝。乾隆二十年开采,归江邑就近汇办。梓邑于重华场隘口安设兵役巡查。"由此可知,在清代几乎倾全国之力进行的大小金川战役期间,这里更是重兵严防,地方一把手负总责。因为在惨烈而旷日持久的金川之役期间,清军所需的火药基本上都由此供给。巍巍老君山,真正是当时政府的最大"军工厂"。

重华于清雍正八年(1730年)设置场镇,其名取自境内唐代的重华堰。唐高宗龙朔二年(662年),社会安定,国库充裕,四川各级政府遂大修水利,发展生产。时任平武县令的刘凤仪,组织百姓开凿了"利人渠",引马阁水入阴平坝灌田,并在重华镇南侧的敬家坝广利河筑坝扎河,开凿了一条长约1公里的水渠引水灌田。水渠修成后,敬氏族人由此联想到名为重华的治水先祖舜帝,便将水渠命名为重华堰。

重华古镇曾是江油、梓潼、剑阁三县交会之地,早年被老百姓称为"一脚踏三县",素有"旱码头"之称。至今,古镇仍保存有始建于清朝的廊桥、龙王井、会馆、重华寺、禹王宫,以及当年大土豪的公馆黄公祠等古迹。

重华古镇至今仍存的火炮街,是镇上保存的为数不多的老街之一。当地人所说的"火炮",是指烟花爆竹。其街名始于何时,没有人说得清楚。因为火药自道家在炼丹过程中发现以来,清代以前,并没有大量应用到军事上,更多是应用于民间的烟花爆竹。近水楼台的重华先民,跟火药打交道的历史相当久远。因此,这条专门从事火药买卖及火炮生产的街道,其历史一定是悠久的。而火炮街的得名,则毫无疑问地源于此。

从前,这条街上住着16户专门制作火炮的人家,根据他们的姓氏,人们分别称为火炮申、火炮韩、火炮罗、火炮王、火炮李……后来发展成30多个世代相传的火炮世家。这些火炮制作世家的最大特点,是他们从采炼硝石、制造火药到做成"火炮",从头到尾都由自己完成。按照镇上人的说法,自明清以来,这条街上专门从事生产和销售火药、火炮的商家有三四百家。而来自广东、福建、陕西、江西等地的军火商为收购、贩运火药而建立起来的会馆群,则使火炮街的繁荣兴旺达到极致。直到20世纪90年代,街上还有人家靠自制火药、做火炮为生。

令人有点遗憾的是,徜徉在火炮街上,已感受不到当年的火药味了。唯有一家专营烟花爆竹的店铺,艰难地传承着火炮街的香火。街边一家家内置竹椅方桌的老茶铺,还在延续着当年风云际会的余韵。由于年代久远,大多外省会馆已经颓废,唯有南华宫、万寿宫、禹王宫影影绰绰的轮廓,令人可以遐想它们昔日的风采。

发源于老君山藏王寨的灵溪河一路蜿蜒,穿重华古镇而过。在镇中心,一座名叫公安桥的雕梁画栋的廊桥(当地人称桥楼子)横跨灵溪河上,成为一道古色古香的风景。

这座廊桥修建于乾隆三十七年（1773年），是火药的产销促进重华经济发展交通条件改善的产物。时任知县的朱帘主持编修的《梓潼县志》中《新建公安桥记》说："梓邑重华场，乃商家云集之区，东道绵、剑，西达江、彰……越明年，时和岁丰，于是，士农工商聚集，共谋垒石为基，架木为梁，复以屋宇以蔽风日……工肇于癸巳（1773年）五月上浣。"

该桥取名为公安桥，寓"公众安全"之意。桥长29.35米，宽6.6米，桥高3.7米，楼高4.5米。桥面以青石铺砌，两条石龙穿桥而过；桥沿两侧，16条小彩龙翩翩欲飞；楼阁为古木青瓦，双层结构；桥头四株千年古树，冠如华盖。据悉，公安桥为江油目前仅存的两座廊桥中最古老、最宏伟的一座。如今，仍飞架于重华镇灵溪河上的古公安桥，其功能已不仅是便利交通和遮风避雨，它也是当地居民纳凉消暑、儿童们嬉戏玩乐的胜地。当然，它作为重华古镇标志性的古建筑，更成为摄影爱好者的流连之地。

在公安桥西桥头不远处，便是气势不凡的黄公祠。黄公祠建成于民国二十一年（1932年），系当年独霸一方的大地主黄某牵头修建的家族祠堂，为小青瓦砖木结构的三进式大宅院。整个建筑占地面积2000余平方米，现留存有天井、雕花戏台及大小房间20多间，是当今川北少见的保存完好、极具川西北民居风格的豪宅大院。

黄公祠的一个大天井里，有序地摆放着造型各异的根雕和奇石；在一个小天井里，陈列着反映川北历史文化的牌匾楹联、古建筑构件；左右两旁的房间里，则是反映川北民风民俗的陶瓷器物、雕花大床、女红刺绣，以及家用杂件等物品。这些琳琅满目的古董，令人既感惊讶，又颇开眼界。一打听，方知是重华镇政府支持一名普通镇民梅文杰开办的古镇民俗陈列馆。

据年逾花甲的梅文杰老汉介绍，他这20年来，利用业余时间，收藏了以重华镇为主的川西北地区民间古董2000余件。他说，前些年，重华镇在旧城改造中，不少明清时期的古建筑尤其是几大火药会馆相继被拆除，引来许多外地古董贩子来重华古镇"淘宝"。如果这些古董不断地被贩子买走，镇上的古董可能会被掏空，到那时，重华还称得上是古镇吗？于是，梅文杰决定自己掏钱买下那些古董，尽可能地让那些古董留在重华镇，让重华镇留住自己的根。

重华古镇是海灯法师的故乡。1989年1月10日，海灯法师去世。此后，他的徒子徒孙和乡亲们将他的遗物搜集起来，保存在火炮街他的老家"本愿精舍"里。

重华公安桥

　　火药作为我国"四大发明"之一的事实,在欧洲却未得到公认。究其原因,除了一些欧洲人的西方文化中心论意识作梗外,还因我们长期以来只能出示古书上记载的只言片语,一直拿不出有力的实物佐证。重华老君山硝洞群隐藏深山数百年,如今终于以实物形态,以活生生的历史场景,为中国是火药的发明国的论断,提供了强有力的支持。其规模之浩大,为世界绝无仅有;其年代之久远,让欧洲人不能望其项背。

　　2006年,国务院正式将重华老君山古硝洞遗址列为第六批全国重点文物保护单位。同年6月,重华镇正式注册成为"中国火药之乡"。

　　重华老君山喷薄而出的硝烟带来的杀戮和战争,已成为遥远的记忆。如今,它以绚烂多彩的焰火,装扮着祖国节日的夜空,送给华夏儿女喜悦和自豪。

九襄：双节孝牌坊传奇

具有2000多年历史的南方丝绸之路雅安段，一颗颗璀璨的人类文化明珠镶嵌其间。在古道穿镇而过的九襄，曾被誉为"南出成都第一坊"的双节孝石牌坊，历经160多年的清风雅雨，至今仍矗立在夕阳下、古道边。其坊身上的48本

节孝牌坊

经典川剧场景镂空浮雕,570多个毫发毕现的人物深浮雕,令来往于古道的墨客游子、贩夫走卒赏心悦目,流连忘返。

立体的典籍

双节孝石牌坊坐落在九襄镇东南的牌坊巷。牌坊巷是九襄的老街,街上的老宅基本上都是青瓦顶、雕花窗、篾笆子墙。巷子的尽头是古道,石牌坊便当道而立。

当我第一眼看见石牌坊时,展现在面前的是一幅立体的水墨画:它的背景,是如黛的一抹青山;它的周围,是硕果累累的瓜棚豆架;它的门下,蜿蜒的古道伸向无尽的远方。

双节孝石牌坊通体均用当地坚硬的山石构建,气势不凡。它高约11米,宽约10米,四柱三间,四层四檐,每层对称,逐层内缩,使整座石牌坊呈宝塔状。它建于清道光二十九年(1849年),是清溪偶然发迹、捐贡出身的黄体诚,为感念寡母、恩嫂的养育之恩,打点清溪县令上报朝廷,经道光皇帝批准并颁发圣旨而建。

这座石牌坊造型的最有特色之处,在于它的脊檐。其两面对称的脊檐上,各雕刻9条头朝苍天的蛟龙,远望如熊熊燃烧的火焰。龙是中华民族的精神与象征,也就成为中国古代建筑物上常见的饰物。

但是,经当地人指点,双节孝石牌坊脊檐上的这18条龙的形态,却令我大为惊讶、大开眼界:常见的雕龙,基本上是口衔玉珠,或二龙戏珠,以示祥瑞,而这18条龙却口衔长剑,剑柄在外,剑身则顺咽喉而下,犹如慷慨赴死、决不复还的壮士。

这不仅仅是构思上的猎奇,还应该是古建筑模式颠覆性的创新,其深层次的内涵,则是表现中华民族百折不挠的抗争精神和决死的气概。

在脊檐中部的下方,是前倾15度的镂空雕刻的八龙盘缠的火焰。火焰里,是道光皇帝下旨建坊的"圣旨"竖匾,其两侧,有镂空圆雕的文臣武将护卫。往下,是"节孝"横匾,再往下,则是黄家姑媳守节尽孝的"姑媳冰霜"横匾。在两侧门上方,各有一横匾,北面为"浑金""璞玉",南面分别为"钟礼""郝法"。整座石牌坊上有四副对联,其中有一副对仗工稳、文采斐然,笔法遒劲有颜骨之风,系清代四川学政史文清颜所题:"竹柏凌霜,劲节永延千岁荫;芝兰擢秀,荣封贮荷九重褒。"

当然,内容最为丰富、最为引人入胜的,是遍布石牌坊上的48部川剧经典

节孝牌坊近景

剧目的169个精彩场景浮雕。

有关学者对这169个场景的内容和人物逐一考证,已确认的剧目有20多部,人物570多个。所有的戏曲浮雕的选题,都围绕"忠孝节义"进行,如表现古代妇女忠烈节义的《穆桂英挂帅》之《十二寡妇征西》,宣传"百善孝为先"的《安安送米》《目连救母》,歌颂义字当头、大智大勇的《赵云六保阿斗》《三英战吕布》《空城计》,表达人们祈望福禄寿喜的《蟠桃会》等。

除戏曲浮雕外,也有以小说、民间故事中的精彩情节为内容的浮雕。

有一幅儿媳喂公公乳汁的浮雕,寓意颇深:一年轻女子双乳裸露,一个乳头被一位白发老翁吮吸着,旁边一小孩做嗷嗷待哺状,却被那年轻女子按住头加以制止。其意的正解,应该是老人已无牙齿,不能吃东西了,儿媳才以这种方式尽善尽孝。反哺,连一些动物都能做到,难道人都不会吗?

牌坊上那些大大小小、男男女女的雕像,眉目传神,姿态各异,衣冠清晰,较为集中地展示了我国古代多彩的石雕艺术及精湛的雕刻技术。因此,双节孝石牌坊固然雄伟巍峨,却更显精巧华美。

多舛的命途

　　曾经被视为浑身散发着中国封建礼教秽气的双节孝石牌坊,能经历战乱年代和动乱时期而得以幸存,其多舛的命途中必有惊心动魄的故事。

　　在石牌坊4根石柱根部,前后共有8尊雄狮,狮身上各跨有一尊菩萨或圣贤,可如今仅有一尊保存完整。据当地人介绍,有一尊菩萨尤为精美艳丽,颇似敦煌的飞天仙女,可惜其头颅在民国年间被外国传教士伙同本地小偷盗走。这是石牌坊最为惨重的一次损失。我看到,这尊菩萨的头颅是从颈部斜向齐崭崭地被切割掉的,截面边缘竟无残缺,显然是有预谋地运用高技术手段为之。

　　石牌坊最高一层的中部有一座玲珑的小塔,塔顶颇似泰国寺庙圆尖顶,顶尖有一小圆石,称为宝顶。民国末年,国民党24军的一名军官,在士兵的怂恿下,为炫耀自己的枪法,举枪将宝顶击碎。不过,如果不是当地人告诉我此事,我是看不出来失去宝顶的牌坊有什么不协调的地方的。

　　十年动乱期间,一场更为彻底的浩劫向双节孝石牌坊逼近。一天,当地造反派纠集外地红卫兵,欲对石牌坊采取彻底"革命"行动。他们扛着钢钎、拎着开山炸药,围着牌坊转了几圈,最后决定在牌坊正门的一根石柱上下眼放炮。造反派中有一人是地质队职工,他是懂爆破技术和讲求效率的,其选定的这根石柱如果被炸断,牌坊便会整体垮塌。

　　叮叮当当的凿石声,惊动了全镇居民。在居住在石牌坊旁边的几户居民的带领下,镇民们奋力阻止,那几户居民一家老小更是以死相抗,绝不撤离爆炸危险区,决心与石牌坊共存亡。造反派终因害怕闹出人命,悻悻而去。如今,炮眼仍在,但它再也不会迸发火光。

残缺的凄美

　　在石牌坊北向的一尊雄狮雕像底座上,当地人抚摸着一只海螺石雕告诉我,当年,此海螺可以吹响,且全镇可闻,可惜螺嘴已不知何时被敲掉。我凑近细看,海螺空腔,有一管道通向螺嘴处,看来,当地人此言应当不假。若真是这样,这石牌坊的雕刻技术之中,也融合了声学的原理,这应当是石牌坊的又一非凡之处。

　　遍览了石牌坊上的雕像,并从各种角度拍摄了照片之后,我信步绕了石牌坊一圈。不远处一堆均如斗大的石头,引起我的注意。一问得知,这是准备用来修复门柱前后被盗、被毁的7尊菩萨的头颅的。当地文管部门修复文物的良苦用心固然可嘉,但是,作为文物,残缺之美远远胜于粉饰后的浮华。罗马斗兽场遗址、北京圆明园遗址,不正是因为浑身布满的自然的、历史的伤痕,而令观者在震撼中深思、在深思中有所启迪吗?

　　这晚,我在九襄镇留宿。入夜,传来只有古刹里才会发出的悠扬钟声。一问,方知是从这座古镇一所始建于 1824 年的百年名校——省级示范中学汉源一中发出的。这百年钟声,如果能与百年石牌坊的海螺声交响,那该是多么美妙啊!

大相岭:踯躅在南方丝绸之路

古道,曾是大地母亲贲张的脉管,如今却萎缩得踪迹难寻。

这也难怪,连距秦汉仅数百年的唐代诗人李白,也对骊山道发出"咸阳古道音尘绝"的嗟叹,何况今人?因此,当我于那年秋登上汉源清溪镇大相岭山腰的羊圈门,准备一探目前蜀中保存得最完整的一段南方丝绸之路时,并没有奢望能一睹它2000年前的风采,而仅仅是想找一找在这条古道上行走的感觉,在遐想中将它复原而已。

古道废城

羊圈门所在的清溪镇,扼古驿道要冲。始建于秦汉时期的"丝道""茶道""盐道"在此交会。"丝道"自成都起,经雅安、荥经凤仪、汉源清溪、西昌至云南,再达缅甸和印度,史称"蜀身毒道",是当时的国际通道;"茶道"由雅安名山起,经汉源清溪、富林进入泸定,再达康定;"盐道"自乐山起,经峨眉、峨边、汉源九襄后与"丝道""茶道"在清溪交会,再入藏区。加之此地与民族地区接壤,是历代的边关前哨,因此,汉武帝在此驻军筑垒,唐代韦皋、李德裕又先后增置三堡,至五代后蜀,王建为确保清溪安全,又在清溪以北几里路外的大相岭山腰,大兴土木建筑城池,命名为王建城。后人根据其谐音称"羊圈门"且误传至今。

王建古城遗址坐落在一块几千平方米的狭长坡地上,如今是"5·12"汶川大地震后清溪镇新黎村的一个村民集中安置点,有一条很窄的新路与108国道相连。我们驾车穿过整齐漂亮的村民新居后,新路突然中断,南方丝绸之路在迷雾中隐隐约约展现在我们眼前。

刚一踏上古道,沧桑之感便扑面而来。夹道迎接我的,是一处处早已没有屋顶的残墙断壁。这些或是民宅、或是驿馆、或是营垒的建筑残迹,被风雨剥蚀得奇形怪状,有的似庞大的动物僵尸,有的呈死而不倒的人物状。在它们并无多少养分的躯体上,却爬满了生生不息的青藤野草。

不知从什么时候起,这些曾经的人声鼎沸之地,连同它赖以生存的古道,被历史遗弃了,并且遗弃得如此彻底。令人感觉有点生机的,是这些断壁之下的宅基地上的一株株绿油油的花椒树,树上残留着零星的鲜红的小果实,那是花椒在树上时的模样。

刚出羊圈门的这一段南方丝绸之路,铺路石稀稀落落。如果不是它们被2000年的路人的脚掌打磨得光溜溜的,在夜雨后熠熠发亮,是不容易令人产生古道的联想的。

前面的路,到底怎么样?

路石巧镶

我此行的目标,是距羊圈门约10公里的大相岭海拔约2900米的垭口草鞋坪。

南方古丝绸之路

大相岭俗称泥巴山,是四川盆地与西昌谷地之间的天然屏障。蜀汉丞相诸葛亮数次率大军翻越大相岭南下,平息民族纷争,让各族人民安居乐业。人们感念其恩德,将此山称为大相岭。而草鞋坪既是荥经和汉源的行政区划分界线,又是地理上的分界线。荥经那边湿润,汉源这边干燥,古时往来的背夫们到此,都会停下来换双草鞋,草鞋坪因之得名。南方丝绸之路雅安段最为艰险的24道拐,便位于羊圈门和草鞋坪之间。

古道在大相岭余脉的山腰向上蜿蜒,一侧是被大自然的利斧深劈而成的峡谷,峡谷里坡度很大的河床中的河水流向山下的清溪镇,成为半环绕该镇的天然护城河;古道另一侧,是距山脊数十米相对高度的陡壁。倚山临水的古道,实为南下北上的咽喉要道。

渐渐地,古道上的石板越来越连贯。准确地说,是石块越来越密集。约2米宽的这一段南方丝绸之路,是用不规则的石块铺成的,乍一看似乎是随意所为,细看却不难发现,那些呈各种几何图形的石块,如拼合的七巧板一般,你依我靠,不留大的缝隙。从路上的石块缝隙中挣扎而出的野草,似绿色的颜料,将不同石块的轮廓线勾勒得十分清楚。当然,石面是溜光的,一些较大的石块上,有着手掌般大的凹痕,那是马蹄印;在一些凹进去的崖壁下,则可见背夫们留在古道上的"拐子窝",这是他们歇足时,拐子无数次地拄在同一个地方留下的印迹。

行进了约2公里,只见道上有一处横陈着几排大小相同的方块路石。据当地人介绍,这是当年的关卡遗址,相当于当今公路上的收费站。其实,它的功能应不止于此。作为临近边关的这条重要通道的关卡,应该还有防匪防谍防叛逃的职能吧。

这些整齐的方块路石,实际上是关卡岗楼的基石。它们明显地高出路面,由此也可以想象当年的关卡建筑是坚实高大的。细察关卡所处的具体位置,其一侧紧邻峡谷深渊,另一侧是不可绕行的陡壁,不但可有效地防止刁民冲关,也可抵挡一般的武装攻击。

再继续前行,大相岭以南的干燥热空气与以北的阴湿冷空气在这高海拔处交汇,所产生的云雾越来越浓,能见度越来越差,气温也骤然下降。

当我暗自庆幸,绵延不断的铺路石,能够安全、准确地把我送到目的地时,一个疑惑也油然而生:这就是因为广为流传的"王阳回车""王尊叱驾"的典故,从而根深蒂固地使从古到今的人们视之为畏途的古道吗?

据《荥经县志》载,西汉时,一位名叫王阳的益州刺史到郡县巡察,途经大相岭。在"九折坂"处,他不敢前行了,怕自己滑坠崖下丧命后,家中老母无人侍奉。他留下"逢先人遗体,奈何数乘此险"之言,回车而去。王阳的继任者王尊同样在下基层途中路经大相岭,他知道"王阳回车"的旧事,便问随行人员:"此非王阳所畏道耶?"下属答道:"是。"王尊即令驾车的驭手道:"驱之(开车过去),王阳为孝子,王尊为忠臣!"

"二王"的抉择迥然相异,各有各的道理,但都在证明,大相岭之路奇险难行。

山洪断道

与峡谷并行的古道上的石块,在我眼前突然消失了,前方10多米外深沟横亘。原来,古道在此呈"之"字形折向山上,连续如此。

在这斗折蛇行的道上攀行,其平缓的坡度并不令人感到累,反倒少了一些单调的感觉。道路两旁的植物,在初秋时节呈现多彩的颜色:一些灌木在大相岭的冷雾侵袭中,早早地呈现出红叶;一簇簇齐腰深的蒿草,挂满豌豆般大的金黄色草籽;一株株仅一人高的低矮的高山杜鹃,其如同涂了一层蜡油的树叶,被山雨洗涤得绿如翡翠……由于渺无人迹,灌木丛中、蒿草堆里,不时枝摇叶晃,那是被我惊动的山雀在向更深处躲避。一些稍大的鸟类,如斑鸠、喜鹊则被惊飞,掠过我的头顶向更高处而去……

当年车来人往、交通繁忙的南方丝绸之路,归于原始的寂静、无边的寂寥。历史,在这里再不会有轮回。

当古道又折向峡谷边时,又不见了。它被峡谷里历年陡涨的山洪冲断。我驻足细看,原来沿峡谷而建的数十米长的道路的铺路石,已无影无踪,只留下一尺多宽、只见土壤的松软路基,如一条细绳索悬吊在崖壁上,在它的下面,是相对高度约10米的山涧,此时涧水不深,露出嶙峋的乱石,人一旦掉下去,不会淹死,但必定摔得血肉模糊。

迟疑片刻,我侧着身子,小心翼翼地挪过了这段坍塌的古道。这是不是"王阳回车"之处,王尊又是否在此令驭手"驱之",当然无从考证了。因为2000年来地质结构的变化,2000年来历朝历代对这条国际大通道的不断维修、加固和拓宽,它与王阳们所处的时代相比,除了路径没有变化,其模样今非昔比了。

这一小段本不该消失的古道消失了,但它也是幸运的。因为它不是毁于愚昧无知的人为破坏,而是重归山水的怀抱,寿终正寝。

背夫悲歌

雾越来越浓,寒气越来越逼人,脚下的石块也越来越湿滑。周边的逶迤山岭,已与我所处的位置一般高,我如同腾云驾雾。

这时,我想起在羊圈门停车时,一位老人摆的龙门阵。他说,大相岭上的这段丝绸之路,历来都是背夫最畏惧的路段,其主要原因还不是道路崎岖,而是山上多变的天气,经常雨雪骤降,路面很快结冰,负重而行的背夫稍不小心便滑向深渊或撞向崖壁。

当年的背夫中,流行着"沟死沟埋,路死路埋"的规矩。大相岭南方丝绸之路沿途那些没有坟头的背夫长眠处,隐含着多少悲凉与无奈。如今翻越大相岭的108国道,也因秋冬季节路面随时结冰,而令驾车者谈路色变。

当我从一团浓雾中钻出来时,眼前豁然开朗,一小块绿茵茵的高山草甸映入眼帘。令我欣喜的是,草甸上有一排碎石为墙、油毛毡盖顶的羊圈。羊圈旁,矗立着一架锅盖般的卫星电视接收天线。这是我跋涉一个多小时所见到的唯一人迹。

狗吠声中,柴门开了,一位模样斯文的小伙子走了出来,用好奇而又警惕的目光打量着我。

很快,我们便友好地聊了起来。这位年轻而有文化的羊倌,在草甸上放养着100多只真正的生态山羊,他对这另辟蹊径的生财之道满怀信心。

他告诉我,这里是大相岭南北的界线,也是汉源与荥经交界处。由于过于荒僻,已多年无人定居,因此两县的具体界线在哪里谁也说不清楚了,只有这个称为草鞋坪的垭口,成为约定俗成的是否翻越过大相岭的界点。

在这一段南方丝绸之路上,像草鞋坪这样由背夫们随口命名的地方沿途皆是,如剑杆坡、倒插坡、九折坂、24道拐等。这一个个令人毛骨悚然的地名,类似当今公路上危险路段的警示牌,是背夫们的断魂之处、亡命之所。

当年的背夫行进在这条古道上,远不是当今驴友穿越那样潇洒豪迈。他们背负超过自身体重的盐、茶、丝绸、药材,脚穿草鞋,手拄T字形木杵,依靠从一块玉米粑、一捧山泉吸取的能量,一天仅能如蝼蚁一般在这险恶的道路上跋涉几公里。他们每一次生死叵测地离妻别子出门,行期起码在一个月以上,甚至长达半年。

这位年轻羊倌告诉我,过去这道上背夫络绎不绝,也就催生了沿途众多的幺店子。如今道旁任意一个稍为平坦之处掘地一二尺深,便会看见炭渣,这是人居的典型特征。

古道上,背夫弓腰驼背的身影,骡马不堪重负的嘶鸣,已隐入历史的深处。它遗留下来且广为传扬的,是蜀汉丞相诸葛亮数次经此,南征孟获、平定南中的传奇故事;是元代忽必烈以"斡腹之举",率大军经此南下强取云贵,以攻击南宋腹地的惊世之举;是辛亥革命中雅安同志军在此阻击自云南回援成都的万余清军精兵,从而保卫了四川保路运动的壮烈事迹……

2000年来,那些逝去的和未逝去的,共同以他们泪浸的梦想、血染的壮志,在大相岭的莽林群山之中,在南方丝绸之路的险道深壑之上,凝聚成挥之不去的古道神韵和辉煌。

恩阳：巴山深处小上海

老虎土灶、长嘴铜壶、搪瓷茶盅的老茶馆，朱红门面、大红灯笼、庭院深深的老栈房，高低错落、瓦黑墙白、窗棂雕花的老民宅，青石铺路、石阶起伏、蜿蜒悠长的老街巷……这是在 21 世纪第 12 个年头，我走进川东一个古镇看到的场景。

这个古镇 1400 多年的历史，令川内多数古镇相形见绌。它隐匿于巴山深处，掩面于巴河之滨，固执地把岁月留在过去。它，便是恩阳镇。

骑墙柜台百年楼

恩阳悠久的历史不是传说。远在南北朝梁武帝普通六年(525 年)，此地始置义阳郡，同置义阳县，郡县同治；隋开皇十八年(598 年)改义阳县为恩阳县。四川古镇大多临河，在当时图的是交通方便。恩阳也不例外，它建在恩阳河与巴河交汇处的坡地上。巴河上达广元旺苍，中下游便直通重庆的渠江。因此，恩阳在相当长的历史时期，便是川东北大巴山深处的物资集散中心、车来人往的水陆大码头。

明清时期的恩阳达到极盛，有 3000 多名商贩常年来往于此，镇内的商号有 150 多家，客栈、茶房、酒家数百家。民国初年，处于回光返照时刻的恩阳，终于赢来"小上海"的美誉。

1000 多年的积淀，总会留下难以磨灭的印迹，哪怕是一砖一瓦。恩阳目前的老街旧巷，便是遗世而存的天然历史博物馆，细细浏览，仍可看见当年辉煌的余晖。

老场街是恩阳保存得较好的老街之一，它临街的民居均为一楼一底，底层以青砖为墙，木门雕花窗，阁楼为纯木穿斗结构且向街心延伸。放眼望去，户户相连的阁楼如空中长廊。人在阁楼下的街沿上行走，既不会淋雨又不会晒太阳。阁楼临街一侧的栏板上，雕有花鸟虫鱼的图案，令行人感觉漫步于画廊。

这风格、工艺、形制一致的老场街民居，如同夹道的联排别墅，整齐划一得

恩阳街景

令人感觉它老得不真实。

我从住户口中才得知,这条街是当年恩阳一大户人家的彭氏兄弟筹资而建。兄弟俩不但考虑到外观的统一,并且观念超前,以经久耐用的青砖为墙,并使这些半砖半木的建筑在样式上和谐自然。除此之外,为避免街道笔直给人带来的单调、生硬之感,整条街的走向呈一条平滑的弧线,令人有移步换景的新鲜。

这条街对摄影人来讲,可以很方便地取景构图,很容易地拍出幽深古朴的效果。能出资规划修建一条街的超级富豪,除了"小上海"恩阳,其他地方恐不多见。

另外两条老街——油房街和姜市街——的房屋,则给人另一番景象。

顾名思义,这两条街以作坊和商铺居多,属商业区。其临街的铺面,多以可拆卸的木板为门面,最有特色之处,便是随处可见的伸出门面的骑墙柜台。这些骑墙柜台齐腰高,以砖石垒砌黄泥巴抹面。店主在早上开张之时,只需卸去骑墙柜台上的铺板,将商品直接摆放在台上即可叫卖。与活动的木柜台相比,这些堪称永久性的泥石柜台既牢固,又节约成本,且免去了每天临时安置柜台的麻烦。

这些令人鲜见的骑墙柜台,是当年恩阳闹市的缩影。

这两条街的老屋高低错落,一般为两层或三层。居民告诉我,年代最久远的,是油房街转角处的一座四层木屋。我知道,古时纯木结构的建筑,囿于技术、材料及工艺因素,除了王宫御殿、名刹书院,多层建筑一般是不多见的。当我们见到这幢并未东倒西歪的百年四层木楼时,不免面露惊诧之色。居民见状,实话实说地解释,这些老屋的三楼或四楼,大多为假楼,并不承重,主要起装饰作用。

不论这些纯木结构高楼是真是假,恩阳人修屋建楼显然不仅是安居,同时也追求视觉的享受。这座千年古镇深厚的文化底蕴和富裕的物质生活,由此可见一斑。

恩阳的一条名叫正街的老街,是四合院较为集中的街区。似乎是当年城镇的规划者有意要打造一条避免车马喧闹的步行街,此街依坡势而起伏,每步行一小段,便有若干级石阶恭候。拾级而上再行一段,又踏阶而下。如此轮回,令人有浪中行船之感。

这些四合院有二进式和三进式,前院大多置有鱼缸、花坛,后院大多有花园、假山。有的堂屋里还摆放着八仙桌及太师椅。穿过堂屋,往往又要上几级台

恩阳民居

阶,才进入四合院的第二进的天井里。天井周围的房屋,则是房主一家的卧室。

恩阳民居的窗户皆为正方形。以蝙蝠作为窗雕,是恩阳木窗花的一大特色。据说,蝙蝠寓意生意兴隆。因商而兴的恩阳,当然要靠它来护佑了。在正街街口的一座四合院的一楼一底的堂屋阁楼上,保存着完整的蝙蝠窗雕。只见一米见方的窗棂上,居中是一只展翅欲飞的大蝙蝠,四角各有一只稍小的蝙蝠,似围绕大蝙蝠飞翔。这座四合院,是游人和摄影爱好者必去的地方。

提糖麻饼十大碗

俗话说,留住了人的胃,才能留住人的腿、留住人的心。作为一个商贾云集之地,要保持恩阳的长盛不衰,餐饮业的兴盛就在情理之中。

在恩阳的一条主要街道上,我看到一家门面古朴的餐馆,名曰"十大碗"。这不免令我有些诧异。因为在川北乡镇,婚筵寿筵的宴席称为吃九斗碗,后泛指以丰盛的菜肴招待贵客。这餐馆取名十大碗,即便不是哗众取宠,也未免画蛇添足了吧。

陪同的当地人见我面有不屑之色,自豪地告诉我,正因为恩阳有着长久的繁荣,才有底气将传统的宴席称为十大碗。接着,他详细地介绍了在恩阳乡镇流行了许多年的十大碗的各色菜品。

十大碗以十个菜为满席,以碗盛菜。十大碗的菜肴以蒸煮为主,主要是考虑到客人多、轮次多、时间长、炒菜就来不及。

十大碗主要的菜品有刀口丸子、龙眼肉、坨子肉、大酥肉等。有一句顺口溜,将所有的菜品一网打尽:品鸡鱼扣酥佘坨,海带凉菜虾米汤。品是指品碗中类似烧三鲜什锦的菜品,其中有肉丸子、响皮、肚片、心片、肝片,以红白萝卜垫底;鸡是指将去掉头脚的鸡与芋儿同烧;鱼是指糖醋鱼和油炸小鱼儿;扣是指蒸肘子和甜烧白、咸烧白;酥是指水酥肉;佘是指粉蒸肉;坨是指坨子肉;海带是指海带丝和笋丝;虾米汤则复杂一些,是在原汤中添加酥肉屑、鸡蛋花儿、黑木耳、肉臊,上桌时再撒上香菜而成。

在这些菜肴中,以刀口丸子和虾米汤最具特色,色香味俱佳。这两道菜,也是衡量十大碗做得是否有水平的主要标志。

旧时恩阳的富豪大多乐善好施。他们在请人吃十大碗时,往往另设乞丐席以对穷人进行施舍。有意思的是,乞丐席就只上八个或九个菜。

十大碗并非注册商标和专用品牌,就好比人们称呼农家乐一样。它作为恩阳的饮食文化遗产,还将世世代代流传下去。

恩阳的提糖麻饼，是当地最负盛名的小吃，据说已有 500 多年历史。我在大石坎街一家正宗的提糖麻饼店看到，刚出炉的提糖麻饼色泽金黄，形如满月，面上粘满密密麻麻的白芝麻，散发着诱人的脆香。我慕名买了一袋。一品尝，其黄而不焦，皮酥心脆，香甜化渣，芝麻味浓郁。

店主的口头广告，是这样介绍提糖麻饼的：主料选用精磨面粉、优质糯米，辅料选用本地红糖、芝麻、香油；制作工序有 72 道，一道不少，道道精细。因此，这饼子不仅名扬川东北，陕西、湖北也时常有人前来品尝。

小小的恩阳镇内，至今还有近百家茶馆。人困口渴，我踱入正街一家没有招牌的茶馆。圆木柱支撑着纵横交错的檩梁的大堂屋内，一束束从屋顶的亮瓦透射进来的光亮，把屋内分割成或明或暗的空间；老虎灶上的一溜铜壶壶嘴吐着蒸汽，发出吱吱的声响；靠篾笆子墙的一排可坐可卧的马架子，竹片已磨得油亮；一道没有门扇的屋门外是一个四方天井，井沿长满青苔，井中是假山盆景。

如同大多数偏僻乡镇都很少看到年轻人一样，茶馆里更是清一色的抽叶子烟打长牌的老人。皱纹深深的面容与漆色斑驳的木桌，似乎印证着老茶馆快要走到历史的尽头。

环顾四周，墙上居然挂着多幅茶馆内景的黑白照片。照片所呈现的场景，居然比我现场看到的还要古老。这是一些慕名而来的摄影家及当地摄影爱好者的杰作。这些凝固的、逝去的与生动的、现存的交相辉映，令人仿佛走进了鲜活的老茶馆博物馆。

口渴难耐，但我却难以落座。因为茶馆里的茶具，是已多年不见的搪瓷茶盅，盅内不但镀着深褐色的茶垢，且许多茶盅口的一圈搪瓷，已被无数茶客的牙齿嗑掉，露出金属的色泽。有的茶盅身上，语录、口号等"文革"印迹还清晰可见。

我试问老板是否有盖碗茶，老板说有，不过盅茶只要 2 元，盖碗茶要 5 元。我又问何故，老板回答，盖碗打烂了不好意思要人赔，搪瓷盅经久耐用嘛。

如此精打细算的低成本经营，与旧时一句"早晚恩阳河"所蕴含的兴隆，真有天壤之别。当年，南来北往的客商途中相遇时互问哪里歇，均以"早晚恩阳河"作答。无论是从重庆经水路到巴中，还是从广元经巴中下川东，不管时间早晚，恩阳这个大码头是一定要赶到的地方，因为这里有慰藉乡愁的茶馆和大快朵颐的美味佳肴。

话说回来，正因为恩阳茶馆深厚的底蕴，才有今天的余韵袅袅。于是，我要了一碗盖碗茶，并且让自己的身体舒适地蜷曲在马架子上。

手工茶略带几分苦涩却清香四溢，使我在这个只有老人的天地，在这个没有任何现代化设施的空间,享受着宁静和与世无争。沉醉中,我似有所悟:生命力长久的生存状态,就应该这样,纯粹而简单。

红军遗迹处处见

恩阳镇不仅老,而且"红"。在它的大街小巷,有一道道亮丽的风景线——红军遗址和红军标语。1932年12月,中国工农红军第四方面军由鄂豫皖经陕西进入川北,建立了川陕革命根据地。川陕革命根据地极盛时期的区域达4万平方公里,拥有23个县市、500万人口,成为当时全国的第二大苏区。

处于川陕革命根据地中心地带的恩阳,是红四方面军建立的仪阆县、恩阳特别市所在地。在恩阳的苏维埃政权机构达13处。

在红军遗址最多的上正街和下正街,立有原中共川陕省仪阆县委、恩阳县委、恩阳县革命法庭、红军经理处、恩阳财政委员会等各类机关遗址纪念碑。

恩阳古石桥

　　1935年红四方面军战略转移后，当地老百姓想尽办法保护这些遗址，有的甚至为之付出生命。因此，我们看到的几乎每一块纪念碑后面的遗址，都与其前后左右相邻的民宅融为一体，看不出被摧毁的痕迹。

　　在"川陕省恩阳县苏维埃"的四合院里，当年红军镌刻在石柱上的"斧头劈开新世界，镰刀割断旧乾坤"对联赫然在目。石台阶立面的"只有革命，才是出路"的标语，是红三十军政治部镌刻的真迹。在其余的各处遗址内，都有类似的石刻标语被保存下来。

　　行走在街巷中，红军遗迹抬头不见低头见。一处处或镌刻在石墙上，或镌刻在屋基上，或镌刻在门枋上的红军标语，大多数保存较好，少数遭国民党政权毁坏的，也大致可辨认出标语的内容。

　　当年的红色堡垒、红军摇篮的恩阳，不由得令人相信星星之火可以燎原。在漫漫长夜里、在腥风血雨中，具有崇高理想的人，必然会迸发战斗的豪情；具有坚定信仰的人，必然会进行殊死的抗争；不愿做奴隶的人，最终才会成为真正的人。

　　红军精神、红军文化，为古朴的恩阳平添了一抹凝重，也使深闺中的恩阳多了一分别样的魅力。

木门寺：米仓道上生死劫

如果不是近年在旺苍的木门寺发现唐章怀太子的晒经石，始建于南梁、重建于唐贞观年间的木门寺，恐怕仅为中共党史研究者所知。

1933年6月，红四方面军在这里召开了堪称川陕革命根据地的"遵义会议"的"木门军事会议"。其实，熟读三国的人对木门寺应该略有所闻，曹魏一代名将张郃，便是被蜀汉丞相诸葛亮设计射杀于该寺附近的木门道中，此次战役《三国演义》有精彩描述，《三国志》有翔实记载。

木门寺所在的木门镇，古时曾有长达547年置郡州县的历史。它扼"上通秦陇，下达蜀州"的米仓道上一段险道木门道，有"五山拱卫"之雄，"三水环抱"之险，故成为历代兵家必争之地。

红军新生地

从广巴高速木门镇出口下高速公路，车行两三公里便进入木门镇。木门寺便位于镇南的半山腰。该寺背倚青龙寨，前临金鱼河，四周古木参天、翠竹葱茏，环境清幽且视界开阔。徐向前回忆初入木门寺的感觉，"像是进入世外桃源一般"。

展现在我眼前的这座占地面积3460平方米的寺院，其大殿为清康熙年间在原地重建，正殿为五间，庭院开阔，仍有几分千年古刹的气象。而徐向前题写的"木门会议会址"的匾额，却明白无误地提醒人们，这普度众生之地，曾有过一场生死的较量。

1933年2月，西北军事革命委员会主席张国焘，在川陕省第一次党代表大会上发动反"右派"斗争，把那些对其有过意见的干部诬为"右派"，这些干部的所作所为是"反党运动"，并据此进行"肃反"。

在此期间，仅红四方面军独立师，便有师参谋长、政治部主任等数十名营以上干部被逮捕、杀害；73师被逮捕400余人，杀害100余人……早在鄂豫皖根据地时就发生过类似事件，惨痛的教训使红四方面军干部进行了层层抵制。

李先念接到保卫局送来的黑名单一看,多是久经考验的老兵,甚至包括自己原来的警卫员。他愤然将名单塞进口袋道:"不要管,等打完仗再说!"徐向前打电话质问时任红四方面军总政委的陈昌浩:"我们的部队从鄂豫皖打到四川,是拼命拼过来的,哪来那么多'反革命'嘛!弄得人心惶惶,仗还打不打、命还要不要?"

6月底,川陕革命根据地主要领导人张国焘、徐向前、陈昌浩、王树声、李先念等100余名干部,在木门寺召开会议。会上,许多师团干部怒火中烧,强烈要求停止"肃反",并严惩罪大恶极者。一番斗争后,陈昌浩承认错抓了一些人,同意停止"肃反",将错抓的人放回。陈昌浩的表态,促使会议做出了停止军内"肃反"的决定。这在红四方面军的历史上,是前所未有的。会议同时决定,将红军的四个师扩充为四个军。此后,红军由入川时的16000人迅速发展到40000多人,使川陕革命根据地成为全国第二大苏区。

木门寺于1988年建成"木门会议陈列馆"。当年的会议大厅、徐向前和陈昌浩的办公室、警卫连及保卫局的住房,均按原貌布置。馆内陈列着400多件珍贵的革命文物和照片、图表,真实、具体、生动地再现了红军在旺苍近两年半的战斗历程。

馆内一幅"赤化全球"的石刻标语,吸引了我的目光,激发了我的思绪。我在川陕革命根据地的其他地区,见过多幅"赤化全川"的红军标语遗迹,但这幅标语,内容更具魄力,更令人震撼。它与《国际歌》的"一旦把他们消灭干净,鲜红的太阳照遍全球"异曲同工。由此可以看出,红四方面军的高层领导早已不满足于偏居川陕一隅,而是放眼全国、放眼全世界。如此豪迈的气概和高远的境界,源于红四方面军的兵强马壮和革命必胜的坚定信念。试想,成天被撵得如鸡飞狗跳般的散兵游勇,自身尚且难保,哪里还会顾及全人类的水深火热呢。

据介绍,这幅"赤化全球"石刻标语,原为镌刻在木门镇城门的一幅"斧头劈开新世界,镰刀割断旧乾坤"对联的横批,红军西渡嘉陵江战略转移后,国民党捣毁了镌刻于城门的对联,而横批由于当地百姓及时隐藏而得以幸存。据了解,"赤化全球"石刻标语,在整个川陕革命根据地仅此一件。

陈列馆大门门廊两侧,立有徐向前、李先念的题词碑刻。陈列馆四合院里100多幅红军石刻标语组成的红军碑林,蔚为壮观,如一队队整装待发、疆场赴死的壮士。其内容或慷慨激昂,或发人深省,犹如一部宏大的革命史诗。

太子晒经处

出木门寺大门,只见左前方数十米开外,一块约20立方米的巨石,突兀地卧在一块大菜地里。这巨石便是唐章怀太子李贤曾经晒经之处。

李贤在此逗留并翻晒经书,并非偶然。古名老鹳寺的木门寺,位于除金牛道以外另一条由陕入川的重要驿道米仓道上,南来北往的商贩走卒、文人墨客,大多要到此烧香祈福或留宿休整。唐贞观年间木门寺被敕封"广福禅院"后,香火更为兴旺。

公元680年,唐太子李贤被其母武则天贬为庶人。682年,李贤被流放巴州。从长安到巴州,米仓道最为便捷,木门寺也成为李贤的必经之地。

木门寺慷慨地接纳了这位落魄的太子。白天,李贤习佛诵经、与方丈并肩翻晒经书;夜晚,李贤不耻下问、与方丈秉烛长谈。李贤的横溢才华和仁厚之心,令方丈深感钦佩。在这里,李贤呼吸着深宫高墙中得不到的自由空气,内心的惆怅

木门寺晒经石

和郁闷,也就无所顾忌地倾泻而出。于是,一首表明自己心迹的七言绝句便脱口而出:"明允(李贤的字号)受谪庶巴州,身携大云梁潮洪。晒经古刹顺母意,堪叹神龙云不逢。"

故事到此并未完结。两年后的684年,唐代著名才女上官婉儿前往巴州看望李贤,在木门寺留下的一首诗,使这一出悲剧更为凄婉,更为扑朔迷离。

早在公元677年,14岁的上官婉儿已出落得妖冶艳丽,秀美轻盈,且天生聪慧,过目成诵,文采过人,下笔千言。也就在这年,武则天召见上官婉儿并当场命题让其依题著文。上官婉儿须臾而成,其音韵珠圆玉润,其书法秀如簪花。武则天看后大悦,当即下令免其奴婢身份,让其掌管宫中诏命。此后,武则天所下制诰,多出自于上官婉儿的手笔。

上官婉儿不仅是武则天文笔上的得力助手,并代朝廷评品天下诗文。后人对其文其人评价很高,甚至称其为"巾帼宰相"。

这期间,情窦初开的上官婉儿,在深宫里见得最多的男人,除了皇帝李治,恐怕就是时年24岁的李贤了。因此有这样的说法:婉儿是李贤的侍读,与"容止端雅"的李贤之间产生了爱情。

上官婉儿赴巴州看望李贤,是公干还是出于私情,不得而知。事实是上官婉儿到达木门寺时,便听到李贤被害的消息。于是,在如血的残阳里,上官婉儿想到了当初两人在楼台阁榭间的絮絮私语,在花丛中月影下的柔情蜜意,更想到了自己当年违心拟就的废黜李贤太子位的那份诏书……于是,百感交集的她,用颤抖的双手摩挲着留下李贤足迹指痕的晒经石,题写了《由巴南赴静州》(唐时木门镇称静州)诗:"米仓青青米仓碧,残阳如诉亦如泣。瓜藤绵飚瓜潮落,不似从前在芳时",以怀念太子李贤,并命人修建亭子为晒经石遮风挡雨。

木门寺的晒经石,文物专家证实是唐朝真迹。我看到,这晒经石是在巨石上凿成一级级台阶而成。在台阶的立面,密密麻麻地雕刻着酒瓶般高的佛像,共700多尊。这些小佛像虽已严重风化且被苔藓覆盖,但我用指甲轻轻抠掉苔藓,仍可看出其形象各异、技法圆润。而石上的亭子,则于早年毁于战火。

蜀魏血战场

木门寺所在的木门道,是米仓道上最为重要的路段,尤其是蜀魏相争的时期,一旦魏军穿越了木门道,便可迂回包抄蜀汉政权的川北军事重镇剑门关。东汉建兴年间,蜀汉大将魏延在木门道上鏖战曹魏大将张郃,留下众多的遗迹和传说。

张郃是曹魏勇冠三军的大将,尤其是三国后期,"蜀中无大将,廖化充先锋",蜀军中无任何人能抵挡张郃。于是,诸葛亮苦心设计,一定要擒杀张郃,除掉这心腹大患。

蜀汉建兴九年(231年),诸葛亮第五次兵出祁山无功而返,退兵途中被张郃穷追猛打。深知"骄兵必败"的诸葛亮就势派魏延、关兴轮番拦截张郃而又轮番诈败,使张郃骄兵更骄,从而将其诱入木门道中一段两边绝壁的峡谷里。当张郃发现中计为时已晚,山上木石齐下,阻断了归路,蜀军万箭齐发,将张郃射杀。对此,《三国演义》第一百零一回有精彩描述;《三国志》有确切记载:"诸葛亮复出祁山,诏郃督诸将西至略阳,亮还保祁山,郃追至木门,与亮交战,飞矢中郃右膝薨。"

在木门寺北面有一座山,与木门寺隔河相望,直线距离不到千米。此山名叫得胜山,山腰一处名叫立寨嘴的地方,便是当地人称的"射郃坪",也就是张郃殒命处。距"射郃坪"不远的延战街,便是魏延佯装激战、拦截张郃之处。除了这些根据史实沿袭至今的地名,各种精彩的传说就更多了。如傍镇而过的金鱼河,旧时叫火箭河,传说诸葛亮命魏延率数千人马驻守火箭河两岸,等魏军一到,两岸"火箭"齐发,使河谷变成了火的壕沟,从而大败魏军。在木门镇杏垭村有一块巨石,据传张飞与张郃单挑,张飞曾立马于此石,故名"张飞石"。据载,张飞此战与张郃大战三十回合不能取胜,遂佯装醉酒骗得张郃前来偷营,使张郃中了埋伏而大败。

木门道上,除了金戈铁马、刀光剑影,也留下了无数墨客骚人的风雅之声。诗圣杜甫陪西川节度使严武、王侍御由阆中前往巴州途经木门道,写下了《陪王侍御同登东山最高顶宴姚通泉,晚携酒泛江》的长诗;诗仙李白在其好友郗昂谪任清化县尉时(隋代至宋代木门镇为清化县治),题写了《送郗昂谪巴州清化县》的送别诗。而对木门道荒僻难行最直接的描述,当数唐零陵王李明的长子李俊的《过木门道》诗:"离去京门入剑门,巴中阆苑暮色深。西风骤护马前路,添得寒林鸦数声。"

木门寺里的爱恨情仇已融入晨钟暮鼓,木门道上的鼓角钲鸣已化为牧笛悠扬。如今的木门镇,又成为徐向前元帅所说的桃花源。

三多寨：盐业大亨的天堂

人们乘坐内昆铁路的列车,从内江刚进入自贡地界时,只见连绵不绝轮廓舒缓的丘陵之上,几座挺拔的山峰如天外来客赫然在前。这几座山峰海拔虽只有500米左右,但在低矮的丘陵中突兀而立,也堪称险峰了。随着列车半环山而过,乘客们会惊奇地发现,这些峰峰相连的险山,围成一座酷似以山为墙的古堡。

这些山峰之巅,的确有一座古堡,它便是闻名川南的三多寨。

盐商豪宅

三多寨为何要建在这摩天接云、交通不便的山巅,这还得追溯到遥远的1851年。

太平天国起义爆发后,自流井那些富甲巴蜀的大盐商们,预感到可能来临的灭顶之灾。逃亡或迁徙,当然是一种选择,但搬不走的盐井里流淌的盐水,那可是白花花的银圆。他们选择了坚守,纷纷商议筑寨自保。几年后,云南人李永和、蓝朝鼎的农民军由滇入川,极度的危险实实在在地迫近了。于是,他们将口头商议付诸行动,由几户盐业大亨牵头,在地势险要、森林茂密的牛口山,建成了一座如同城池的寨子。

落成于清咸丰九年(1859年)的三多寨,占地1.25平方公里。4600多米长的一圈寨墙,将大盐商们的生命和资产严严实实地保护起来。高达10米的寨墙以及墙外数十米深的悬崖,令一般的土匪强盗望而生畏,即使是起义军兵临城下,也不可能轻易将寨堡拿下。

建寨伊始,自贡一带的巨商富贾、官宦士绅,便纷纷在寨内选点定址,营造府第。至寨子落成,寨内已建成中式庭院、西式洋楼、中西合璧的府第共300多座,大多以"堂"命名。这些建筑有一小部分遗存至今,集中在三多寨的东门。

建于清代晚期的安怀堂,其主人是刘臣举。安怀堂大门为四柱牌楼造型,门上作两额,上额为五角星,取自辛亥革命士兵军帽帽徽图形,寓汉满回藏蒙五族

三多寨雄姿

共和之意;下额为"彭城弟"大写拼音。江苏彭城是汉高祖刘邦发祥之地,"彭城弟"则说明安怀堂主人是刘邦后裔。

安怀堂的刘家,当然不可能再现汉高祖式的辉煌,但也走出了两个在中国近代史上留名的人物。一个是刘臣举的孙子,原国民政府钞票"中央银行"四个汉字的书写者刘君慤;另一个是刘臣举的义子,维新变法的"六君子"之一的刘光第。

一座两层楼的城堡式建筑叫退思堂,其主人为李振亨。经近几年修缮的退思堂,其院门为中式双扇宫门,门沿有二龙戏珠的浅浮雕,门额上书"退思堂",门联为今人撰书:"退享三多朝夕邦家在念,思罗八极古今天地为怀。"

当地至今还流传着李振亨、李振修向清道光年间四川学政何绍基求字的故事。李氏兄弟因盐致富后,欲使门面生辉,以示富而不俗,广结自贡乃至省内文苑名人。李振亨颇费周折索得何绍基一副对联:"名高如月谁能毁,道本犹天不可升。"李振修见兄长索书成功,便亲赴成都向何绍基求字。鉴于其兄此前所遭遇的种种麻烦,李振修买通了何绍基的侍从,侍从告诉何绍基:求字者与你是同科举人。何绍基听罢,欣然命笔:"池边鼓瑟游鱼听,柳外敲棋睡露飞。"

退思堂曾藏一幅立轴画,画的是两只蝙蝠,据说是唐伯虎真迹。由于此画画技精妙,蝙蝠形象传神,挂在屋中吓得蚊虫也不敢来袭人。

此外,三多寨遗存的老宅还有一幢中西合璧的保善堂。其外形是纯西式建筑风格,平顶,青砖为墙,拱形窗户,并以贴墙的罗马柱作为外装饰,与寨内其他建筑截然不同。而庭院和房屋的内装修,则是四川民居风格。屋里屋外给人的感觉是两种不同的天地。

三多寨内这些老宅,有的经修缮基本恢复原样,有的在风吹雨打中岌岌可危,有的在改土造田中只剩下残垣断壁。他们的主人,已风流云散;他们曾收藏的名人字画、奇珍异宝,更是流失湮没。如今,这些昔日豪宅寂寞、孤独、凄凉的背影,留给游人的只是无尽的想象。

八景怡情

在三多寨内居住或避难的富商臣贾,在咸丰十年(1860年)李永和起义军攻进自贡盐场时,曾多达一千家。起义军退去后,这些富商巨贾们却不想离开了,因为方圆几百里,难得有这一处僻静清幽的世外桃源。于是,时称的三多寨"八景",便逐渐打造出来。

大盐商颜昌英的曾孙颜仿陶,作了一副长联张贴在桂馨堂的大门上,此长联的下联,概述了三多寨八景——八景世居三多寨,故乡绕乐事,任春去秋来赏不尽:双塘映月,峻岭横烟,仙洞云峰,马鞍曙色,古寺晓钟山晚照,泉香而滴翠,地灵人杰,悠游长在画图中。

"文革"期间,三多寨八景遭到破坏。如今逐步恢复的有快园梨花、十里荷塘、峻岭横烟、佛寺晓钟等。而目前最为吸引游人的,是寨内200亩梨园的1万多株梨树。因此,从休闲的角度看,三多寨的美,美在春花烂漫,美在梨花带雨。它和成都的春天桃花灿若云霞的龙泉山一样,成为自贡市民的后花园。

三多寨这梨花似雪的美景,源于100多年前一个叫颜辉山的人。

颜辉山是颜昌英的第三个儿子,在他掌管三多寨的宅务期间,在三多寨北门外坡地上栽种梨树数百株,名之曰"快园"。从此,三多寨人纷纷在房前屋后、田头地角、坡上塘边种植梨树,以至于发展到今天漫山遍野的规模。这些树干齐腰粗、树皮皱裂的老梨树,见证着三多寨的今昔,见证着岁月的沧桑。

我穿行于梨园之中,饶有兴致地聆听当地人对三多寨特有的糖梨的夸耀:

过去,每逢新年将至,人们便在梨树旁边挖出大坑,然后将童子鸡埋入坑中,并时常给梨树浇蜂蜜水。待到春暖花开时,这些梨树的花朵格外洁白、格外芬芳。当果实挂满枝头时,品尝其滋味,既有蜂蜜的甜润,又隐隐有鸡肉的鲜美。

如今,不仅在三多寨寨内的民居旁、山弯里、池塘边都有梨树的身影,在寨外的坡地上、山坳里更是梨树成林。桃花令人想到故乡的炊烟,牡丹令人想到都市的浮华,梨花给人的感觉,是远离尘世的高雅。因此,三多寨每年春季的梨花节,游人纷至沓来,好不热闹。整个的三多寨,都成了令人向往的"快园"。

坚固堡垒

类似于隆昌云顶寨、武胜宝箴塞的古堡式的三多寨,在战乱时期似乎免不了血腥的劫掠,似乎免不了数易其主的争斗。

但是,三多寨十分幸运,无论是太平军还是李永和的起义军,都没有攻打过它。甚至李永和一度在距三多寨仅几十里外的牛佛建立都城,三多寨都安然无恙。这其中有偶然,但也有一定的必然。因为三多寨的深壑高墙,成为企图吞食它的猛兽面前难以逾越的天堑。

为了在一定程度上求证那偶然中的必然,我花了近两个小时的时间,沿三多寨寨墙上的步行道走了一圈。说一圈不确切,因为北门至东门的城墙已荡然无存。但连接南门、西门、北门的寨墙基本完好,可以走通。

三多寨的南寨门是主要出入通道,也尤为陡险,当年仅靠300多级石梯通往山下。其寨门也最为高大,在山下二三十里外便能看见。南寨门两侧的寨墙下面是数十米高的绝壁,来犯者不要说冒着炮火箭矢进攻,即便无任何干扰地攀爬也难以逾越。在这一段寨墙上一边行走一边观景,视野十分开阔,有一览众山小的感觉。山下的农田、房舍、小道尽收眼底,令人心旷神怡。

西寨门两侧的寨墙时断时续,墙外的地势平缓了一些。墙外沿着墙根是一溜年代不久的民居,如同这庞大的城堡躯体上的寄生物。仔细观察发现,这些民居的房屋基脚石、院墙石,不少是取自于寨墙。三多寨的寨墙,没有在战火中玉石俱焚,却在本该颐养天年之时被贫穷和愚昧吞噬。

三多寨寨墙的修筑,确实花了血本,确实是百年大计的工程。仅是垒砌墙体的条石,其长度达到令人咋舌的1.5米,厚度、宽度也在1尺以上。无数块这般厚重的条石,围成了铜墙铁壁,当年筑墙工程的浩大,真是难以想象。尤其是保持原貌的西城门和东城门,其凛然挺立的风采,更是令我赞叹。

城门和城墙是单调的,它们没有雕梁画栋,没有奇异的造型,但是,它们触

三多寨老城墙

发着人们复杂的思绪和朴素的情感。因为它们是历史的非常时期的产物,是错综复杂的历史进程的缩影。

遗憾的是,我没有看到史料记载的寨墙上的24座炮台,只有残存的一个个枪垛,如巨兽的七零八落的利齿,向人们展示着三多寨的余威。据介绍,当年三多寨内的地方武力也不可小视。人员的装备包括火药枪、劈山炮、罐子炮等,且能自造十发连枪和弹药。

俗话说:"打虎亲兄弟,上阵父子兵。"三多寨的武装人员不是雇佣军而是子弟兵,保家卫乡的决死气概无人能比,再加上巨资购得的精良武器,自然令觊觎者望而生畏了。

在三多寨游览,人们的心绪会有很大的起伏:似雪的梨花,令人沉醉于诗情画意;萧瑟的老宅,令人发思古之幽情;残破的城墙,令人触摸到辉煌后的苍凉。

尔苏:远古图画文字踪迹

2011年9月6日,距中秋节还有几天时间。在中国广袤大地上,这是一个普通得不能再普通的日子。但是,在石棉县松林河流域崇山峻岭中的蟹螺堡子里,羊皮鼓嘭嘭敲响,海螺号呜呜欢鸣,穿上艳丽民族服装的尔苏人,在欢歌笑语中迎来了新年的第一天。

这一天,是他们的大年初一。

这是中国唯一一个在金秋时节过年的地方,这是一个保留着与甲骨文同时代的图画文字"萨巴文"的地方,这是一个风俗习惯与中国其他地区迥异的地方。

蟹螺堡子的居民,属尔苏藏族,又称尔苏人,是藏族中人数很少的一个支系,目前约2万人。他们世世代代居住在这里的历史,已遥远得难以追溯。

尔苏碉楼

我去蟹螺堡子,一路费了些周折。从石棉县城驾车出发向西,溯大渡河而行,至安顺场后又折向西南,溯松林河驶向蟹螺乡。在蟹螺乡政府打听到蟹螺堡子所在的江坝村五组的方位后,我驾车又沿着一条又窄又陡的山路驶抵蟹螺堡子下面一处尔苏山庄。

蟹螺堡子坐落在一座大山的山腰,是周边的尔苏人节庆祭祀、欢娱的地方。我步行前往蟹螺堡子时,远远便看见一棵高大的柏树独立于密林之中。当地人告诉我,那是尔苏人心目中的神树,朝着它的方向走,便会到达堡子。

刚翻过一个临悬崖的陡坡,蟹螺堡子的标志性建筑——碉楼便出现在我眼前。

这座有着300多年历史的碉楼,是历史上尔苏人民居的典型造型,它的外形不像羌碉那样如四方形烟囱般直插云天,而是如汉民族的悬山式民居——屋顶两面坡、建筑平面是长方形。它的特别之处在于,其墙体以天然片石垒砌,除了朝院内的一面墙外,其余三面均无窗户,细看,可见一个个高一尺、宽半尺的

尔苏碉楼

呈梯形的枪眼镶嵌在墙上。朝院内的那一面墙上，房门竟然开在二楼，进出碉楼需搭木梯。

这座碉楼，战时是工事，平时是民居，这恐怕是作为一支历史上弱小的族群的尔苏人的无奈之举。也正因为如此，这座碉楼所存储的历史、军事、艺术等多方面的信息，已引起省内文物部门重视，其维修加固工作也即将展开。

绕过堡子，一个篮球场大小的广场出现在我眼前。

时值国庆节，尔苏人刚过完新年不久，广场周围两楼一底栏杆式民居的房檐下，红灯笼依然鲜艳，门前的对联还未褪色。金黄色的玉米棒子，如幕布覆盖在院墙和屋墙上，延续着丰收的喜悦。

居住在蟹螺堡子的江坝村五组尔苏人唐全有，像对待老朋友一样热情地接待我。尔苏妇女簇拥着我，将盛上核桃、板栗的簸箕放在我面前，并不停地把核桃、板栗往我手里塞。

尔苏人过年又称为过"还山鸡节"。其年庆在农历八月初九至十二日之间，轮流举行，四年一轮。从唐全友的讲述中，我大致了解了这个神秘而独特的年庆的过程。

银河之子

年年的"还山鸡节"拉开帷幕之时，尔苏人心目中"能够通神"的人，也就是原始宗教的传承人——萨巴，便会带头领唱年庆的主题歌《觉那妈姆》。"觉那妈姆"是汉语中银河之意，在这里也表示"到母亲所在地去"。其开篇唱道："先有天，后有地，有了天地，有了山。有了山，有了水，有了草，有了树，有了土，有了石，后来有了人间。有了人间，就有了我们祖先。"在歌词中，尔苏人认为自己族群的历史可追溯到创世之初。尔苏人的祖祖辈辈，一直流传着人类起源的神秘传说：猴子里有一类是黑头的，它们吃了盐之后，全身的毛逐渐褪去，演变成了今天的人类。

尔苏人的祖先真正来自何方，或许是永远解不开的谜团。因为尔苏人口口相传一句誓言："我们尔苏人是不能说根的，说了就会被追杀！"

他们一代又一代刻意隐瞒族群的来龙去脉，仅仅被笼统地告知，为躲避战乱、屠杀，被迫逃亡到荒无人烟的深山老林。

或许是欲从冥冥之中汲取祖先的力量，或许是对欲说还休的历史的某种补偿，每年的"还山鸡节"，祭祀祖先、追思亡灵、与先人进行跨越时空的沟通，便成为尔苏人重要的、必不可少的仪式。

祭品及盛装祭品的器物，是从"还山鸡节"的前一天开始准备的。这一天相当于汉族的大年三十。

上午，在羊皮鼓鼓声的召唤中，女人们在萨巴的带领下，来到村头清澈的小溪边祭拜水神。她们一边唱着远古的《感恩歌》"我们的节日像春天的花，就好看了……爹爹的恩情还得了，妈妈的恩情还不完……"，一边将簸箕及炊具洗得干干净净，然后点燃一堆堆柴火，将簸箕在火上熏烤。经过熏烤的盛装祭品的簸箕带回家后，她们便将事先已蒸熟的糯米倒入其中，然后端到院坝里，将糯米倒入石臼内开始舂糍粑。舂糍粑是力气活，男人打主力，手执木杵一上一下地操作；女人则在旁边不断翻搅石臼里的糯米，以使糍粑舂得又黏又细腻。

舂好了的糍粑柔软、洁白、细腻。然后，将糍粑装入簸箕，用酒瓶对其挤压，将之摊成大饼状。最后，用刀将糍粑切成巴掌般大，端回屋里放在楼上堂屋的神龛前。

在神龛前摆放着便于祖先食用糍粑的竹签。倒好一杯杯白酒，焚烧纸钱，祭祀祖先的第一项仪式便开始了。

白鸡祭祖

接下来的仪式，便是杀鸡、祭祖、祈福。

唐全友告诉我们，杀鸡必须由萨巴操刀，所杀之鸡必须是白毛黑脚的土公鸡，杀鸡的地点必须在各家楼上的堂屋内。

在各家堂屋的神龛前，萨巴一番诵经打卦后，便用刚磨过的利刀将白公鸡宰杀，并将鸡血一滴不洒地用事先准备好的两只白碗接住。房主人小心翼翼地接过盛满鸡血的白碗，虔诚地走向堂屋山墙处的窗口。

这开在山墙上的窗户，当地人称"山门"。窗户下沿的外墙上，有一块砌墙建房时镶嵌的凸出墙壁的大石板，石板上放置着一块白石。尔苏人崇拜白石，认为它是灵物，能通神、鬼、人，能辨真善美、假恶丑，能驱邪招福。

房主人神情肃穆地站在窗前，一丝不苟地将鸡血涂抹在白石上。然后，再拔下白公鸡身上最漂亮的羽毛，利用浓稠的鸡血，将其粘在白石上。至此，"还山鸡节"的又一项仪式便完成了。

我在唐全有家的窗前看到，白石上的鸡血已呈乌红色，一根根洁白的羽毛如白石上的石花在山风里轻舞，似在呼唤远古的亡灵。

唐全友特别强调，所杀的白公鸡，不得与本家以外的人分食，只能由家人享用。

接下来，便是集体上山祭祀。

唐全有带着我们，沿着堡子后面密林中的一条小道，来到位于山腰的公共祭祀场地。

这是一处隐秘之地，但居高临下，视野开阔。在这里，依山凿出一道长十几米的坡坎，坎上是一溜大小不等、形状各异的石块。坎边一棵独立的柏树根部，立有一块近2尺高的白石。坡坎下面，则是一块狭长的平地。就是这么一个看似不起眼的地方，却是蟹螺堡子的尔苏人心目中的神圣之地。

坡坎上的石块，原来各代表一个逝者的魂灵。这些石块，取自散落在各处的逝者的坟茔，有的曾是坟前的标志石，有的甚至就是墓碑的残骸。将它们集中一处，既方便集体祭拜，也有让亡灵抱团取暖、热热闹闹在一起的意思。柏树下的那块白石，则是神灵的化身。有它的庇佑和守护，亡灵便得以安宁。坡坎下的平地,便是祭祀者的跪拜之地。

妇女是不能上山祭祀的。在萨巴的带领下,身着民族服装的男人们,头上顶着腊肉、糯米、酒等祭品,来到这公共祭祀地。将丰盛的祭品在代表各自亡灵的石块前摆放停当后,男人们便在萨巴的祷告声中,一次次地跪拜、磕头……

从山上归来,男人们女人们便在堡子的小广场中央,点燃篝火,在瓦片堆里烧上一炷炷白香,置一坛子自酿的酒……欢度新年、喜庆丰收、祈盼来年风调雨顺的狂欢活动,拉开序幕。

舞者们以面粉抹面,尔苏人坚信这样化装后,妖魔鬼怪就找不到他们了。他们手持山羊角神鞭,走丁字步、猫步、叉步,动作夸张、滑稽,令观者笑声不断。有专家认为,这些舞蹈源于尔苏人的原始图腾崇拜,由驱鬼逐疫的傩舞发展而来。

如今,尔苏文化的研究者,从尔苏人的诗歌和唱经中频繁出现的岷江、峨眉等地名为线索,正在努力考证尔苏人与成都平原上神秘消失的三星堆文明的主人之间的关系。比如,三星堆出土的铜铸神树上,有一只公鸡昂首向天的造型,这与尔苏人祭天时将公鸡置于树上相同;三星堆铜人面具高鼻、深目、阔唇,与尔苏男人的面部特征相似;三星堆出土的玉璋中,一些代表日月星辰崇拜的图形,也出现在尔苏的图画文字中。

尔苏人祭祖的白石

图画文字

2011年5月,在清华大学召开的西南地区濒危文字文献展暨研讨会上,被学者称为"萨巴文"的尔苏图画文字,首次向世人公开亮相。

与会专家们确认,"萨巴文"和此前发现的纳西族"东巴文",为我国迄今为止发现的仅存的两种原始图画文字。更有专家通过比对,认为尔苏图画文字甚至比商代甲骨文字更为原始。

在蟹螺堡子旁边一家尔苏农家乐里,我看到了依照经卷上的尔苏图画文字绘制在墙上的这些象形文字。彩色的日、月、星辰图案,牛、羊、马、猴等动物图案,山川、树木、花草等地貌植物图案,相互交叉组合,形成一个个图画文字。据尔苏文化学者统计,这样的图画文字有200个(幅)左右。

文字的形体与它所代表的事物有明显的一致性,能够从单字体推知它所代表的事物,这是"文字"可以称之为文字的基本原则。尔苏图画文字是符合这一原则的,不过每一个图画文字表达的是多层意思,甚至是一件事情。

比如,有一幅图的下方是盛满食物的盘子,上方是闪亮的星星,中间是陶罐、断树、大雾。这个图画文字的意思是:这一天是有酒有肉的喜庆日子;树被风刮断,预示着大风将至;但星星闪耀,这一天总的来讲还是好天气。

尔苏图画文字还有一个在世界所有的文字中极为罕见的特点,即在文字中配有红、黄、蓝、绿、白、黑的颜色,来表达不同的附加意义。如黄色代表泥土,绿色代表草木,蓝色代表水。此外,尔苏图画文字无固定书写笔顺和格式,为说明需要表达的内容顺序,在图形中将单字(符号)按左下、左上、右上、右下、中间的顺序排列。

因此,语言学家一致认为,这种由图画脱胎而来,刚刚跨入文字行列的原始图画文字,是"国宝级"的文化宝藏,非常珍贵,有着极高的研究价值。这应验了费孝通先生的预言:"我国西部民族走廊,沉积着许多现在还活着的历史遗留,应当是历史与语言科学的一个宝贵园地。"

尔苏人是好客的。尽管我到访之时,尔苏人的新年已过去20多天,但蟹螺堡子的妇女们仍应我之邀,欣然穿戴上最典型、最漂亮的全套民族服饰。她们头缠黑、白布帕,银珠缀在前额,正红色的服装饰以葱绿色的镶边,领、肩、袖、前后襟上是精美的刺绣。令我感动的是,她们为表示对客人的尊重和敬意,十分认真地打扮自己:缠黑、白布帕时,被缠者下蹲,操作者如绣花一般,反复地将头帕在被缠者头上比试、调整。从开始到完工,一个人的头帕缠了近10分钟。

盛装的尔苏妇女

与我同行的女士们注意到,这些尔苏女性的身材,无论是少女,还是中年妇女,乃至可称婆婆的老人,都非常适中。若只看她们的背影,很难区分年龄。

全体穿戴完毕,用不着我们邀请,爽朗大方、歌舞细胞与生俱来的尔苏妇女们,便情不自禁地翩翩起舞,并用银铃般的嗓音唱起了尔苏的《迎客歌》……

荡漾在我耳畔的歌声,其音韵、音色既有刘三姐的广西民歌的婉转、清脆,又有才旦卓玛的西藏民歌的高亢、悠扬。尽管我听不懂歌词的准确含义,但是,从她们的舞姿、歌曲的旋律以及面部表情,我已深深地感受到尔苏人的深情厚谊,感受到尔苏文化的无穷魅力。

青居城：曲流似练绕宋城

大河蜿蜒，百折千回。以此来形容嘉陵江广元至合川江段，可谓贴切至极。广元至合川，直线距离仅200多公里，而嘉陵江水路，却长达640公里。这"多"出来的400余公里距离，构成了大大小小的100多个"蛇曲"。

在地貌学中，"蛇曲"又称曲流、河曲，意指迂回的、近于环形的河道。

"嘉陵曲流甲天下，青居曲流甲嘉陵。"位于南充市区以南约20公里的青居镇与曲水镇之间的青居曲流，封闭率达到0.98，嘉陵江在此形成359度的回旋。其景色的奇异和壮丽，可与世界上发育最完美的亚马孙河曲流媲美。

地理奇观

青居曲流似书写在大地上的字母"U"，青居镇位于字母缺口处，曲水镇位于

俯瞰青居曲流

字母顶端。青居镇背倚的高出江面100多米的烟山,也坐落在曲流上端与下端之间,因此,它便成为天然的观景台。

我驾车直接驶上烟山后,将车泊在路旁一块刻有"淳祐故城"的石碑前,便沿着一条石梯道,步行到烟山临江的悬崖边。

此时我的位置,在"U"的缺口左边,背朝东面向西。极目远眺,嘉陵江自西而来,滔滔江流分为两股,冲积出一个三角形的江心岛后,又在我脚下汇合,一路向南而去。江面,烟波浩渺;岛上,芳草萋萋。壮阔的景色,令人心旷神怡。

据当地人介绍,眼前的这个江心岛,因状如钻石,当地人称钻石坝。它是青居曲流收尾时的杰作。而青居曲流所环绕的坝子,有20平方公里,当地人称牛肚坝。钻石坝北面的江对岸,是青居镇的下码头,也就是青居曲流的下端,而"U"缺口的右边就是青居曲流的上端。因此,在烟山上看到的只是近半个曲流,要真正地一窥青居曲流全貌,只能从飞机上俯瞰,或通过卫星地图间接地欣赏。

其实,视觉不如感觉。由于青居镇南北均临嘉陵江,分扼曲流的上、下码头,就出现了令人感觉时光倒流的境遇:早年,由青居镇下码头拉船上行,绕行一天时间走完青居曲流后到了上码头,便出现纤夫们朝发青居、暮宿青居,留宿同一客栈的奇事。而由陆路穿过曲流颈处的青居镇,只需10来分钟。同样有趣的是,从青居镇上码头乘船前往位于"U"顶端,也就是青居曲流半程处的曲水镇赶场,坐的是顺水船,归时也坐顺水船,至青居镇下码头下船。

如此奇观,在青居镇催生了不少民谚,如"河上行一天,岸上一袋烟""有女嫁曲水,来回坐下水"。如果青居曲流恢复全程通航,人们便能从水上、陆地和空中全方位地感受它的独特魅力了。

我虽然无缘乘船领略青居曲流的神奇,但纵贯曲流颈的一条公路,却让我感受了"岸上一袋烟"的妙趣。

早在20世纪40年代,人们便在曲流颈部修建引水隧洞和电厂,利用青居曲流上端与下端的水流落差发电。20世纪70年代又建成了另一座利用隧洞引水发电的电厂。我将车泊在青居镇上后,特意沿电厂公路步行穿越曲流颈。果然如民谚所说,不到20分钟便走完了几十里水路的航程。

惊叹之余,一个奇思妙想涌上我的心头:若干年后,这细细的曲流颈,会不会因江流的冲刷荡涤而贯穿呢?

后来我查阅资料了解曲流的成因,才知道这种情况完全可能发生。河水在大地上奔流,很难保持直线,而一旦发生弯曲,就会越来越弯曲。因为流水对凹岸不断冲刷侵蚀,使得凸岸泥沙沉积,于是凹岸越凹,凸岸越凸,最终形成曲流。

而曲流一旦发育到极限,便是曲流颈被穿通之时。大自然用自身的力量截弯取直,用不可抗拒的客观规律,维持着世间万物的平衡。

天设之险

在曲流发育过程中,凸岸泥沙堆积,天长日久便形成高出平坝的丘陵,它与曲流极度发育后截弯取直形成的曲流核(即四面环水的陆地),均被地质学家称为离堆山。青居镇旁的烟山,便是典型的离堆山。

在历史上,离堆山往往成为水关要塞。因为水路是古代的交通大动脉。13世纪中叶,南宋王朝在四川的一座重要军事堡垒青居城,便雄踞烟山之巅。

钻石坝

13世纪初,蒙古帝国崛起于茫茫草原。1234年,蒙古铁骑挥鞭南宋王朝统治下的长江流域。1235年,宋蒙战争全面爆发。由于蒙古军队在战争中延续了游牧民族的征战特点,即不以据城守地为重,而是以烧杀掠夺为目的,因此这场发生在中国大地上的南宋抗蒙之战,空前地惨烈悲壮。因为投降后也要被屠杀,不如以死相拼。战争前后四川人口数的对比,充分说明了在蒙古贵族奉行的国家恐怖主义肆虐下南宋四川人的悲惨境遇:四川人口从战前的1290万人减少到82万人。

这场战争一开始,四川便是蒙古军的主攻方向。这既因为中部及东部有长江天堑,蒙古军又不善水战,又因为四川乃天府之国,财多粮广。

1243年,临危受命的南宋四川安抚制置使余玠,采取"守点不守线,连点而成线"的战略战术,以嘉陵江、沱江、岷江、长江为轴线,以山口、峡口为支点,大纵深、多梯次布防,有计划地加固和新筑了数十座山城。南充青居城和合川钓鱼城、泸州神臂城、苍溪太获城等,便分别利用了嘉陵江、长江、东河形成的曲流半岛(离堆山)的天设之险,从而成为南宋四川抗蒙的重要军事要塞。

青居城自淳祐九年(1249年)始筑,淳祐十一年(1251年)落成,故又称"淳祐城",现为南充市文物保护单位。

我在烟山山顶观赏青居曲流时,实际上已置身于青居城内。如同四川境内的其他几十座抗蒙方山城堡一样,筑于烟山山顶的青居城地势平阔,总面积约2平方公里。其临江的城墙因岩就势而砌,陡立的绝壁高度加上城墙的高度,足以令江滩上的敌军望而生畏。至今仍存的一段长约200米的东南方向的城墙,墙堞虽已被摧毁,

但仍高达 6 米,筑墙的材料不是砖头,而是一块块重数百斤的大石条。

在没有钢筋水泥、重型装载设备的年代,修筑如此坚固的城池,应该是达到了当时人力的极限。也许,正因为这一段城墙的墙石厚重得难以撼动,它才得以在此后的近八百年里,未被破坏或挪作他用。

伫立青居城墙前,作为四川人的我,不禁对南宋四川军民誓死不愿被征服的气概肃然起敬,为他们修城筑墙时的智慧和吃苦耐劳的精神而深感自豪。

公元 1249 年,形势危急,余玠将顺庆府治(今南充市)迁徙于青居城内,并收缩军力,将驻守陕西沔县的精锐部队调集于此。自此,青居城与合川钓鱼城、广安大良城、蓬安运山城呈掎角之势,成为南宋四川抗蒙的坚固屏障。

然而,这样一座坚不可摧的城堡,没有被炮火毁灭,却被贪生怕死者拱手相送。1258 年,蒙古大汗蒙哥亲率大军进攻四川,蒙古军攻至青居城下时,青居城裨将刘渊杀害主将段元鉴,献城投降。

扼嘉陵江要冲、极具军事价值的青居城,随即成为蒙古军进攻四川制置使驻地重庆的最后一座堡垒——钓鱼城的重要基地。1260 年,为完成对重庆的最后一击,忽必烈下令将征南都元帅府设于青居城。

史书确切记载的宋蒙两军在青居城的战斗,发生在 1276 年。是时,重庆和钓鱼城均被蒙古军围得如铁桶一般。为减轻蒙古军对南宋四川首脑机关驻地重庆的压力,钓鱼城南宋将领张珏采取围魏救赵的策略,命部将赵安率敢死队潜出城去,沿嘉陵江北上,长途奔袭,深入虎穴,直取已成为蒙古军在四川东部的军政中心东川行政院驻地的青居城。月黑风高,宋军悄然登上城墙,无声无息地干掉了哨兵,迅速突入城内,生俘了蒙古军两名高级将领。宋军趁乱撤出青居城,全师回到出发基地钓鱼城。

南宋灭亡后,元朝政府于 1279 年将顺庆府治及南充县从青居城徙还旧治。自此,青居城渐渐淡出历史,淡出人们的视野。

青居曲流的自然奇观和青居城的厚重人文历史,自然地融为一体。它既令人赏心悦目,又令人凝神沉思……

静宁寺：东北流亡学子的第二故乡

静宁寺，坐落在内江与自贡交界处的威远向义镇境内。它没有名人莅临的耀眼光环，但不等于名人未曾向它投以关注的目光；它没有千年的悠久历史，但不等于它就没有孕育中华民族伟大精神的肥沃土壤。

在中国抗日战争最残酷的岁月，静宁寺以博大的胸怀，慷慨接纳流亡至此的1000多名东北学子达8年之久；世界知名的宋氏三姐妹辗转千里专程来此，向流亡的白山黑水子弟敞开温暖的怀抱；以孙中山先生名字命名的东北中山中学的师生，在这里成为新中国的栋梁。

释与道和谐共处

据《开征汇览》载："静宁寺原系古刹丛林，明末兵燹之余，仅遗山顶破屋数楹，故名高庙子。后修成观音殿，本定静安虑之义，以期世界康宁，乃更名静宁寺。"

明朝年间，静宁寺所在地只有一座小庙孤悬山顶，名高峰寺。此寺年久失修倾颓，后荡然无存。清光绪十二年（1886年），当地农民从废墟里挖出一具残缺的石头神像，即设香灯供奉。随后又在此地修起几间瓦房，乡人称其为高庙子。

20世纪初，一个被当地人唤作朱幺婆的修道女人，以一己之力，四方化缘，八方募捐，在高庙子的基础上建成了占地面积有6万多平方米的静宁寺。至解放前夕，静宁寺已驰名于川西南及湖北、湖南、广东等地，并跻身全国一流寺院之列。

21世纪第12个年头的隆冬，呈现在我眼前的静宁寺，衰败中显露出生机，破落中蕴含着兴旺。

静宁寺整个建筑群从山门至后殿，从低到高梯次依山而建。从建筑布局来看，静宁寺分为东、西两院。西院是禅寺，东院是道观。寺院的大门与道观的山门，一左一右并列而立。寺院第一重殿门口的对联是"惟静乃宁特起自新之路，以慈为善大开普度之门"，门楣上书"静宁寺"；道观山门上的对联是"打道须由大道,有缘得遇奇缘",门楣上书"浩气凌霄"。

释与道在静宁寺和谐共处、平分秋色,非常鲜明地体现在各自的建筑所对应的位置。释家的大雄宝殿与道家的主体建筑,共同享用一个数千平方米的广场,且殿门正对观门,十分精准地位于同一条中轴线上。广场上横向的中间,仅以十多级石阶作为不是界限的界限。道在南,释在北,遥相呼应。

静宁寺的建筑格局也有独特之处。它并非完全对称,而是大院套小院、错落有致,园林和民居的特色浓郁。当你在20多平方米的小院里欣赏点缀在庭院间的石兽和鱼池,仿佛进入当年的乡绅之家;而当你置身大雄宝殿的前庭,宽阔的庭院又令人感到天地之大、自身之渺小。

静宁寺内的雕塑,也给我留下深刻印象。形象生动、雕刻精细的各种石雕,分布在石栏杆、池壁、屋脊、封火墙上,昂首低头,触目皆是。其中,一幅镌刻在一

静宁寺古建筑

堵高与宽均约10米的封火墙上的孔雀开屏浅浮雕,往往令游人驻足凝视。这孔雀翼展约4米,两眼是镶嵌的琉璃珠,其姿态轻盈、优雅,仿佛是在竭诚欢迎来访的每一位客人。

流亡学生的新家

　　静宁寺的建筑最令人感到奇特之处,更在于与翘角飞檐、青瓦粉墙的寺庙道观建筑形成鲜明对比的庞大的西式建筑群。这一幢幢一楼一底、砖石结构的建筑,如一座座欧式的古城堡。每幢楼之间,以拱形的门楼相连,一扇扇狭长窗户的窗顶呈半圆形,楼房四角略为凸出的青砖立柱,使这些洋楼显得轮廓硬朗、挺拔。

　　这几幢西式建筑,便是当年东北中山中学师生的教室和宿舍。在这清幽而雅致的环境里,东北的流亡学子度过了8年难忘的时光。

　　走进这些洋楼,只见其楼下楼上的地板、楼梯、房间之间的隔墙,均是清一色的木结构,给人以柔软、温暖的感觉。

　　1940年的一天,静宁寺迎来了世界知名、对中国政局有相当影响力的三位女性——宋氏三姐妹。她们此行的目的,是看望来自日寇铁蹄践踏下的白山黑水的东北学生。

　　1937年,东北三省已沦陷,而"华北之大,已安放不得一张平静的书桌"。以孙中山先生之名命名的东北中山中学师生,自1936年11月从北平撤离后,经南京、武汉、桂林、贵阳、重庆来到自贡,又于1939年5月22日,同张学良将军创办的东北中学师生一起,来到了远离战火、幽静典雅的静宁寺。

　　没有人知道,知道了也说不清楚,宋氏三姐妹看到以她们亲人的名字命名的学校从东北流亡至西南,栖身于穷乡僻壤时,是什么样的心情。不过,在烽火连天、民族危亡的关头,对背负着救亡图存、保卫和建设一个强大中国重任的年轻学子们来讲,静宁寺无疑给予了他们的心灵以极大的安慰,为他们提供了良好的学习环境。

　　据原中山中学学生郎人俊回忆:"静宁寺,我喜欢它宁静的一面。东北的城市一般来说没有春天,每当二三月北风仍凛冽的时候,我就怀念静宁寺的早春二月。"

担负起天下兴亡

　　郎人俊先生记忆中的静宁寺,亭台楼阁间遍植花木。每逢春夏,木芙蓉花朵朵盛开，槐树花串串流香。小桥驻足，观放生的游鱼嬉戏；凉亭读书，览白莲红荷竞放。

于是，琅琅的读书声与诵经声在静宁寺交响；军训的枪声与钟鼓钹磬之声在静宁寺共鸣；悲怆的思乡曲、激昂的救亡歌，与缕缕香烟一起回旋在静宁寺上空。

"泣别了白山黑水，走遍了黄河长江，流浪，逃亡，逃亡，流浪……"在课余、节日、假期，抗战的歌声总是在静宁寺此起彼伏。而每年的"九一八"，全校师生都要列队肃立，面向东北，哭唱校歌："白山高，黑水长。江山兮秀美，仇痛兮难忘……"他们的校旗、校徽，均以白山黑水为主题；他们办的壁报、编排的剧目，都激励着同学们担负起"天下兴亡，匹夫有责"的重任。

作为在一个非常时期在一个特殊的地方安顿下来的一所学校，严格的军事训练和有针对性的体育锻炼，是东北中山中学和东北中学的重要教学内容。学校配有军事教官，校门有校警持枪守卫，每周有军训，每年一次实弹演习。游泳能全面提高同学的身体素质，因此学校规定，游泳不及格，则体育课便不能及

中山中学遗址

格,这样的规定在全国是绝无仅有的。至于其他运动项目,则是"天天有运动,周周有比赛"。

这两所学校在静宁寺办学的 8 年时间里,共有 4000 余人就读。他们中的一些人,成为新中国成立后各个领域出类拔萃的人物,如中科院院士赵鹏大,担任过毛泽东、周恩来外语翻译的章琨,著名数学教授丁尔升,著名分子物理教授黄崇圣,军旅诗人杨星火等。

在抗战中慷慨接纳了中国多所著名高等学府的宜宾李庄,人们没有忘记,但庇护和哺育了数千东北儿女的威远静宁寺,却遗憾地在人们的视野里日渐模糊,乃至于今天不少当地人竟不知道还有此事。

我在墙体斑驳、砖色晦暗的原东北中山中学教学楼前肃立良久后,踏上摇摇欲坠的木楼梯,踩着嘎吱作响的楼板,在空空荡荡的楼房里寻觅,力图发现一些当年的印迹。

我的努力是徒劳的,唯有从一排排洞开的窗户呼啸而来的山风,涤荡着楼里的尘埃,使我本已逐渐清晰的印象,又有些漫漶了……

老君山：独立荣威第一山

春秋时期的老子，以一部《道德经》名扬天下，被后人尊为太上老君。与《道德经》一起流传千古的，是遍布全国的以"老君"命名的奇山异峰。

四川威远的老君山与众不同，它成双成对，比肩而立：大老君山方若削壁，形如壮汉；小老君山尖耸秀拔，状如弱女。这两座老君山，仅隔一道深壑，有着阳刚与阴柔的鲜明对比，仿佛在诠释着老子的"阴阳"理论、"辩证"思想。

大老君山古时又称荣德山。西周时，因周荣公辅佐周武王得天下，故武王将荣县、威远一带赐予周荣公作为封地。周荣公在荣德山修真悟道炼丹，荣德山之名由此而来。南宋《舆地纪胜》载："荣德山，其高插天，资州、昌州、富顺皆可见之。其山在川谷之中，独拔五百余丈。"大老君山作为荣县和威远的界山，清乾隆

老君山

《威远县志》如此描述其地势："横山护其左,君山峙其右。"

荫庇一方百姓、超凡脱尘的大老君山,又曾为血腥的杀戮之地。山上的一幅《绍熙判府曹公老君山保守记》摩崖石刻碑,证实了南宋时期川西南抗击入侵的蒙古铁骑的悲壮历史。清末民初蜀中著名书画家、诗人赵熙在大老君山题刻的诗文遗迹,使此山又增添几分人文气息。

陡如天梯上山路

大小老君山在威远县镇西镇以北约15公里处。我来之前已连续下了月余的阴雨,轿车根本无法通行。无奈之下,我高价租了一辆面包车,义无反顾地奔老君山而去。

面包车在凹凸不平的泥泞路上东摇西晃,甩得我像酒喝高了一般。隔着山道下一条又深又宽的沟壑,如一座瘦削的金字塔的小老君山,矗立在沟壑对面绵延至天际的低矮山峦之上,它在天幕的映衬下,犹如直插苍穹的纪念碑。

此时,大老君山还不见踪影。向导告诉我,快了,转过一道弯便到。

当大老君山蓦然出现在我眼前时,我的第一反应是,这哪是山啊,明明就是一座平地而起的庞大的城堡。向导形象地说,它像一只倒扣的量米斗。

海拔823米的大老君山,仿佛被拦腰截断的一根擎天的石锥,山顶与山底几乎一般大,绝壁完全垂直于地面,令人不敢奢想还有路可上。而山顶隐约可见的庙宇,又实实在在地告诉我,路是有的。

临近山脚,一块直径约5米、形如磨盘的巨石,搁在早春的麦苗地里。这巨大的"磨盘"不由得令人产生各种猜想。当地有如此传说:一天,吕洞宾和铁拐李正在这里对弈,突然天宫钟声大作,玉帝紧急召唤众仙归位,两人慌忙之中来不及收拾棋盘,此棋盘便遗留于此。因此,当地人称"磨盘"为棋盘石。

虽然我做好了艰难攀爬上山的思想准备,但是刚踏上第一级石阶,仍感到其陡险的程度非同一般。由于环山均为绝壁,若开凿盘旋而上的平缓山道,工程将十分艰难且危险。当年的开道者逆向思维、顺势而为,干脆凿出一条笔直如天梯的上山之路。

最为陡险的一段山道,道宽仅两尺多,每一级石阶窄得只能踏下前脚掌,行走其上,犹如踮着脚尖跳芭蕾舞。如果不采用手足并用的爬行动作,便有可能失去重心,一个后仰直接滚到山下。所幸在这段山道上,古代的修路者采取了非常人性化的措施,除了在临悬崖一侧修了木护栏,又考虑到木料可能腐朽或不牢实,还在靠山一侧以1米左右的间隔,在齐人肩高之处,掏凿了一个个碗口大小

老君山南宋碑刻

的石孔。石孔口小肚大,称为"抠手窝"。这样,上山者一手抓住护栏,一手抠紧石孔,便可确保安全。当身负重物上山时,这样的安全设施显得尤为重要。

蜀中大儒有遗篇

晚清翰林、清末民初蜀中大儒赵熙的一首七言绝句,赫然镌刻在上山石径起始处的一堵高七八米的石壁上。诗曰:"一念前生堕世间,飘然人外御风还。秋来化鹤三千岁,独立荣州第一山。"落款为"乙卯秋郭洞招游赵熙记"。此诗以空前丰富的想象力和极其浪漫的表现手法,将矗立于威远与荣县交界处的大老君山,形容得神奇而雄伟。

1915年金秋,秋阳明丽,赵熙伫立仙山之巅。仰望苍穹,天高云淡,雁阵掠过长空;俯瞰大地,竹篱茅舍,炊烟萦绕四野。于是,在赵熙的意象中,得道成仙的老子,仍留恋人间,将一只巨大的炼丹炉留在了此地,从而化作造福百姓的大老君山。

赵熙时年48岁,他拒绝了袁世凯以高官厚禄相邀,回到阔别多年的故乡荣县。也就在这年,他应他的学生郭洞、郭曼军等人邀请,同游大老君山,从而留下如此墨宝。作为清末民初一代大儒,赵熙存世的最广为人知的书法作品,当属成都市人民公园内保路纪念碑碑身北面的"辛亥秋保路死事纪念碑"10个擘窠大字。

继续向上,石径两旁的崖壁又是几幅石刻诗文。左边,是郭曼军的题诗:"身在仙山飘渺间,眼前山脚即尘寰。山山山色围山外,山下千山复万山。"一首七绝竟用了9个相同的字,初读似打油诗,细品却并不觉得简单和累赘,反而有一种新鲜之感。在这幅石刻诗文的上方及石径右边,则分别是郭泂以行书体题写的一首七律和郭曼军的另一首七绝。

行至此处,人文气息渐浓,不由得令人恍惚觉得苔痕累累、藤萝倒悬的山道上,游荡着布衣青衫的行吟诗人,踯躅着峨冠博带的风流名士。

充满诗情画意的氛围,被突然惊散:一道贯穿整石而开凿的石门,如猛虎当道而卧。这道石门,是南宋时期大老君山作为一座军事要塞的城门。若此门紧闭,要想登顶只有插上翅膀。

奇异的是,钻过石门,石径向右旋转360度,绕到了石门顶。原来这上山之路开凿在门拱之上,从内向外看,门拱又成了一座石桥。

令人意想不到的是,攀过那一段崖壁上凿有"抠手窝"的最为陡险的石阶后,又一道以大石条垒砌的山门雄踞在前。

山门的门洞高约两米,宽度连两人并行都有些困难。这是曾为军事要塞的大老君山的第二道城门。更为令人惊奇的是,我刚穿过门洞,顿觉光线昏暗,犹如置身于一间逼仄的石室之中。只见石阶笔直向上,伸向位于我头顶的一扇只容一人上下的四方形天窗。我钻出天窗后,看见一个厚实的木窗盖挪在一旁。我恍然大悟,这是作为军事防御设施的双重保险之用:一旦城门被突破,便迅速封闭天窗,从而彻底阻断上山之路。

坚城固堡护川南

钻过天窗后,摩崖造像和石窟陆续出现了。

石径左边一处距地面1丈多高的悬崖上,一个方方正正的大石窟尤为引人注目,可惜其内已空空荡荡。据向导介绍,这是凿于唐代的石窟,里面的造像为李老君坐于莲花宝座之上,有两弟子一人拿拂尘、一人捧玉笏侍候在左右。遗憾的是,"文革"中"破四旧",有人便搭上木梯爬入石窟,用铁锤钢钎把这些雕像全部敲掉了。

继续前行,有两块各有2平方米左右的摩崖石刻碑。一块称为"薛高丘摩崖碑"，系唐代荣州刺史薛高丘来此参道后，命人刻碑于此，以示尊崇和虔诚。此碑碑文绝大部分已完全无法辨认，极少数文字勉强可识，但已不能读通顺；另一块南宋时期的摩崖石刻碑，其碑文也完全模糊，唯有刻于碑额的"绍熙判府曹公老君山保守记"，因每字有手掌般大，故仍然十分清晰。

　　唐宋时期，威远县隶属荣州。南宋理宗绍定六年(1233年)荣州升为绍熙府。南宋理宗端平元年(1234年)蒙古铁骑进攻四川，绍熙府治于1236年迁至鸿鹤镇(今自贡鸿鹤坝)。1241年，蒙古军将领塔海、秃薛"师伐西川，破城二十"，简州(简阳)、隆州(仁寿)纷纷陷落，其兵锋直逼绍熙府。1258年，骁勇善战的蒙古军名将汪德臣率大军再次进攻川西南，其部将纽璘再次攻破简州、隆州，绍熙府亦破而废。

　　大老君山崖壁上的《绍熙判府曹公老君山保守记》碑，确切证明在长达52年的波澜壮阔的南宋四川抗蒙战争中，大老君山是南宋四川制置使余玠构筑的山城防御体系中的州府一级军事中心。它与周边的铧头砦、杨家砦、大刀砦等众多抗蒙城堡，共同构成了与当年威震蒙古军的钓鱼城、云顶城、青居城等"抗蒙八柱"遥相呼应的防御体系。当年的绍熙府通判曹公，无疑就坐镇大老君山，以决死的气概，指挥军民顽强抵抗不可一世的蒙古军队。

　　在快到山顶的崖壁上，有四龛唐宋摩崖造像，其雕刻精美，形象生动。其中一龛中的两尊造像，人物面容虽风化得模糊了，但从其装束打扮不难看出，一为僧人，一为道士。佛与道并肩而立，共处一室。如此佛道合龛造像，在四川罕见。

　　此外，在从山腰到山顶的山道旁崖壁上，依次有"烟霞""云梯""丹岩"三幅石刻题字，每字有小方桌般大。"烟霞"和"云梯"因时间久远，无法判断其题刻年代，而"丹岩"经考证，题刻于明代初年。这些渐次展现的遒劲大字，均镌刻于陡险处或宜于观景处，意在提醒游人驻足观景，并激励人们勇攀风光无限的顶峰。

俯瞰千山复万山

　　清代乾隆年间《威远县志》载："大老君山……上有老君洞，修道石崖十四所。有池，古开千叶莲。"

　　大老君山山顶，正如我在山下远观的那样，坦平如砥。但我想象中的掩映于森森古柏下气象肃穆的老君祠，却早已灰飞烟灭，唯有立于老君祠原址的一座砖木结构的简陋民房，给寂静的山顶带来人间的气息。

　　这座看似民房实为小道观的建筑，是21世纪初一郭姓母子靠化缘和自己的积蓄修建而成。母子俩以此为家，一年四季都生活在这与世隔绝之地。他们在道观周围开出菜地,栽下果树,以维持基本的日常生活。同时,也卖一些香烛鞭炮,收点香火钱。

道观的大门两旁,各有一尊比真人稍大的横眉怒目、金甲碧脸、手持宝剑的武将塑像。道观里面,塑有几十尊真人般大的各路菩萨,李老君自然端坐正中。有意思的是,据说这李老君塑像胯下,便是荣县、威远的分界线,也就是说,李老君双脚分踏荣、威两地。因郭姓母子恰恰下山去了,我无缘当面求证。

清代史书所载的盛开千叶莲的水池,是一口约50平方米的矩形水池。令人称奇的是,在这拔地而起的孤山之巅,雨水应该是唯一的水源,但池水自有史记载以来,始终不涸不溢。或许,是水池的防渗漏措施到位,或许,是这座老君山本身聚集和吸纳着天地之精华。

我们走过打理得十分精细的菜畦,穿过郁郁葱葱的果树林,来到了山边。

放眼四望,顿觉赵熙的"独立荣州第一山"诗句并非不靠谱的夸张。此时,我如同站在茫茫大海中的孤岛之上,山下高低起伏的岗峦,如翻滚的波涛涌向天涯;交错的田畴、纵横的阡陌,星星点点的竹篱茅舍,构成一匹铺在大地上的锦缎……难怪郭曼军在此咏出"山下千山复万山",难怪明代叙州通判赵永在此咏出"连天碧拥芙蓉掌"……

归途中回望大老君山,它在我眼中幻化成一座高耸的炼丹炉。它数千年如一日地恩泽荣威百姓,永恒地装点着祖国锦绣河山。

仙市：盐运码头达三江

一处地名，无论是随意为之，还是出自历史典故，抑或源于民间传说，能沿用至今，都有其存在的理由。不过，像自贡仙市镇这样令人产生美好想象的地名，并不多见。

仙市镇又名仙滩，它源于玉帝之女私自下凡、侧卧熟睡于釜溪河畔的神话。

神话与现实毕竟是两回事。始建于隋代的仙滩，在恬静、闲适却又贫穷、落后之中存在了一千多年后，终于在清代有了天宫般的琼楼玉宇，成了繁荣兴旺的天上人间。

这一切，都因为盐。

清代的四川，有蓬溪、南部、嘉犍、富荣、云安五大盐场。而富荣(自贡)之盐的产量，占全川一半以上，号称"盐都"。在水路是交通大动脉的时代，距自贡仅10多公里，接沱江、通长江的釜溪河畔的仙市镇，以贡井之盐东运楚地、南运云贵的第一大码头的身份，便顺理成章地兴盛起来。

码头春秋

东出自贡市区，车行约20分钟便到了仙市镇。

在公路边的釜溪河畔，矗立着一座青瓦木柱、重檐三间的牌坊，这是进仙市镇的入口。这牌坊虽是仿古建筑，但其柱头系原木本色，柱础系青石琢成，青瓦泛着苔色，重檐简约古朴，从而给人的感觉是，这古镇似乎并未打造过度。

穿过牌坊，是一条临河的林荫下的石板路。我沿路欣赏清澈的釜溪河上摆渡的乌篷船，拍摄着河边青石板上的浣衣女，不觉间便到了当年的上码头。

仙市镇不大，却有三个码头，每个码头用途不同。上码头专供运盐船卸货装货，中码头供运送古镇居民日用百货，下码头则停靠居民出行的摆渡船。这三个码头相距并不远，但用途区分得很严格。由此不难想象，当年的仙市镇，由于过度的繁华热闹，不得不立下各行其道的严格规矩，以防交通壅塞。

上码头遗存的大条石垒砌的堡坎，以及可容好几人并行的宽石阶，令人直

仙市镇码头

观地感受到当年货物吞吐量有多么大。我注意到一个细节：码头上那近5米宽的石梯，每一级石阶已如老磨刀石一般呈弧形。那是无数身背盐袋、肩挑盐筐的贩夫，用沉重的脚步打磨而成。

的确，仙市镇的繁华史，又是背夫的血泪史。

当年贡井出产的川盐，沿釜溪河进入沱江后，转至炭花船上，再运到长江与沱江交汇处的泸州。在这里，盐运分为两路：一路以大盐船顺流东去，进入华中地区；另一路则沿长江南岸的支流赤水河、乌江、綦江逆流而上，将川盐运至不产盐的贵州。顺流到楚地相对轻松，逆流进入黔地则有无数险滩激流，且要翻越崇山峻岭。"一出南津关，两眼泪不干，要想回四川，难上难。"这段运盐船纤夫号子，便是当年从事盐业运输的人们生活的真实写照。仙市镇，只是盐商、背夫们万里长征的起点。

据当地一位上了年纪的居民介绍，由于仙市镇是贡井之盐外运的第一码头，在民国初年约有3000只运盐橹船穿梭于此。每一天都会看到首尾相接的盐船，在仙市镇的码头等待靠岸。众多运盐的船工要歇气、要吃喝、要玩乐，且有部分盐就地交易，因此，仙市镇顺势而兴旺。这里老人甚至对我开玩笑道："你站在码头上闻一下，现在还有盐的味道呢！"

仙女施水

仙市镇曾以"四街、四栈、五庙三码头"而远近闻名。

在临釜溪河的新街上，距中码头不远处，是建于清代的金桥寺，又称南华宫。这是广东籍盐业同乡的会馆，建筑面积约1500平方米。寺内以大雄宝殿为主体的建筑群，红墙黛瓦、众鳌高翘，建筑物的梁柱和墙板上，人物战场、花草虫鱼等木雕栩栩如生。矗立于高台之上的大雄宝殿，气势恢宏。由于殿前的空地较为逼仄，此殿更显得高高在上，凛然之气更为逼人，我只能以45度以上的仰角拍摄，才能获得此殿全貌的影像。此殿的山墙和正殿脊饰尤为精美。由原中国佛教协会会长、著名书法家赵朴初亲题的"金桥寺"匾牌，高悬于寺门之上，为该寺平添了几分古朴和肃穆。

与金桥寺并列临河而立的，是建于1862年的陈家祠堂。陈家祠堂原为清代雍正年间专署盐务的县丞居所，其建筑面积940平方米，厅堂三重、黛瓦砖墙、宏阔清秀，既有清代川南民居特色，又略有西式建筑的影子。如今祠堂内设有一茶馆。

沿着石板路转入正街，只见一间约10米宽的铺面，临街的墙面全部是木栅栏，仿佛当街而立的大牢笼。疾步走近，透过栅栏间隙看进去，只见两座火炉火势熊熊，几个赤膊小伙正在敲打烧得通红的铁件，原来这是一家传统的铁匠铺。以木栅栏为墙，想来应该是为了通风散热采光吧。据了解，这木栅栏与叮叮当当的打铁声已存在了100多年。

沿正街前行，只见一座土地庙旁边，有一口椭圆形、直径两三尺的水井。这就是神话中玉帝之女的私处，当地人称"胯胯井"。

胯胯井常年水满且水质清澈甘醇，是往年镇上居民的主要饮用水源。但是，此井每月有几天水色泛白且有异味，人说是玉帝之女来"例假"了，此时便无人取水饮用。"例假"一过，井水又奇迹般青花亮色。20世纪70年代仙市镇有了自来水站后，饮用胯胯井水的人少了，毕竟它不如自来水方便。但是，一些很讲究的人家在烹制招待贵客的佳肴时，仍来此井取水。

在正街的街口，有木料搭建的牌楼当道而立，这是旧时更夫的值班室。夜深人静,更夫便关闭牌楼的栅门,以防盗贼潜入客栈及民居。这是必要的,因为留宿的盐商,随身总会携带足够的盘缠。

在正街上行走,久居都市的人都会感受到浓郁的乡土气息。"梆梆"作响的弹棉花作坊,见缝插针的简陋剃头挑子,随意蹲在街沿上吸叶子烟摆老龙门阵的老人,与都市的高楼大厦、红男绿女形成强烈的对比。

天上之宫

半边街是与正街垂直的一条小巷。被称为"天上宫"的福建会馆,便坐落在此巷。

天上宫与华南宫一样,是仙市古镇保存得很完好的古建筑群。它建于清道光二十九年(1849年),是福建籍盐商共同的温馨家园,其建筑面积达1162平方米。

进入天上宫,人们恍若置身大都会的城隍庙。它的中间是一个可容纳数百人的广场。雕工考究、古朴凝重的大香案,如神兽卧伏广场中央,香案上密密麻麻的高香青烟缭绕,使整个广场如同飘在云雾之中;乌黑色的葫芦状大香炉,矗

仙市镇庙宇

立在香案一侧,使广场犹如天宫幻境。环顾四周,素雅肃穆的观音殿与金碧辉煌的大戏台相向而立,它们与两侧的走马转角楼连为一体,形成了一座封闭的大四合院。

据介绍,观音殿的木版画非常珍贵。这不仅是因为其年代久远,更因为其绘画技艺的精湛。而天上宫的镇殿之宝,则是一根罕见的长13米、直径85厘米的黄荆棍。

黄荆棍即黄荆树干。黄荆树又称黄荆条,属灌木树种,人们称它"千年锯不得板,万年架不得桥",也就是永远长不大的意思。目前中国已知的最大的一株黄荆树,高15米,树干围2.2米,生长在江西萍乡的莜山石缝中,号称黄荆王。天上宫的这根黄荆棍,在去掉树皮的情况下,干围仍达1.35米。

经当地人指点,我看到了悬吊在大戏台内横梁下的天上宫镇殿之宝。这株凝聚天地精华的奇异之树,曾生长在什么样的险绝之地、又如何被意外发现、又怎样历尽艰辛来到仙市镇,已无人能回答。但有一点是可以肯定的,如果当年的福建盐商没有惊人的财力,仙市镇没有非同寻常的繁荣,天上宫的大戏台是不会成为这根黄荆棍的最终归宿之地的。

毫无疑问,天上宫是仙市镇历史画卷浓墨重彩的一页,是仙市镇曾经万千气象的缩影。

"天下攘攘,皆为利往。"除了天上宫、南华宫,贵州盐商、江西盐商也不远千里,在仙市镇建会馆、修神庙。财力的大小、势力的强弱、入行的先后,在各自会馆的建筑规模、品质上有所体现。贵州会馆门饰简约,仅在门柱上各置一尊小巧玲珑的石狮,馆内戏台也无飞檐;江西会馆则偏居古镇一隅,主体建筑已成为民房,现仅存一座神庙。

盐帮佳肴

仙市镇的新河街临釜溪河,近200米长。古镇的主要餐馆,便集中在这条街上。

为了使游客们有一个秀色可餐的饮食氛围,这些餐馆临河的一面多半没有墙壁,甚至连护栏也没有。游人进餐时,既可纵览河景,又可扫视街景。这些餐馆底层看似敞亮但稍显简陋,楼上却精心设置了风格各异的雅间。这些雅间雕栏轩窗,置八仙桌太师椅,并有盆景字画点缀。非但如此,从这些雅间里或凭栏眺望、或临窗俯视,食客的眼前都呈现一幅优美的风景画。

我们就是在这样一家餐馆,悠闲而惬意地享受了盐巴菜的辣、鲜、香。

在美国人马克·科尔兰斯基撰写的享誉世界的名著《盐》一书中,自贡盐商格外讲究的饮食,给他留下如此印象:"在中国,菜的原料越古怪,烹饪方法越神秘,就越有身价。"在这个老外眼里古怪的盐帮菜食材,我们当然见怪不怪,中国人连动物的生殖器都敢吃,我们那天点的火爆兔肚、香辣鸭唇,简直不算什么了。烹调的方法我们也习以为常,新鲜辣椒、干辣椒各司其职,分别贡献它们的鲜辣和酥辣,再加上生姜的燥辣和大蒜的辛辣。兔肚、鸭唇沾附、吸纳了这些超量的复合辣味,辣得我们大呼小叫、汗流满面,但还是不忍停嘴。这就是盐帮菜的特色:辣得流泪,麻得伤心,鲜味依旧。

不过,《盐》一书中所说的中国菜食材的古怪,倒使我从那天所点的主菜——牛佛烘肘中有了新的体会。

牛佛烘肘我们久闻大名。距仙市镇仅10多公里的牛佛古镇是它的原产地,早在清康熙年间就是宫廷贡品。仙市镇的牛佛烘肘且不说发扬光大,起码也是保持原汁原味的。呈现在我们眼前的牛佛烘肘,色泽棕红,香气浓郁,保持着一只猪肘的完整外形。举箸品尝,肉质细腻、味鲜回甜、肥而不腻。此菜一上桌,很快便被我一扫而光。

吃罢,我打听到一个牛佛烘肘来历的传奇故事:吴三桂的宠妾陈圆圆途经牛佛,慕名品尝了大名鼎鼎的牛佛烘肘后,顿时容光焕发,仿佛年轻了许多。于是,她乘兴提笔写下八个大字:"牛二烘肘,天下无匹。"这牛二便是牛佛烘肘的店主。更为离奇的是,牛二被陈圆圆的绝世美貌所摄,鬼使神差地向她道出了制作牛佛烘肘的祖传秘籍:必须用饲养五年的老母猪肘子为原料,而这母猪的五年生长期间,须以苡仁、冰片、人参、花生等药材喂食,其肉才入口化渣、肥而不腻,才具有女子孜孜以求的养颜驻容功效。

不知马克·科尔兰斯基是否对中国菜的古怪了解到了如此程度,但不管怎样,中国饮食文化的博大精深,是举世公认的。

仙市古镇,似乎少了"一位丁香一样的姑娘,撑着一把油纸伞,徘徊在悠长而寂寥的雨巷"的诗情,却有着"五庙香风绕秀户,百舸樯影动汀鸥"的画意。

何君阁道碑：南丝路上的惊世汉碑

以波澜壮阔的瀑布云闻名巴蜀,从而令驴友们摄友们心向往之的荥经牛背山上,在牛背山险象环生的山道上的越野车车辙之下,有一条开凿于战国时期的秘道。

2000多年前,这条秘道上运送的物品,不是茶叶,不是盐巴,也不是丝绸,而是产自泸定、康定一带的金矿。这条秘道,随着金矿的枯竭,在汉唐时期承担起由四川盆地向藏区运送茶叶、向南亚中亚转运丝绸的功能,从而成为从内地通向康藏地区的交通要道之一。

令人遗憾的是,由于这条古道过于隐秘,过于陡险,已渐渐被世人遗忘,无情地湮没于历史的烟尘之中。

2000多年后的2004年3月,随着荥经县烈士乡荥河峡谷里绝壁上一块汉代摩崖石刻的意外发现,这条2000多年的古道重新进入人们的视野。

这条古道的路线是:雅安—荥经—花滩—泗坪—三合(牛背山)—祁家河—化林坪—冷碛—泸定。

这块汉代摩崖石刻,便是如今列为国家文物保护单位的"何君阁道碑"。它是在2004年3月14日,由荥经县烈士乡民建小学的老师刘大锦、牟建在该乡冯家村游泳时发现。

"何君阁道碑"系东汉光武帝建武中元二年(57年)所刻。这是史有记载、未曾见物的国宝,历朝历代的考古工作者、史学家、书法家梦寐以求的古代文物。说它是碑,是因为史书中记载为碑,实际上是摩崖石刻。

这条开凿于战国时期的古道,在荥经县烈士乡境内长约10公里的一段,是在荥河的绝壁上掏凿而成。2012年夏,我站在荥河西岸的山顶向古道蜿蜒的对岸看去,只见如一张张屏风般的绝壁半腰处,绿色的植物如腰带缠绕,好似一个个腰缠玉带的巨人。

陪同的荥经县文管所所长高俊刚遥指对岸的绝壁告诉我:这条绿色的植物带,便是当年的古道遗迹。由于突出于崖壁的古道早已废弃,其上方山坡的泥石被雨水冲刷下来,堆积在古道上,便形成了树木生长的土壤层。天长日久,古道上的植物便郁郁葱葱,从对岸远观,便犹如一条飘在山腰的翡翠带。

在荥经发现如此珍贵的文物,令荥经的文物工作者欣喜不已且备受鼓舞。高俊刚为此特地买了一架高倍望远镜,稍有闲暇,他便在荥河西岸10多公里路隘苔滑的悬崖、乱石嶙峋的险滩上沿河行走,仔细观察何君阁道碑所坐落的东岸连绵绝壁上的一洞一穴、一石一缝,期盼着有新的发现。

对荥河两岸的地形、植被、山道如数家珍的高俊刚,带领我从荥河上的一座水泥桥绕到古道所在的河岸后,我从108国道旁的何君阁道碑文物保护碑侧边的石阶拾级而下,去瞻仰久闻大名的何君阁道碑。

历经近2000年的风霜雨雪,何君阁道碑在我的想象中,是字迹漫漶、残缺不堪。但令今人幸运的是,由于此碑镌刻于高约350厘米,宽约150厘米的页岩自然断面上,上面有一块巨大的岩石呈伞状向前伸出约2米,形如屋顶,有效地保护了此碑免遭日晒雨淋。再加上刻石向西,处于崇山峻岭的阴面,因此又避免了烈日的暴晒和暴风的侵袭。当年刻碑者在选址上也是匠心独运,在它的周边都是易于风化的页岩,唯有石刻一处是坚石,因此,呈现在我眼前的何君阁道碑,完整得令人不敢相信自己的眼睛!

细看刻石,其四周边框随字体变化凿成一不规则梯形,高65厘米,上宽73厘米,下宽76厘米。全文共52字,排列7行,随字形简繁,任意结体,每行7字、9字不等。其内容为:"蜀郡太守平陵何君,遣掾临邛舒鲔,将徒治道,造尊楗阁,袤五十五丈,用功千一百九十八日。建武中元二年六月就。道史任云、陈春主。"

历史学家将此碑内容译成现代汉语如下:蜀郡太守平陵人何先生,派遣他的下属官吏临邛人舒鲔,率领着服徭役的队伍(来此)修路。建造了高脚柱栈道,南北共长55丈,用了工作日1198个。建武中元二年六月完成。严道地方官任云、陈春主(记)。

由此可见,这是一方摩崖纪功刻石。

观赏这一石刻,给人最突出的印象是率性、自然。书者似乎并非名声在外的书法大家,也非沾沾自喜的地方文人,他仅是以手中之笔客观记事而已,因而毫无炫耀书法技法之心。其章法,竖看行距大致齐整而略有旁逸穿插,横看则完全无行,错落参差,尊重字的个性,根据字的个性来决定张弛。其字迹清晰完整,最大字径宽9厘米,高约13厘米。当代书法史学者一致认为,其书法风格极具早期汉隶典型特征:结体宽博,横平竖直,波磔不显,古朴率直,中锋用笔,以篆作隶,变圆为方,削繁就简。其章法错落参差,洒脱大度,反映了由篆及隶的演变

荥河峡谷里绝壁上的秦汉古道

何君阁道碑

过程。

碑文中几个字的写法,真实而直观地反映了由篆及隶的演变过程。书者有时似乎在不经意之间使用篆字,如铭刻中最大的一个字"尊",即纯为篆体,与汉印所用相同,"舒"字偏旁"予","鲔"字偏旁"鱼",亦甚似缪篆(汉代官印书体)。这反映了隶书依依告别篆体,自身走向成熟前夕的一种现象,完全不同于东汉晚期某些碑刻有意以篆体入隶。所以,"何君阁道碑"可谓西汉至东汉隶书发展转折点的一个标志。

与欧阳修、赵明诚并称为宋代金石三大家的洪适,称其"东汉隶书,斯为之首"。康有为指出,此碑"变圆为方,削繁成简,遂成汉分",这些看法都是比较中肯的。此外,"何君阁道碑"对于研究古代交通史、行政管理制度、公文行文方式、计量均有十分重要的价值。

再看碑刻周边环境,附近崖壁上,残存着架设栈道横梁的石孔,其边长竟达60厘米!由此可以想象,这阁道(有顶的栈道)多么结实耐用,简直是壮丽的悬空长廊。

"何君阁道碑"的重现,澄清了一些历史疑案。

它的出现,证明了历史学家推定的楚人开通的运输金矿的秘道确实存在,也印证了此后汉代由司马相如开通的西夷道荥经段,是从花滩向西,经泗坪—三合—大矿山—泸定,然后辐射到藏区。其次,它还证明了这条官道至少在东汉还在维修使用,而不是如前些年有的学者断定的"东汉初就改走相岭"。

此碑被发现后,有短短几天时间疏于保护,被闻讯赶来的各色人等拓了百余张拓片,致使此碑遭到一定程度上的损坏。如今,仅此碑拓片便在文物市场卖到两万元一张。目前,高高的围墙,钢筋焊成的铁栅栏门,将此碑严严实实地保护起来。

当我问及此碑何时对公众开放时,高俊刚说,短时间内恐怕不行,其主要原因是碑体本身要用高科技手段处理,以防再次出现人为损毁和继续风化。此外,周边的一些配套设施,也需要认真规划修建。

荥经,这座南方丝绸之路、茶马古道必经的古城,除了"何君阁道碑",其境内已发现的汉代文物还有高颐阙、樊敏碑阙、王晖石棺、姜维城等等,以及近年发掘的始建于春秋战国时期的严道古城遗址,可谓群星璀璨。

岔河："鸡鸣三省"的奇异

脚踏那些比较特殊的国境线和自然地理分界线，总会令人兴奋莫名、浮想联翩。

20世纪90年代末，我曾特意从吉林集安市云峰水电站走过鸭绿江上800多米长的拦河大坝坝顶，直抵对岸桥头的朝鲜人民军哨所，然后一脚踩在地面那条黄色国境线中国一侧，一脚踩在朝鲜一侧。自那时起很长时间，我都天真地为撩开过这个神秘国度的铁幕而沾沾自喜，尽管此举是象征性的。前几年我到台湾，游览位于东部海岸旁、濒临太平洋的花莲县丰滨乡北回归线纪念碑，我像顽童般脚踏碑体中间表示北回归线精确位置的细缝两侧，居然想感觉一下处于北侧温带的腿是否冷些、南侧热带的腿是否热些。

受这种好奇心的驱使，我国辽阔大地上的那些"鸡鸣三省"之地，自然也引发了我"一脚踏三省"的兴趣。

2009年，经世界文化地理研究院中国地域文化中心、中国无形资产研究院、中华口碑中心联合组成的"中国'鸡鸣三省'文化地理考察组"考察和比较研究，中国十大"鸡鸣三省"标志地出炉，四川叙永水潦彝族乡、贵州毕节林口镇、云南威信水田寨交界处名列榜首。这一处"鸡鸣三省"之地原点四川一方的水潦彝族乡岔河村，不但濒临大名鼎鼎的赤水河，且峡谷深切，地势险要，景色壮美。于是，我跃跃欲试了。

赤水印象

从成都到叙永后再前往岔河村，有两条路可选择：一条是经后山、观兴、石坝至水潦的新路，虽翻山越岭，但路面平整；另一条路一直向南，经摩尼到达赤水河畔的赤水河镇后，再傍赤水河溯河向西至石坝后再到水潦。后一条路的赤水河镇至石坝段，是不再维护逐渐废弃的老路，且弯急路窄坡陡，但可饱览赤水河这条美酒飘香的川黔界河上游两岸原始而壮丽景色，又可体验一下工农红军一渡赤水后在赤水上游转战的困苦与艰险，因此，我决定走后一条路。

鸡鸣三省的奇异

偏居川黔边界的赤水河镇，在中国近现代史上曾有过瞬间的辉煌。1916年2月，蔡锷率讨袁护国大军自云南、贵州进击四川的袁军，就是在此饮马赤水，并受到该镇群众箪食壶浆、敲锣打鼓的欢迎。蔡锷在此得到物资补给并稍事休整后，继而翻越川南第一雄关雪山关，随即在泸州纳溪打响了全国讨袁护国第一枪。

沿着该镇赤水河大桥桥头的傍河机耕道，我们向石坝进发。路基左边，是清波碧浪的赤水上游；右边，是四川盆地南缘连绵高山的山脚。

据说，赤水河是长江上游唯一未被污染的支流。我们眼前的赤水河上游，确如一个远离尘嚣、纯净自然的世界。隔河遥望贵州一侧，沿岸岩溶地貌发育充分，呈现瑰丽多姿的喀斯特地貌景观，时而翠峰如屏，时而绝壁如楼。在这些与河面垂直的悬崖石缝中，时有涓涓细流汇入赤水，并形成芳草青青的袖珍滩涂。悬崖上，时而可见直通河边如天梯般的石径，在石径尽头，是停靠打鱼船的古渡头。

我们车轮下的四川一侧，则是另一番景象。千万年河水裹挟的泥沙，沿河堆积成一段段土地肥沃的缓坡，长势喜人的庄稼和茂密的树林，如一条绿色的长毯沿岸铺展。一个个汉、彝、苗民族杂居的村落，散布在坡地上、山腰间。与平原、丘陵地区的四川民居不同的是，这里村落的民居虽是青瓦盖顶木料为墙，但屋基以条石垒砌且高出地面两三米，乍看犹如一座座堡垒，大概是为了防潮防山洪吧。再往上看，便是摩天接云、连绵不绝的高山，这些东西走向的高山山脊，应该是四川盆地的南盆沿了。

两岸地形地貌的反差和赤水的阻隔，不仅使两岸各具特色的自然景观争奇斗艳，也使隔岸相望、鸡犬相闻的两地村民的人居环境和民风民俗很不相同。因此，同行的摄影爱好者感到既新鲜又欣喜，用长枪短炮频频远吊近射。

红色记忆

从赤水镇出发，我们的汽车颠簸了20多公里后，这条坎坷又崎岖的小路开始向右边的山腰蜿蜒，路况越来越差并越发陡险。这段约10公里的山路开凿在绝壁悬崖的腰间，沿途不见人烟，已多年没有外来车辆驶过。偶有当地跑运输的面包车，与我们小心翼翼地对错而过。不断有苍鹰在我们上方盘旋，令寂静的山野平添了几分肃杀和荒凉。而我们去水潦的必经之地石坝乡，坐落在抬头看不到顶的高山之巅。

这样的地方，在70多年前更是人迹罕至。1935年1月，中央红军在川黔交界的土城、元厚一带一渡赤水后进入川南的古蔺,又向西转战至叙永的摩尼、石坝一带,并在赤水河两岸迂回运动,灵活地穿插于敌人重兵包围之中。就在这山高路险水急的恶劣地理条件下,在敌兵疯狂的围追堵截中,决定中央红军未来命运的"石厢子会议",于这年2月在当时居住着75户人家,有汉、彝、苗民族400多人的名叫石厢子(即今石坝乡)的小村庄召开。

在这次会议上,中央政治局常委一个重大议题是确定由张闻天接替秦邦宪在党内负总责,由毛泽东、周恩来负责军事。这是在当时条件下党的集体意志做出的选择。张闻天的任职,保证了毛泽东同志的军事指挥,在实际上确立了毛泽东在全党、全军的领导地位,解决了在此前遵义会议上没有彻底解决的决定红军生死的问题。

毛泽东是这样回忆当时情况的:"1935年1月党的遵义会议以后,红军第一次打娄山关,胜利了,企图经过川南,渡江北上,进入川西,直取成都,击灭刘湘,在川西建立根据地。但是事与愿违,遇到了川军的重重阻力。红军由娄山关一直向西,经过古蔺、古宋诸县打到了川滇黔三省交界的一个地方,叫作'鸡鸣三省',突然遇到了云南军队的强大阻力,无法前进。中央政治局开了一个会,立即决定循原路反攻遵义,出敌不意,打回马枪,这是当年二月。"(见《毛泽东文集》第8卷,第315页,人民出版社1999年版)。

石坝乡政府所在地旧时称石厢子,是因场头矗立着几块形似箱子的巨石得名。进入场镇,我们便直奔"石厢子会议"会址居民王宗福的家。

60多岁的王宗福如今仍居住在这屋里,屋内的陈设与其他民居无异,唯有堂屋正面墙上,一块写着"中央红军石厢子会议会址"的牌子,彰显着这里的特殊。"当年毛主席就是在我家开会,做出了一项项重要决策!"老人自豪地介绍,他是从祖父王连山口中了解到这段历史的。王宗福说,之所以选在他家开会,因为王家房屋位于场镇中心,有两层高,堂屋有铁皮大门,屋外还有一处房和天井。开会时,红军楼上楼下层层把守,十分安全。

从王宗福流利的介绍和见惯不惊的神情可以看出,随着与重走长征路类似的红色旅游的兴起,这一处应该与遵义会议相提并论的乡镇,已吸引着越来越多的拜谒者。

随后我们在镇街上看到,当年红军总部所在的万寿宫,以及电台、中华苏维埃银行、没收征发委员会、苏维埃纸币兑换处旧址,都挂上牌匾以作纪念。

在石坝彝族乡场镇边上,当地政府为了纪念"石厢子会议",于1998年在场镇上方的石林公路边立了一座纪念碑。许多游客到石坝旅游观光,都站在石碑旁摄影留念。

鸡鸣三省

毛泽东提到的"鸡鸣三省"之地，是一个广义的地理概念，云南镇雄县坡头镇、贵州毕节市林口镇、四川叙永石坝乡及水潦乡临赤水河而居的人们，都自称居住地雄鸡报晓三省可闻。而狭义的"鸡鸣三省"之地，即川黔滇三省交界的坐标原点，才是我此行的最终目标。

出了石坝场口，我们便拐上了叙永通往水潦的水泥路。过了水潦乡政府驻地，视野豁然开阔，透过车窗向赤水河南岸眺望，顶平壁陡的乌蒙群山如一幅巨大的屏风，自东向西逐渐抬升，绵延至天际，景色十分壮丽。

到了岔河村，我们与事先联系好的向导、村支书胡茂林女士会合后，便踏上了前往真正的"鸡鸣三省"处之路。

将"鸡鸣三省"全景尽收眼底的"观景台"，是岔河村村民在岩壁上开凿出来的一条石道。当地人称这里为"大堰"。开凿这条石道的目的并非为了开发旅游，而是为了生存。胡茂林告诉我们，岔河村地处山顶，水源十分匮乏，饮用水要每天冒着生命危险到悬崖下的一个叫龙洞的泉眼汲取，农作物收获是否有望则要看老天爷长不长眼。因此，20世纪70年代中后期，岔河村的群众投资投劳，石工们坐在箩筐里从悬崖上吊下，从泉眼处开凿了一条宽约2米、长几百米的盘山沟渠和石道，山洞里的水便顺着沟渠引了过来，解决了人畜的饮水困难也灌溉了稻田。

"大堰"是附近的制高点，在这里俯瞰，川黔滇狭义的"鸡鸣三省"之地独特的自然地理景观，尽在眼前：两河三岸宛如一个大写的英语字母"T"，那一竖为自北向南奔流的川滇界河赤水河；那一横的右半边，是自西向东奔流的黔滇界河渭河，而一横的左半边，则是赤水河在接纳了渭河之水后，呈90度大拐弯，又成为川黔界河，然后一路向东而去。位于"T"一横一竖连接处的两河交汇的中

"鸡鸣三省"的奇异（左为四川，右为云南，正前为贵州）

心，便是三省的边界点。

"大堰"位于一横和一竖相接处的左边，三省的边界点，便在其西南方向二三百米外。我们向隔着峡谷里如一根银线的赤水河西岸看，是峭壁高耸的云南镇雄县坡头镇水田寨地界；向两河交汇处的南边看，隔着赤水河和渭河，是壁立千仞且横贯东西连绵不绝的贵州毕节市林口镇地界。蔚为壮观的是，无论是渭河两岸还是赤水河两岸，其山势都如刀劈斧削般陡峭，其峡谷都狭窄深邃。

我们长久地环视这一派旖旎而奇异的自然地理风光，渐渐地又发现交界之处三省的地形地貌又各有特色,我们的想象力也因此空前地丰富起来:云南境内山脉自西北方向延缓而来,形如"象鼻吸水",于雄壮之感中又平添几分温情;脚下的绝壁间的崎岖石道和沟渠,令人恍若跋涉在"蜀道难,难于上青天"的川北金牛古道,虽战战兢兢却又难抑大发的诗兴;贵州境内绝壁如围屏,河流如深壕,形如不可攻克的金城汤池,令人自觉渺小却又心驰神往。

据史料载,清光绪年间,为方便三省边民贸易往来,朝廷在坡头乡设厘金所,从而成为云、贵、川三省商品的集散地之一。三条小木筏、三个摆渡的艄公分住三省一隅,在赤水和渭水间以摆渡三省民众为生,兼在崖缝石间刨一些薄地栽种庄稼。他们是云南罗吁秀家,贵州张炳之家,四川赵新和家。三家仅隔着两条河流,直线距离不到200米,处于一个等边三角形的三个点上,雄鸡一鸣,三家皆闻。因此,严格意义上的"鸡鸣三省"区域,是罗、张、赵三家居住的等边三角形地带。

赵姓艄公,还曾为经此前往云南的中央红军摆渡。新中国成立前夕,由于三省贸易日衰,渡客凋零,便只有赵氏一家仍在渡口,直到20世纪90年代初,他家才迁到离渡口几公里的地方居住。如今,从前三户人家的住地,熏黑的石壁依稀可见,但已是断垣残壁、荒草蔽路。

陪同在侧的胡茂林告诉我们,听她的祖辈讲,六七十年前,这三省交界的方圆几十平方公里的地方,还有着原始的生态环境,是各种走兽飞禽的天堂。她绘声绘色的讲述,为我们展现这样一幅画面:看似无路的临河绝壁,时有矫健的野山羊嬉戏追逐,或结队下到河边饮水梳妆;老树倒悬野藤攀附的陡崖,常有猴群跳跃打闹,或成群下到河边浅水处沐浴戏耍;枯水时节的河里,野鸭游弋,鱼翔浅底……当然,再早的年代,这地方更是蛮荒之地。明代杨升庵的《赤虺河行》中,便有如此形容这一带的文字:"君不见,赤虺河源出芒部,虎豹之林猿猱路"。读史观今,可以想象,这自古以来人迹罕至的"三不管"地带,一定曾经是绝壁阴森,峡谷幽暗,河水咆哮,虎啸猿啼,令人毛骨悚然。

不知不觉,我们已在这下临深渊的数百米凌空石道上,盘桓了近2个小时。该道别了,返回叙永的70多公里盘山路,还有浓重的冷雾、迷蒙的山雨等着我们。若天色黑尽,将充满未知的风险。

与胡茂林告别时,这位干练豪爽的彝族女支书满怀憧憬地说:"你们来一趟不容易啊,待到明年,你们就可以住进新建的农家乐,免得急急忙忙赶路了。"

是的,我们还会再来。不过,届时我们将择一高处露营,以饱览这奇异之地日出的壮阔、日落的瑰丽。

姊妹桥:疑是彩虹落山间

山重水复,一桥飞架其间。它与山水浑然一体,它好似天造地设。这是前南斯拉夫二战影片《桥》中的桥。它的缔造者、那位桥梁设计师深情地赞美它,危机四伏中的游击队员忘不了赞美它,连身陷绝境的德军将领也忍不住赞美它……

在四川,也有一座如彩虹挂在山间的古桥。它以河心的巨大岩石为天然桥墩,以周边的原始林木为纯木桥体,以当地的亭楼形制为桥身造型,且成双成对首尾相接。从任何角度和高度看,它都是与山水相互映衬的一幅绝佳水墨画。

这座巧妙利用自然景观、与之浑然天成的桥,是安县姊妹桥,距今已有600余年历史。

融入山水

安县晓坝镇五福村,四周群山环抱,幽谷叠翠,茶坪河自北向南蜿蜒其间。被誉为"东方风雨廊桥"的姊妹桥,便飞架茶坪河上。

我从成都出发,经安县县城,过罗浮山温泉,再沿温泉门前一条通往千佛山的公路前行约10公里,便进入五福村一组地界。深闺里的姊妹桥,便隐于距公路百米开外的翠竹林中。

经村民指点,我走过一段田间小道后,只见一座两叠水的牌楼,矗立在前。牌楼的门楣处,隐约可见风剥雨蚀后的双凤朝阳木雕图案;两边的挑坊上,刻着卷草花纹;两边的金瓜柱上,刻有花卉云纹。这便是姊妹桥桥头。

伫立桥头阅读碑文,方知该桥建于元末明初。高3.5米、宽4米、长18米的人字户架桥身,全系穿榫而成,上盖小青瓦。桥梁以大土碗般粗的原木并集而成,上面铺设木板。两侧有原木护栏,既保安全,又供人凭栏观景。

步入桥内,仿佛登上云中楼阁,好似踏进深宫长廊。凭桥栏眺望,桥下溪流荡碧波,两岸青峰生紫烟。姊妹桥点缀着山水,山水更加灵气逼人;山水烘托着姊妹桥,姊妹桥更加清纯迷人。

作为廊桥的姊妹桥的魅力,就在于它古典的意境给人以无穷的想象空间。

姊妹桥头

浪迹天涯的游人,置身似屋非屋、似家非家的姊妹桥之中,虽有淡淡的离愁别绪,却无身在屋檐下不得不低头的压抑。更多的时候,姊妹桥让人们避骄阳、躲风雨,暂离大自然的肆虐。因此,古廊桥的存在,就不仅仅具有建筑学上的意义,更体现了中国传统社会的一种人情味,一种社会人文关怀。

而它作为一处独特的景观,又让今人躁动而疲惫的心得到片刻的歇息,从而感染着一拨又一拨的游客……入境随俗,入桥心安,没有了喧哗,没有了烦躁,游客们自然而然地沉湎于幽幽古风之中,情不自禁地让思绪飞越尘世。

习习河风,潺潺流水,啁啾鸟鸣。唯有天籁,萦绕在廊桥中人的心怀。

构造奇特

姊妹桥的一个奇特之处,就在于它以天生岩石为桥墩。茶坪河流到此处,被一块巨大的岩石所阻。然而,青山遮不住,毕竟东流去,经长年河水冲击,巨岩两旁分别被冲开一条豁口,河水分叉挤出,绕过巨岩又合流。这巨岩,便成为坚固的桥墩。两岸各架一桥于岩上,两桥共用一桥墩,两桥造型又完全相同。以姊妹命名此桥,恰如其分。

因地制宜,依势架桥,姊妹桥的造桥理念至今仍值得借鉴。

姊妹桥两桥共长约50米,两桥之间的巨岩上凿有石阶以方便行走。由于桥面距河床高达10多米,因此,当我站在河床上仰视,高高在上的姊妹桥有蓝天白云映衬,如玉宇的彩虹,似九天的鹊桥,在桥上行走的人们,犹如天外来客。又由于姊妹桥两岸翠峰高耸,我站在山上俯视,山坳里的姊妹桥有碧水奇石垫底,如汲水的蛟龙,似卧波的神龟,桥下湍急曲折的河流,好似缠山玉带。

一位对姊妹桥情有独钟的桥梁专家,以专业的眼光评价此桥:"整座桥的结构沿用川西民居建筑方法,全是穿榫连接的木质结构,不见一钉一铆,是一座整体的受力结构的纯木桥,承载力之大,在其他地方很少见到。"

姊妹桥其实原名为双木桥、高桥、五福桥,始建时为石板桥。因茶坪河连年涨水,溺水之事时有发生,清同治十一年(1872年),乡人自愿捐资捐料,请能工巧匠改建成了现在人们看到的这座木质廊桥。清光绪十一年(1885年),当地乡绅曾生年、杨子联、陈文德、陈保三等人又筹资在此桥基础上维修加固。遗憾的是,它的建造者没有赵州安济桥的设计师那么幸运,人们至今也不知姊妹桥的建造者姓甚名谁。

的确,姊妹桥在激流之上和峭壁之间从容飞渡,展示着简洁、实用的工程力学之美。而数百年前的那些山村工匠,又是根据什么力学原理,使姊妹桥轻盈如

被誉为"东方风雨廊桥"的姊妹桥

虹地贯通两岸呢？用不着奇怪，古人的许多智慧，并未记载在史册里，而是凝聚在实践中。这好比唱山歌的原生态歌手，他们没有精深的音乐理论，却依然唱得优美动听一样。

于是，就像水往低处流、万物要生长一样，当人们认为这里应该有一座桥时，姊妹桥便在他们手中自然而然地生成，也就必然地与山水和谐相融。它的倩影，也就在朴实中经年不衰，在纯美中四季迷人。

抗震英雄

姊妹桥如今仍是五福村部分村民出山赶集、进城购物的必过之桥。我在姊妹桥上逗留时，不时看到挑着箩筐的农夫在廊桥内撂下担子，优哉游哉地抽一阵叶子烟，然后神清气爽地踏上回家之路；背着背篓的农妇和手挽竹篮的村姑，在桥上或嘻嘻哈哈地打闹，或轻言细语地倾诉闺中心事；放学回家的顽童们，则在桥栏杆上攀上攀下，仿佛它就是他们的儿童乐园。

我随意与桥上小憩的村民聊天后感到，他们和姊妹桥有一种说不清的缘分与道不完的情感，不管时间紧与不紧，累与不累，只要一走到桥上，总如鬼使神差般地要停留一下。对于附近的村民来讲，这姊妹桥更是茶余饭后消遣、夏季纳凉的最佳去处。而在早一些的年代，这里更为闹热，是农产品交易和土特产买卖的好场所。

这样的古廊桥，早已超越了交通工具的范畴，保护它，也就远远不止是保护一个建筑了，而是保存了一种生活方式。

朴实如村姑、年迈如老媪的姊妹桥，却在"5·12"汶川大地震中得以幸存，堪称奇迹。

"5·12"汶川大地震发生后，距姊妹桥仅20多米远的五福村一组40多户村民的房屋，几乎全部垮塌；其上游几公里处钢筋水泥修筑的小水电站，也被彻底摧毁。姊妹桥在地震时发出阵阵声响后，虽门楼、廊顶歪斜，却依旧傲然挺立。

地震后第三天，参加抗震救灾的宜宾民兵应急独立营，经姊妹桥绕道上山，进入因道路损毁、山体坍塌与外界隔绝的三清村、柳坝村，将2100多名受灾群众营救出山。

姊妹桥，完成了一次自它诞生以来的独特而神圣的使命，成为拯救数千人性命的英雄桥。

姊妹桥创造的奇迹，在建筑学界引发了一场"古建筑为什么更耐地震"的大讨论。柔中有刚的它，也因之再次为世人瞩目，因之更为世人珍视。

邓池沟天主教堂："熊猫热"从这里发源

在终年云雾缭绕的夹金山，一种"最不可思议的动物"，在一座神秘的教堂里被一个不远万里来到这里的洋人发现。

这种动物注定了人见人爱，这个教堂注定了要声名远播，这位洋人注定了要名扬天下。大熊猫、邓池沟天主教堂、阿尔芒·戴维，共同构成了世界熊猫文化的策源地，从而使世界的"熊猫热"一直高"烧"不退……

隐藏在大山深处的教堂

霜叶红于二月花的时节，我驱车出宝兴县城，沿省道傍青衣江的上游东河向北前行20公里后，河上出现一座水泥桥，桥的那一端便是通往邓池沟的一条简易公路。

路越行越窄，越行越崎岖。到达一处幺店子时，似乎没有路了，但店墙上一块蓝底白字的小路牌上，明白无误地写着"天主教堂"并标示着指路箭头。从这里开始，汽车便在仅容拖拉机通行的机耕道上，以飞机起飞时的仰角，缓缓地向位于海拔1765米处的教堂爬去。

车窗外，秋霜凝重，秋色浓郁，秋意盎然。

车轮下的这条山道，是当年连接川康藏的古道，它正好从邓池沟教堂经过，小金、康定等地的客商翻越夹金山后，经过这里到达成都。

公元1771年，10万清军经过这条古道，翻越夹金山，展开了持续6年的平定大小金川叛乱的"辛卯之役"。而140多年前的那个2月间，这里春寒料峭、积雪未消，阿尔芒·戴维也徒步行走在这条古道上。他是受法国远东教会的派遣，到邓池沟天主教堂担任第4任神甫。

早在1802年，法国远东教会的周耶神甫就开始在邓池沟传教，1829年周耶病逝并葬在这里，这里便成为川西天主教的大本营。1839年，这座占地面积1717平方米的教堂落成。阿尔芒·戴维于1900年在法国逝世后，为纪念这位为世界生物学做出卓越贡献的神甫，法国远东教会于1902年对邓池沟教堂进行

邓池沟天主教堂

扩建,并更名为"报领堂",意思为报答阿尔芒·戴维。

那年,阿尔芒·戴维到邓池沟天主教堂赴任,是从成都出发的。他经邛崃的马湖、火井,到达芦山的大川,再从大川翻越海拔3000多米的大瓮顶抵达穆坪(今宝兴县城),用时8天。

这可能是戴维一生中最艰险的一段旅程,也可能是他一生中唯一的一次徒步长征,其结果便是大熊猫第一次从这里走向全中国、全世界。

大熊猫从这里走向世界

邓池沟天主教堂是突然出现在我们眼前的。因为我接近它时,看见的并不是想象中的哥特式建筑以及房顶高矗的十字架,而是一座颇有规模的木穿斗结构的中式四合院。我的惊诧很短暂,因为我很快觉察到它的与众不同:它的大门外有宽阔的门庭,这是用8根1尺多粗的圆木柱支撑起的古罗马式礼拜堂,从而使整个建筑显得气势恢宏;它的大门也并非像中式院落一概居中,而是出人意料地居于左侧,令人感到怪异而神秘;而根据日出方向判定,它竟然坐东向西。

这天不是做弥撒的时间,那位年轻的神甫外出了,接待我的是教堂聘请的一位土生土长的徐姓管理员。在他的引导下,我从紧闭的大门旁边专供游客进出的小门进入院内。

院内有一个约300平方米的方正的广场,广场四面的房屋是一个整体,均为一楼一底全木结构。东屋的底层是戴维陈列馆,陈列馆又分为史料陈列室、戴维起居室和工作室、标本陈列室。

在史料陈列室,有几个用密封的玻璃柜保护的镇馆之宝:一是戴维当年传经布道不离手的黑色十字架和他从他的祖国法兰西带来的弥撒经书;一是他从家乡带到这里供一日三餐使用的青花瓷盘。这青花瓷盘令我浮想联翩,我先怀疑是不是搞错了,这瓷盘的原产地应该是中国啊。很快我明白了,在中国古代,青花瓷器被洋人视为珍品,戴维带着这"出口"又转"内销"的它,说明他对我们这个东方文明古国是多么向往,而这正是他远渡重洋、历尽艰辛来此的动力。

戴维的起居室和工作室各有10多平方米,有一门直接相通。起居室里陈列着戴维当年使用的一张古色古香的雕花木床、一张如学生上课用的中式书桌、一把典型的太师椅。书桌上,一本翻开的《圣经》端端正正地摆放着,仿佛还散发着戴维虔诚的心胸的余温,一盏油灯立在书侧,它熄灭后的轻烟似乎还在屋内袅绕……整个起居室除此再无其他家什和装饰物,真是简陋至极。当然,我毫不怀疑他的精神是丰富的,生活是充实的。

戴维的工作室同样简单,仅一张中式大方桌、一把稍大一些的太师椅而已。1869年5月4日,当地的猎手们第一次为戴维捉到时称"竹熊"的大熊猫时,戴维很有可能就是在这里为他称为"最不可思议的动物"称体重、量身材、检查健康状况。这憨态可掬、滑稽可笑的动物,一定使戴维惊喜得不停地"感谢上帝"。他在仔细端详这只"竹熊"毛茸茸、黑白相间的外貌后,给它取名"黑白熊"。

后来发生的事许多人都知道了。经过一段时间的悉心喂养,戴维决定将它带回法国。但是,由于路途的颠簸和气候的变化,"黑白熊"还未运到成都就奄奄一息了,戴维只好惋惜地将它的皮制成标本,送到法国巴黎的国家博物馆展出。世界上第一只大熊猫模式标本,竟由此产生。

戴维工作室旁边的一个100多平方米的房间,便是标本陈列室。室内有20多个大小不等的玻璃密封柜,分别陈列着栩栩如生的大熊猫、小熊猫、大灵猫、金丝猴等在夹金山地区生息的野生动物标本。一具大熊猫的完整骨骼标本也赫然在目。森森的大熊猫白骨,令游人无不对这生存了数千万年的珍稀物种,产生同情和爱怜之情。保护生态环境,保护野生动物,实际上就是保护人类自己,相信到此参观的人都会有这样的共识。

当然,戴维的本职工作是传经布道。但是,他自幼便酷爱动植物,崇尚自然。当年,巴黎自然历史博物馆馆长米勒·爱德华兹把他送上驶往中国的轮船时,一再叮嘱他:"中国是一个神秘的国度,到那里你肯定会有意想不到的发现。"

果然,戴维发现的"黑白熊"不是熊,而是一个新种类的动物。西方学者的猜测得到证实:在遥远的东方,果然存在着冰川时代"动物活化石"。发现一个新物种,足以令一名自然科学家在该领域傲视群雄,获得至高无上的荣誉。几年后,戴维成为法国科学院院士。

恍若进入巴黎圣母院

走出陈列馆,我来到南屋。从外观看,南屋与其他三面的房屋造型基本相同,属中国传统建筑风格。一进入屋内,场面令人震撼,恍若进入了巴黎圣母院。这里,是做弥撒与祷告的场所。

在这近 300 平方米的厅堂里,只见 10 根 1 尺多粗的圆柱,支撑着交叉穹隆的拱顶,使屋顶显得高远、幽深;两侧是间隔距离很小的一溜窗户,窗框的上部呈尖弧形,窗门用细木条交叉成密密的棱形眼孔;屋内正中是一条通道,通道两边便是一排排供做弥撒者使用的木条椅,所有的木条椅之间,均有一块宽约半尺、长与木椅相同的接近地面的木板,这是供祷告者屈膝用的。

花瓣式的穹顶,细密棱形的窗户,以及如彩虹般绚丽的色彩,使屋里的一切浸透了宗教精神。这样的屋顶,可以使教堂里的音乐和歌声与之和谐共鸣,乐声更加柔美、缥缈,有如天籁;这样的窗户既使屋内的空气和人的灵魂与大自然相通,又使外界射进来的光线变得较为暗淡,让屋内的烛光显得更明亮一些。如此的声、光、色,令人暂时忘掉苦难的现实,沉浸在对天国的幻想之中。

据接待我的徐先生介绍,这里可容纳四五百人做祷告。每逢礼拜天,周边乡镇的教民纷纷来此做祷告不说,远在雅安、成都的教民也要赶来参加活动。

我仔细察看木条椅,真是一尘不染,看来的确人气旺盛。徐先生告诉我,周末进行弥撒时场面更是壮观,许多人都没有板凳坐,只有站着进行。我问他进行弥撒时还有没有其他内容,他笑了笑说:"在这里,始终洋溢着和平、友好、仁爱的氛围。教民之间,多了相互帮助,少了邻里纠纷,甚至连计划生育、生态保护、科学种田等知识,都可以在这段时间一并宣传,效果也好得很哦!"

正如这座大山深处的教堂是法兰西建筑艺术与巴蜀建筑文化完美结合的

邓池沟天主教堂内景

产物一样,其内涵也做到了中西的完美结合,这是长眠于法国的戴维没有想到的。我想,他的在天之灵有知,是不会不高兴的。

如今的人们,如果不对戴维的成就有一个起码的了解,很难想象是什么东西促使他在100多年前那个寒冷的早春,来到邓池沟这个遥远而蛮荒的地方。

在这里,戴维发现或命名的物种模式标本有数十种,而对于属于全世界的财富——大熊猫、金丝猴、珙桐等的发现,更使他的科学成就达到顶点。在辉煌成就的背后,是他遍布宝兴段夹金山的崇山峻岭中的足迹,是他对自己兴趣爱好的执着,是对事业坚定不移的追求。

当年戴维的邓池沟之旅,在西方人眼中成为东方的"神秘之旅"。2005年,又一个叫戴维的人,也完成了阿尔芒·戴维的"神秘之旅"。他叫戴维·谢泊尔,他是受联合国教科文组织和世界遗产委员会委托,前来实地考察评估"四川大熊猫栖息地"申报世界遗产项目的。

在邓池沟天主教堂阿尔芒·戴维像前,戴维·谢泊尔虔诚肃立,嘴唇颤动,久久无语。两个戴维是在通过冥冥时空进行着心灵的对话……最后,戴维·谢泊尔终于说出口:"100多年前,你在这里发现了大熊猫;100多年后,我到这里保护大熊猫……"言毕,他对阿尔芒·戴维像三鞠躬。

保护大熊猫,保护历史文化遗产,应当成为我们的共识,也已经成为我们的共识。

当我走出教堂,站在门庭前眺望,云海中的夹金山主峰时隐时现。神秘的夹金山,还栖息着多少珍禽异兽,还积淀着多少历史文化的结晶?!

运山城：横亘半空护川东

蓬安县河舒镇燕山寨，是运山之巅一个不到1平方公里的小山村。燕山寨的村民是幸运的，20世纪70年代初，收音机还是稀罕之物时，他们已在家门口看上了电视；他们的祖先是荣耀的，13世纪40年代，这弹丸之地竟是管辖蓬池、相如、仪陇、朗池四县的蓬州州府所在地。

独特的地形地貌，使四川首批电视微波差转台之一落户此地，从而使燕山寨村民的娱乐方式大为超前；扼川东北进入蜀中腹地要冲且易守难攻的军事价值，使他们的祖先见证了南宋末期抗蒙"川中八柱"的顶天立地。

历史如此眷顾燕山寨，有一个共同原因，那便是它坐落在一览数百平方公里平坝、丘陵的运山山顶，其"形如屏立，横亘半空"（《蓬州志》），史称运山城。

我国现存的古代城池建筑并不罕见，历代为躲避战乱将居民点迁徙于山城要塞也非四川独有。但是，像四川的南宋城堡，以方山地貌为依托，以迁入州府军政为支撑，构成大区域的防御体系，形成"如臂使指，气势联络"的堡垒群落，却是绝无仅有。

据元代学者姚燧《中书左丞李忠宣公行状》（《元文类》卷四十九）载："宋臣余玠议弃平土，即云顶、运山、大获、得汉、白帝、钓鱼、青居、苦竹筑垒，移成都、蓬、阆、洋、夔、合、顺庆、隆庆八府治其上，号为八柱，不战而自守矣。"

作为南宋末期四川为抗击入侵的蒙古铁骑而最早构筑的，也最为重要的方山城堡之一，运山城南宋军民，抗击令多瑙河悲鸣呜咽、令古印度瑟瑟发抖、令阿拉伯人尸陈黄沙的蒙古军队，长达15年之久。

"川中八柱"《移治碑》

春雨潇潇，春寒料峭。我驾车在河舒镇旁拐上当年为微波站修筑、微波站撤离后废弃的简易公路，向运山城进发。

由于运山如拔地而起，四壁陡峭而无缓坡，公路便一直呈"S"形攀升。泥泞的路面和较大的坡度，使汽车车轮频频打滑。因此，尽管运山城似乎已在头顶，但我仍耐着性子,心怀敬畏地小心翼翼接近它……

这条如同不见首尾的巨蟒盘缠于山腰的简易公路上,在南宋抗蒙的年代高筑着三道环城墙,仅城门便有12道。从纪念时任四川置制使的南宋名将余玠迁徙蓬州州治至此及筑城之功,蓬州军民于1251年刻于第三道城墙(内城墙)西城门的《移治碑》残缺的碑文,可以想象运山城的宏大气势:"更楼五十余座……三敌楼雄架其上……悬峭千尺,环城壮势具矣。"

简易公路通往运山城西门。临近西门时,我看到的内城墙,是环山顶的陡壁,真可谓墙是山,山是墙。即使用当今火炮轰击此墙,也只能伤及皮毛。外围的两道坚如磐石的防线,加上这道本身就是磐石的防线,使运山城固若金汤,尊享抗蒙"川中八柱"之一的美誉。

如此坚城高墙,于1246年春接受了蒙古军骁将汪德臣的挑战。汪德臣自幼便与蒙古大汗的太子一起习文练武,尤擅山地作战。在此后的钓鱼城之战中,御驾亲征的蒙哥大汗被炮火击伤后,血气方刚的汪德臣竟单骑在钓鱼城南宋守军阵前搦战,结果被南宋守军射出的飞石击中受伤,后病死军中。勇将阵亡,蒙古军士气颓丧,被迫退兵,钓鱼城之围暂时解除。

运山城南宋守军面对汪德臣的强攻,以滚木礌石予以还击。身先士卒的汪德臣的坐骑被击毙后,他步战的功夫也充分施展,竟冒死率步卒攻破两道外城。但是,就在那磐石般的内城墙下,他的亲弟汪直臣被飞石击中丧命,于是,蒙古军终于败下山去。

也就是在这年夏,余玠不避酷暑,跋山涉水千里迢迢登临运山,责令加固城堡,建孔殿、寺庙,修学堂、神祠,以利于安定民心,长期固守。5年后,蓬州军民刻下了那一通著名的《移治碑》。

碧水退敌天生池

当我驾车驶上山顶时,"雄架其上"的西城门仍不见踪影,唯有不远处的一堵石墙,残留着当年的辉煌。我一问老乡,方知当年建微波站修公路毁了西城门。离西城门几十米远的差转台机房,以及在古福寿宫遗址上修建的差转台职工宿舍,如天外来客,极不和谐地滞留在这座700多年的古城之上。

如同绝大多数四川抗蒙的方山城堡一样,运山城内城墙里地势平缓、开阔,中心城区稍凹。就在这稍凹处,有一口面积约两亩的堰塘,当地人称天生池。自从运山山顶有人定居以来,这池水从未干涸。

在蒙古军队断断续续合围运山城的15年间,每当蒙古军认为山上军民应该饥渴难耐、弹尽粮绝之时，山上便有活鱼抛下。满山活蹦乱跳的鲤鱼，无言地证明南宋军民的生活过得还好呢。这些鲤鱼如同没有烟火的炮弹，将蒙古军的心理战线瓦解。

山上的乡民，还给我讲了一个将此计延伸应用的故事。明末张献忠在清兵入关后退守四川时，运山城成为他抗击清兵的堡垒。驻守运山城的张献忠的一名蓝姓将军，面对清兵合围，也曾抛下鲤鱼，意在显示山上仍可支撑。但清兵中也有知晓历史者，认为这不过是虚张声势罢了，根本不为其所动。这位蓝将军遂破釜沉舟，索性将天生池水放下山去。这一招让清兵不得不信山上水源充足，无奈之下只得撤兵。

我站在天生池畔，只见青荇随涟漪荡漾，绿油油的水草在水下招摇。池边，没有人工垒砌的条石，因此它与四川境内其他抗蒙方山城堡中人工垒砌且防漏措施严密的水池很不一样。看来，天生池果然天生。天赐之水，当然取之不竭了。

镇山之宝《纪功碑》

离开天生池，我在一农妇指引下，前往东门，瞻仰刻于1256年的《纪功碑》及运山城唯一保存完好的东城门。

东城门面临环城的峭壁外唯一一处缓缓绵延至山脚的山梁，门洞高2米多，宽近2米。其拱顶，用一块整石凿成半月形装饰。这半月形的石拱向城内的一面，刻有精美的宝瓶盛花图案，向城外的一面，刻有"天外一峰"字样，系清代嘉庆年间所刻。因年代久远，石拱已坠落在地，庆幸的是并未摔坏。据村民讲，文保部门将很快将其复位。

南宋方山城堡城门的位置，是十分考究的，这既要考虑出入方便、运转自如，也要考虑当时已运用于实战的火炮的轰击。因为城门无疑是敌军攻城的主要目标。

我站在门洞里向外眺望，只见左侧是一段数十米长、与城门呈90度夹角的城墙；墙下一段宽约3米的平缓坡道，从门前向远处伸延；坡道的右边下面，是千仞绝壁。按常理，这城门可前移至城墙尽头，因为我沿坡道走到城墙尽头，面前还是陡坡。

站在城墙尽头俯瞰，脚下的山梁略有起伏地绵延至山下，视界开阔深远。这时我才明白，将城门内缩数十米，看似给敌军逼近城门时留下一段立足之地，实则避免了城门暴露在沿山梁向上进攻的敌军的视线内，也就避免了敌军火炮的直接瞄准轰击。

运山城南宋《纪功碑》

实际上,南宋时期四川军民修筑抗蒙方山城堡时,为防炮火轰击,还有一些精细的工艺结构考虑,如城楼临悬崖一侧的墙体呈弧形,可减少炮弹的破坏力,类似当今子弹打在钢盔上会滑掉一样;在城墙上去掉沿袭千年的墙堞,以免炮弹击中墙堞后碎石伤人。古人的智慧,往往令今人感佩。

1254年,北方久旱春荒,蒙古军骁将汪德臣凭借对川北关隘的熟悉,再次入川袭扰、抢粮,四川境内抗蒙烽烟再起。1255年至1257年,蒙哥汗又命元帅纽璘率劲旅入川,征战于广元、阆中、南充一带。1256年春,运山城再次经受战火的考验。

此次进攻,蒙古军吸取了上次损兵折将的教训,不慌不忙地在运山城东门外的平坝谷地扎下大营,伺机进攻。经过近半个月的侦察和试探,蒙古军发现运山城仍无隙可击,遂自行退兵。此后两年里,蒙古军多次觊觎运山城,以期打通通往重庆府的战略通道,但均慑于南宋守军的森严壁垒和高昂斗志,未敢发动大规模进攻。

1256年,南宋军民在运山城东门刻下《纪功碑》,对这段历史做了明确而详细的记载:"值鞑(蒙古军)侵入伺东城门弥旬,意叵测。侯(蓬州守臣张大悦)不

运山城城门

恃险而忽备,惟整静以待之,竟不果犯,引去。"

我沿东城门侧的一条仅容一人通行的崎岖小道,来到距城门数十米远的一处难以立足的绝壁前时,一块高2米多、宽3米多的刻字石壁映入眼帘,这便是《纪功碑》。此碑正文文字每个约3寸见方,共300余字,除人为损毁20余字,其余的仍清晰可辨。

《纪功碑》如同矗立于天地间的史书,饱经日晒雨淋、风吹霜浸,孤寂地等待今人的回眸一瞥。

《纪功碑》碑文在蒙军占领运山城后竟未铲除,经历"文革"期间的"破四旧"也得以幸存,的确令人感到意外。将来运山城作为历史人文景观予以开发,此碑无疑是镇山之宝。

燕山烟云映汗青

如今,运山之巅的内城中,有20多户人家,耕种着100多亩田地。泛着蔚蓝色天光的冬水田,绿色毡毯般的麦地油菜地,炊烟袅绕的竹篱农舍,给人以世外桃源之感。

当年，它作为蓬州州府所在地，车来人往的街市酒楼，香烟缭绕的凤仙寺、福寿宫，讲学诵诗的孔庙，剑影刀光的武庙，如今已荡然无存。它们具有实际价值的存在，止于1258年。

1258年，蒙哥大汗御驾亲征，率蒙古军主力10余万，自甘肃六盘山出发，沿嘉陵江攻入四川，攻克川北屏障苦竹寨、鹅顶堡，招降大获城，进抵运山城下。这位史称"刚明雄毅，沉断寡言"的大汗，沿途几乎没有遇到强硬的阻击，却对巍然屹立的运山城无可奈何。最后，蒙古军用大获城南宋降将杨大渊诱降。曾在《纪功碑》中留名的运山城守臣张大悦，携城投降。但从利州撤退至运山城的利州转运使施择善宁死不降，率所部做殊死抵抗。内外夹攻之下，施择善以身殉国，运山城被蒙古军攻陷。

自1243年起，运山城作为抗蒙"川中八柱"之一，在蒙古铁骑掀起的飓风中挺立了15年，它以刺破青天的气势，守卫着南宋王朝在四川的残山剩水。

如此一位历史的重要角色，真正退出历史舞台的脚步当然不会戛然而止。在此后的数百年中，运山城作为军事要地，仍战事不断。

明代末年张献忠的农民军，与地主武装的"义师"反复争夺运山城，先后有数万人丧生运山之上。据《蓬州志》载："厥后李光奇、僧容宏拾积骸而埋之，盖累累数万也。"

1933年，运山城成为红九军的重要据点。红军及游击队仅500余人据守城内，抗击4000余敌军的进攻达三天三夜。激战期间，敌军甚至出动飞机低空盘旋助威。

运山城之所以又名燕山寨，是缘于古时山上春燕多。我在山上盘桓时，却没有看见一只春燕。作为低等动物的春燕，离弃战火不断的土地情有可原，而人类似乎不应该将运山城抛得太远，以至于最终将它遗忘……

拦马墙蜀道:徜徉在古柏长城

在四川,凡有黄桷树的地方,多半有古镇;凡有古柏的地方,多半有古道。四川的古道,以位于其北部山区的蜀道最为有名。古蜀道有三条,其中的金

拦马墙蜀道

牛道（又称剑门蜀道）最为重要，始建于战国时期。相传秦惠文王欲吞蜀，苦于蜀地绝壁千仞，便谎称赠五金牛、五美女给蜀王。蜀王信以为真，派身边五力士率众劈山开道，入秦运金牛、迎美女，结果秦沿此道入蜀，蜀灭。因此，金牛道距今已有2300多年历史。

金牛道分为三段，以剑阁为中心，北至昭化、西至梓潼、南至阆中。拦马墙所在的古蜀道，位于梓潼至剑阁这段古蜀道的北端，因尚未被开发为旅游景点，其一草一木、一山一石都保持着2000多年前的形态。

拦马墙蜀道是四川内地北上出川的最主要通道。行走在古树参天、石板嶙峋的拦马墙蜀道上，游人并不会寂寞，因为有太多的古人与他们相伴：司马相如踌躇满志地从这里走向功成名就，诸葛亮壮怀激烈地从这里北伐中原，杜甫满腹华章地从这里走向杜甫草堂……

养在深闺人未识

中秋时节，剑阁县凉山乡清凉村的村民们，趁着开镰割稻前的一点空闲，忙着晾晒玉米、收割烟叶、采摘秋梨。然后，他们背篓挑担，在2000多年前的祖先走过的一条石板道上，如古道西风中的瘦马蹒跚而行，用农产品换回其他的生活用品，日复一日地演绎着一幅原生态的人类与自然的画卷。

清凉村的村民赖以生存且唯一与外界相通的这条石板道，便是号称"金牛道精华"的拦马墙蜀道。

20世纪30年代，修筑了川陕公路，解放后又扩建为108国道，古蜀道的多数路段要么与公路并行，要么被公路覆盖，早已变了模样。幸运的是，不知是当年的交通道路设计师的笔误，还是他有意要留下一点古蜀道的血脉，川陕公路从梓潼开始，在古蜀道的路基上无情地向剑阁老县城普安延伸时，在凉山乡拐了一个大弯，从而使凉山至普安这段拦马墙蜀道，养在深闺2000多年，成为古柏版的秦长城，成为人们向2000多年前回归的时光隧道，成为研究古道文化历史的活化石。

中秋节这天，我驾车从坐落在108国道旁的凉山乡场口，拐上一条仅能单向行驶的机耕道。道口，插着一块不起眼的简易路牌，上书"拦马墙"。

当我在满目是金黄色的晚玉米的机耕道上颠簸了1公里多后，眼前忽然一片葱绿，只见山岗上的古柏，如蛟龙、似城垣，横亘在前。这里便是拦马墙蜀道的入口。

永不塌陷高速路

当我踏上拦马墙蜀道的第一块石板,脚下的感觉便不一般。南丝绸之路的路面多铺以大鹅卵石,走起来感觉高一脚矮一脚的;圈成景点的翠云廊公园的路面又过于规整了。而拦马墙蜀道的路面石板依山势地形而大小不一,却镶嵌得错落有致,如行云流水般自然。

令人惊讶的是,较平缓路面的石板堪称巨大,所有的石板有不少在3米长以上,宽也有1米多。厚度则很标准,在15厘米左右。后来我发现,那些巨大的石板大多铺在易遭雨水冲刷的地段,它们以自身的重力在暴雨乃至泥石流中稳如泰山。

在生产工具落后的秦汉时代,要使这么多巨大的石板就位于绵延山脊的蜀道上,先人们的艰辛与智慧,与修筑金字塔的工匠的相比,不会逊色多少。又令人感到奇巧的是,在坡度较大的容易坍塌的路段,在做路面的阶梯石之间,嵌有10厘米厚,埋地1米多深的"门槛石"。"门槛石"既起到稳固路面石板的作用,又因它如一道门槛略凸出路面,还可对"木牛"(鸡公车)产生缓速刹车作用,不致因山陡路滑发生交通事故。

由此可以推断,那些下令开山修路的帝王,是多么自信其家业会传至千秋万代,才会将这条古代的"高速公路"修得永不塌陷,且快捷安全。

蜀道精品拦马墙

我走在如玉似珉的石阶上,穿行于千姿百态的古柏甬道中,很容易看见径围两三米、树龄千年以上的古柏。

这种几人合抱的柏树,一株便可庇护10多米长的路段,给人以独木成林的感觉。而放眼望去,株株古柏树冠相连、枝叶交错,如碧涟绿漪起伏荡漾。苍翠挺拔的古柏下的道旁,高低错落地分布着密不透风的乔木、灌木和蒿草,令人感到似乎随时有猛兽或歹徒从中蹿出。于是,在凉爽的山风给人以惬意、寂静的绿廊令人松弛之时,又令人平添了些许景阳冈打虎的豪气。

行约1公里路,见道旁立一高1米、宽2尺、厚约1尺的石碑。碑的左侧面书"翠云廊精品",右侧面书"金牛道奇观",正面,便是介绍拦马墙的一段文字:"秦汉古道大都顺山脊而造,依危崖而修,故此处有墙式围栏建筑……此段以宽厚石礅为墙,其结合部以糯米、石灰勒缝,这是先秦大道上最典型的道路安全标志……"

金牛古道

古道在此来了个急转弯,拦马墙便筑在这里。

我向古道急弯处看去,只见古道一边是古柏倒悬、藤蔓盘缠的陡壁,一边是深约10米的断崖。靠断崖一边的道旁,便是用若干数百公斤重的石块砌成的宽约0.5米、高约1米的护栏。据向导介绍,古道修建之时,并未考虑修护栏,在实际使用时,600里加急的快马时常在这急弯处坠崖,马伤人亡不说,还贻误军情。后来修砌了这段护栏后,即便快马失蹄,也不至于滑下崖去,故又称之为"拦马墙"。

我细看拦马墙,见墙外侧生长着厚厚苔藓,内侧则散布着一串串凹痕。一处凹痕,很可能意味着挽救了一个快马加鞭的将军或士兵的生命!

八人合抱状元柏

过拦马墙继续前行,一书有"状元柏"的一人高的石头蹲在道旁。石头旁边,是一棵令人瞠目结舌的古柏:其径围之大,需8个人方能合抱。据向导介绍,省内植物学家和历史学家联合对此进行考证后确认,此树树龄在2300年以上,为秦代所植无疑。

见我半信半疑,向导又说,在这先秦古道上,如此树龄的古柏,再往前走还有几棵呢。在此之前,我还自以为是地认为真正的蜀道始于三国时期,因为张飞植柏的传说给人的印象太深了。

拦马墙蜀道的古柏树龄不但超出我的想象,其树状也令人叹为观止。

有一棵五六个人合抱的古柏,人称"淌肠柏"。其名虽有些不雅,却十分贴切,其树干在距地面2米处以下的表面,如一挂挂鲜血淋漓、千曲百回的肠子,如同一个巨人被开膛剖肚一般。另有一棵四五人合抱的古柏,人称"怀胎柏",其树干距地面1米多处,隆起一个直径约1米的大铁锅般的包块,仿佛里面真的孕育着一个新的生命。还有的古柏,浑身爬满类似常青藤的藤蔓,手掌般大小的、翠绿色的藤叶包裹着的古柏,如同身披绿色铠甲力拔大山的武士,2000多年来毫不懈怠地守护着古道。

"水滴石穿"是人们形容坚韧不拔精神的,而其本义相信没有多少人当真。但是,在拦马墙蜀道上,水滴石穿的真实景观却比比皆是。路面石板上不时出现密密麻麻、不规则分布的指头粗的圆孔,这就是雨水长期从柏叶上滴下的结果。开始我不信,导游示意我走近树干下的地面观察,再走到树梢垂直于地面处观察。

结果,不用他多说,我立即信服。因树干处枝叶离地面近,水滴冲击力小,此处的圆孔便浅得多;树梢与地面落差大,水滴冲击力大,垂直于树梢处的石板上圆孔便深得多了。这是最真实的历史的印迹,这是大自然的神工在向人类昭示锲而不舍的精神。

烽火台下饮马槽

拦马墙古蜀道,见证了秦灭巴蜀、姜维伐魏、唐玄宗入蜀避难等诸多重大历史事件。它作为一条极其重要的军事要道,还可以从分布在道旁的饮马槽、烽火台、古井可见一斑。

在我行走的仅4公里的路段,便可见残存的由整块巨石雕琢的饮马槽两处,这些已风化剥蚀的饮马槽有2米见方、深约2尺的容积,由此可以想象,当年通过此道的军马不但数量大,而且很频繁,真可谓蜀地之命脉。

拦马墙蜀道在山脊上绵延4公里后,在一棵名叫"望夫柏"的古柏前急转直下。继续行数百米,便到了横卧清凉河上的清凉桥。此桥建于明代,三孔两墩,两墩一侧为两个龙头,另一侧为两条龙尾,桥面用9块各长5米、宽1米、厚0.5米的石条铺就,每一孔上并排的三块石条用石榫固定,以防山洪暴发将石条冲散。此桥远看古朴凝重,近看精美细腻,也是拦马墙蜀道上的一景。

四川在地理上属于山环水绕的封闭之地,在历史上偏安自保,相对宁静。但是,当我行走在拦马墙蜀道上时,眼前却是刀光剑影,耳畔却是鼓角铮鸣。封建社会统治者的贪欲,不能不带给热爱和平的人们一种宿命难逃、浩劫难免的惆怅和悲怆。

乐西路：血肉筑成的抗战路

中国版图如一只雄鸡，西南边陲的云南，恰如鸡腹。就在这雄鸡的柔软处，关系国家存亡、民族生死的历史，相隔700多年，竟然惊人地重复——

13世纪中叶，蒙古人进攻南宋受阻于长江天险后，忽必烈绕道川康进击云南，万里"斡腹"（意为掏肚子），企图南北夹击四川，继而夺取战略大通道长江上游，然后顺江而下，势如破竹，直入华中华南；

20世纪中叶，日本人在华中华南发动一系列会战未达到战略目的后，借道缅甸突袭云南，既使中国腹背受敌，又可切断运送大部分援华物资的战略通道滇缅公路，以迫使中国投降。

在纪念碑前献花

这两次发生在中国西南边陲的重大战役，都围绕一个目的：夺取战略通道；这两次关系国家存亡的重要军事行动，其结果却惊人的不同。

滇缅公路和中印(史迪威)公路，早已为中国抗战悲壮的永恒记忆，但遗憾的是，同一时期，在蒋介石六次手谕口谕严令之下，四川军民用不可思议的时间，在不可想象的地区，以"抗日卫国一寸山河一寸血，筑路架桥每米工程每米魂"(乐西公路技术人员手记)的惨烈，如期完工的一条抗战公路——乐(山)西(昌)公路，却被湮灭于大渡河的波涛之中，被冰封于拖乌山的峻岭之上。

乐西公路，是抗日大后方的一条重要战略通道，是一条连接滇缅公路的血肉长路。没有它，大名鼎鼎的滇缅公路将形同虚设；没有它，二战时期中国战区的历史或将改写。

惊险的跳跃

乐西公路的修筑，始于中国半壁河山沦陷，中华民族处于最危险的时候。

1938年2月18日起至1943年8月23日，日本对战时中国陪都重庆进行了长达5年半的战略轰炸。在祖国大西南紧急修筑一条一头牵重庆，一头连西昌，再直至滇缅的交通生命线，已势在必行且迫在眉睫。它的建成，既可使中国陪都在不测之时迁往西昌，更可以承担连通滇缅公路和中印公路、支撑驼峰航线、保证援华物资源源不断的重任。

1939年1月，经国民政府行政院决定，乐西公路作为"库款直办"，即由中央拨款，交通部直办工程。而当时四川的川黔、川陕、川鄂、川康、川滇东路等工程仅是"库款省办"，即中央拨款，各省筹建。由此可见，乐西公路的重要性非同一般。

随着战事风云突变，1940年1月，乐西公路中段还在复测之时，蒋介石便下达第一次赶工手谕："乐西公路务于本年12月完成，否则照军事违命误期论罪。"仅过两个多月，蒋介石又下第二次赶工手谕："乐西公路务于本年6月底以前完成。其筑路进度须于每星期详报一次，所筑各路之工作，应以此路为中心，其他公路不妨暂缓。"

乐西公路起自乐山王浩儿，止于西昌邛海湖畔的缸窑，全长525公里。它自乐山跨青衣江，经峨眉、龙池，再傍大渡河北岸经新场、金口河后，突然跳跃似的脱离大渡河，朝西北方向遁入有"东方的诺亚方舟"之称的大瓦山迤逦险绝的群山，继而翻越多雨多雾、高寒缺氧、渺无人烟的蓑衣岭，穿行崖陡壁绝、深渊大壑、人称"魔鬼住所"的岩窝沟，再折向西南回到大渡河畔的汉源，继续傍大渡河至石棉。在石棉,乐西公路来了一个90度大拐弯,便一路向南,穿越诸葛亮"七擒孟获"时的"不毛之地"拖乌山后,经冕宁、泸沽抵达西昌,其终点与西祥公路(西昌至云南祥云)衔接。

此路自1939年5月的路勘,至1941年底全线通车,共征集了川康地区彝汉等各族筑路民工20多万人。由于缺粮、疲劳、疾病、工伤等原因,伤亡人数竟多达3万人,其中死亡4000多人,平均每公里便有8人献出生命。至今,在乐西公路最艰险的路段蓑衣岭、岩窝沟,荒冢和残骨仍不难寻觅。

乐西公路在大渡河畔那一个惊险的跳跃,其诡异的走向,虽然给世人留下难解之谜,也幸运地让这一段与世隔绝、绕行于大瓦山、蓑衣岭、岩窝沟的老路,得以原汁原味地遗存于世。

去寻访这一段老路的念头,在我心中由来已久。乐西公路正式通车70周年的2012年6月,我终于踏上了这条不该被遗忘的抗战公路。

不堪的记忆

我此次乐西公路之行的起点,便是此路从大渡河畔开始向大瓦山跳跃之处,即横跨大渡河的金口河大桥北桥头;此行的终点,是岩窝沟下面临大渡河的乌斯河镇。

金口河大桥北桥头,正对一条大峡谷谷口。刚进谷口,道路便向左急转攀升。此时,车轮下的道路,已经是乐西路了。很快,大渡河便在山下细如飘带,随即被重崖叠嶂遮蔽。

车辙下的乐西公路持续向上爬升。据历史气象资料载,这一地域全年大多数时日都是雨雾天,这天也不例外。浓雾和迷蒙的山雨,将山山岭岭遮掩,呈现在我们眼前的,是仅容两辆车小心翼翼错行的湿滑路面。真难以想象,抗战时满载军用物资和作战人员的重型车辆,是怎样在这常年雨雾蔽日、泥泞不堪且狭窄崎岖的山道上踽踽而行。

我此行的第一个也是唯一的"驿站",是位于这一段乐西公路三分之一处的永胜乡,因为过了永胜,其余三分之二路段便再无村镇。在那里,我要做两件事:一是采购鲜花,以敬献于乐西公路修筑主持者、国民政府交通部总管理处处长赵祖康题写的"褴褛开疆"碑前,此碑已在海拔2800米的蓑衣岭的风霜雨雪中挺立了70年;二是向永胜乡修筑乐西公路劳工的后代了解当年实况。

永胜乡政府坐落在一个群山环绕的小盆地里,乐西公路穿乡场而过。其周边竹篱茅舍,田垄铺展,沟渠交错。这荒山野岭中唯一的世外桃源,或许曾给了当年

被称为"死亡之岭"的蓑衣岭

远离故土的筑路民工些许的心灵慰藉,或许曾给了即将决死疆场的远征军将士最后的思乡之梦。当然,也给了在逼仄而阴森的峡谷深壑中穿行了很长时间的我重见天日的感觉。

到达永胜乡场,我便拉家常般地与乡亲们摆起了关于乐西公路的龙门阵。于是,史料上得知的那些悲壮惨烈而又气势磅礴的筑路场景,由远而近,由模糊而清晰。

自1938年起,重庆遭受日军的轰炸袭击,宜昌失守后,重庆更是岌岌可危。国民政府考虑重庆沦陷后的战事安排,内定西昌为第二陪都。1938年6月,蒋介石便发出第一道指令:"乐西公路必须迅速完成。"

原来,美国的援华物资经过滇缅公路到达昆明以后,必须再经滇黔线才能送到前线和重庆。滇黔线这条交通大动脉,便反复遭日机轰炸。一旦黔滇线中断,中国抗战的前景不堪设想。因此,蒋介石军令的下达,将乐西公路摆在了没有硝烟的抗战前沿;20多万汉彝同胞,自此走上了保家卫国的第二战场。

这是一个特殊的战场,胜不载入史册,败则军法从事;指挥这支亦军亦民筑路大军的统帅,需要何等的气概、何等的担当!

将军决战岂止在战场,书生挥斥方遒岂止在书房。与詹天佑、茅以升并称为

"中国交通工程三杰"的赵祖康,任修筑乐西公路的主持者。他以羸弱之躯,走上了这个关乎民族存亡的战场。

1940年10月初,蓑衣岭岩窝沟路段全面动工,仅这一路段便集中民工2万人。数百间四面透风的临时工棚,勉强解决了这支庞大施工队伍在这高寒之地的住宿问题。每天所需的几万斤粮食,因运输路途遥远艰险而时常短缺,蔬菜和油荤就更谈不上了。

一位在筑路时从事挖土石方的民工后代告诉我们,听他家老人讲,当时工人们住的是不蔽风雨的草棚,吃的也几乎全是杂粮,小菜和肉食根本就没见过。为了开路,工人们都是用绳子拴住腰,从几十米高的峭壁顶上吊下来攀石爬行,硬生生地从坚硬如铁的峭壁半腰凿出一条公路。有一次,他家老人亲眼看见一个工人用钢钎撬一块岩石,结果山体垮了一大片,一下就埋了十五六个工人进去。清理出尸体后,没有什么默哀安葬之说,直接将尸体扔下悬崖后又继续干,因为死人的事经常发生,活着的人都麻木了!

一名筑路民工的侄子告诉我们,听他二爸讲,当年修路为了赶工期,根本谈不上轮班作业,晚上都是用火把照明连续施工。超过体力极限的劳动,使有的人无法忍受,在逃跑时被监工的士兵打死;有的开山放炮被炸死了;有的是因极度劳累生病不治而亡;有的则是因衣不蔽体直接冻死。

还有一种死法,我闻所未闻,它比五马分身刀剐活人更令人毛骨悚然:由于长年在深山,人人头发长达几尺,已看不出人样了,因此竟被虱子活活咬死。

后被公认为"中国公路之父"的赵祖康,时任国民政府交通部总管理处处长,也因频繁奔波于乐西公路施工现场,过度操劳而瘦得皮包骨头,并患上了咯血病。60多年后,赵祖康的女儿赵国明曾如此说:"父亲修建乐西公路拍了一张照片,那个时候已经瘦得不像样了,简直像骷髅一样。"

赵祖康先生当时作何想,我不得而知。也许,鞠躬尽瘁死而后已的豪言在他耳畔回响;也许,埋骨青山马革裹尸的壮举在他胸中激荡;也许,他根本什么都顾不上去想,只愿蓝图上的乐西公路,如期化作一柄倚天长剑,剑锋所指处,犯我强汉者,虽远必诛!

血肉的长路

离开永胜乡政府驻地,我继续沿乐西公路前往蓑衣岭。蓑衣岭是川康往来要冲,海拔2800米,全年90%的日子都是阴雨连绵、雨雾缭绕或冰天雪地,往来之人必备蓑衣,故此得名。蓑衣岭是乐西公路的制高点,被当时筑路工人称为

"死亡之岭"。

　　这一段路的海拔高度虽然持续上升,但由于山势趋缓且基本修筑于山梁之上,因此非但不崎岖,反而视野开阔。透过车窗放眼望去,绵延于缓坡上的来时路,如天外来客挥就的柔和曲线;大瓦山摩天接云的雄姿,一直在伴随我们。

　　公路继续上升,路旁植被茂密,野花姹紫嫣红。一片一片的冷杉林开始出现在眼前,这是进入高寒地带的标志。快到蓑衣岭山顶时,漫山是成林成片的高山杜鹃,令人不难想象在它们盛开的时节,其景色是多么绚丽。

　　在一个垭口处,一座高大的高压电线铁塔脚下,路边蓦然出现并列的两块石碑。其中一块竖碑略小,上书三个大字"蓑衣岭";另一块是较大的横碑,上书四个大字"褴褛开疆"。

　　这两通石碑,既未雕琢装饰,更不雄伟高大,如同筑路员工衣不蔽体的模样,如同远征军将士匍匐在出击的道路上。它们,是乐西公路永不湮灭的立体史书,是4000多名长眠于此的筑路者的不朽墓碑。

　　"蓑衣岭"三字为行楷书体,笔力遒劲,用墨甚酣,落款为"乐西公路二十七分段长王仁轩,中华民国三十一年元月";"褴褛开疆"四字为篆书体,古朴苍劲,系赵祖康先生亲撰。

　　衣衫褴褛,热血依然沸腾;危亡将临,方显中华民族本色。

　　当年赵祖康先生题字之余,百感交集,情自中溢,继续撰写了如下碑文:"蓑衣岭乃川康来往要冲,海拔二千八百余公尺,为乐西公路之所必经,雨雾迷漫,岩石陡峻,施工至为不易。本年秋祖康奉命来此督工,限期迫促,乃调集本处第一大队石工,并力以赴,其月之间,开凿工竣,蚕丛鸟道,顿成康庄。员工任事辛苦,未可听其湮没,爰为题词勒石,以资纪念。"此碑立于民国三十一年九月,时间稍晚于"蓑衣岭碑"。

　　肃立碑前,睹物思人,哀思如缕。史料所载的筑路情景,仿佛跃然眼前……

　　当年在"蓑衣岭"路段筑路的民工,前后2万多人,其势如排山倒海,其状如血肉长城。蓑衣岭气候极其恶劣,因此,死亡人数为乐西公路全路段之冠。曾经在一个严寒骤降的夜晚,有200余人被冻成僵尸。离蓑衣岭制高点约100米处的地方,地势险要,仅修通这段工程,就有2400多人葬身深渊。赵祖康几次亲赴"蓑衣岭"坐镇指挥,住工棚披蓑衣,以至于形容枯槁,患上咯血病。

　　当年,在蓑衣岭岭东曾立有一块大木牌,上书"此处是积雪没胫、五月解冻的阴山";岭西曾立有另一块大木牌,上书"乐西公路无名英雄白骨筑成处"。如今,这两块牌子虽已化作乐西公路上的泥土,但它们以不可摧毁的形态,永恒

站在蓑衣岭上看乐西公路

地见证修筑此路的惨烈与悲壮。

迟到的纪念和保护,总比忘却的好。2011年12月和2012年2月,雅安市人民政府和乐山市人民政府分别在蓑衣岭"褴褛开疆"碑侧,立下了文物保护碑。愿乐西公路这一最为艰险的路段作为文物的确立,成为它为世人所知、为世人凭吊瞻仰的开始。

过蓑衣岭后前行10多公里,便来到岩窝沟。岩窝沟路段路面宽度已不到5米,且完全是从山腰的岩腔里掏凿而成。我们在这段逼仄而崎岖的公路上,时而驾车时而步行,真是步移景换,险象环生。上方,是看似摇摇欲坠的岩石盖顶,下方,是令人望而生畏的万丈深渊。该路段是全长525公里的乐西公路中最艰险的一段,当年被筑路民工称之为"魔鬼住所"。

在呈"U"形的岩窝沟绕沟路线上,隔沟可对话,见面则要绕行6公里。

岩窝沟绕沟路线6公里,要在悬崖绝壁上开凿半山洞路段,其中一处须深挖33米的高岩,工程之艰险,实属罕见。工程主要依靠爆破,然后就是手挖肩挑。施工的第一道工序,是在无立足之处的半山腰开辟施工场地,这全靠以绳索将施工人员从山顶吊到悬崖下去操作。他们身上拴两根大拇指粗的麻绳,前面一根,后面一根,拴到胯下骑起。打一个炮眼,由三人一组进行,一人负责掌钢钎，两人负责打二锤，三个人轮流替换。

由于麻绳在悬崖的石头上反复摩擦，用不了几天，绳索就会被磨断。只要一出事故，便直接坠入几百米深的谷底，尸骨无寻。

在赶工最为紧迫的时候，每天有十多人因绳索被磨断而坠落山崖，真可谓前仆后继。该路段仅数公里里程，便牺牲125人，平均每公里有20多人献身。在世界公路修筑史上，这恐怕是单位里程死亡人数之最，以至于当时在岩窝沟施工现场，曾有"用我们的血和肉，去填满岩窝沟""筑路救国，死而无憾"这样视死如归的标语。

当年，20多万筑路员工，就这样使用着原始的工具，在坠崖者此起彼伏的惨叫声中，以壮士一去不复还的气概，不分昼夜，奋力赶工，硬是用十指抠出了这条简陋破碎的公路。

杜聿明将军所撰《中国远征军烈士祭词》有言："执干戈卫社稷，挽长弓射天狼，忠魂精骨，永昭日月！"在岩窝沟沟底，有一通碑龄仅3年的石碑兀然而立。它不是文物胜似文物，它不是丰碑犹如丰碑。碑正面，"忠魂精骨永昭日月"八个血色大字耀眼夺目。立碑的发起人杨本华先生，1951年出生于台湾，美籍华人，父亲是当年的飞虎队员。当他与汉源皇木镇的一位朋友驾车穿越乐西公路时，深感震惊：这样一个悲壮的全民抗战历史，应当让世世代代中国青年知晓！遂联合当地政府和民间团体组织，组织了"重走血肉筑长城之路"活动，并于2011年8月立下此碑。

1960年，二战名将，英国元帅蒙哥马利来华访问，指名点姓要见一个人，此人被美军誉为在朝鲜战场交通后勤方面"创造了一个奇迹"，他叫洪学智，曾任中国人民志愿军后勤司令。

蒙哥马利可能不知道，类似的奇迹，在此前10多年便已创造。没有威武雄壮，没有慷慨激昂，数十万如乞丐般衣衫褴褛、面黄肌瘦的中国人，在以赵祖康为首的中国公路精英们带领下，早已创造了如同赢得一场战争的奇迹。

在乐西公路这条血肉筑成的长路上，数万埋骨深山，抛尸荒野，其姓名永不为人所知的汉彝同胞，没能享有死者最起码的哀荣，其灵魂却凝结成伟大的中华民族精神。

"起来，不愿做奴隶的人们，把我们的血肉，筑成我们新的长城"，是驾驶员用车载CD机播放雄壮的《义勇军进行曲》。我敞开车门，摇下车窗，力图让乐音掠过岩窝沟的每一寸土地。

眼前，群山磅礴如海，夕阳凄艳如血。我们不约而同，就地久久肃立……